Dans la collection Rouergue en poche

1. *La Gantière*, de Daniel Crozes
2. *Les Chapeaux d'Amélie*, de Daniel Crozes
3. *Mademoiselle Laguiole*, de Daniel Crozes
4. *La Pomme bleue*, de Roger Béteille
5. *L'Orange aux girofles*, de Roger Béteille
6. *La Vengeance de Laura*, de Roger Béteille
7. *Le Pain blanc*, de Daniel Crozes
8. *L'Héritier*, de Daniel Crozes
9. *Julie*, de Daniel Crozes
10. *La Rivière en colère*, de Roger Béteille
11. *Le Vieux cévenol et l'enfant*, d'André Gardies
12. *Le Café de Camille*, de Daniel Crozes
13. *Le Bal des gueules noires*, de Daniel Crozes
14. *Clarisse*, de Roger Béteille
15. *La Trilogie de la Révolution tome 1, Les Feux de la liberté*, de Daniel Crozes
16. *La Trilogie de la Révolution tome 2, La Cloche volée*, de Daniel Crozes
17. *La Trilogie de la Révolution tome 3, Les Neiges rouges de l'an II*, de Daniel Crozes
18. *Le Mort aux quatre tombeaux*, de Peter May
19. *La Montagne sacrée*, de Daniel Crozes
20. *Fortune lointaine*, de Roger Béteille
21. *Sel rouge*, de Roger Béteille
22. *Terreur dans les vignes*, de Peter May
23. *Les Frères Joseph*, de Serge Revel
24. *La Trace du sang*, de Peter May
25. *Un Été d'herbes sèches*, de Daniel Crozes
26. *Les Enfarinés*, de Jean-Paul Desprat

Photographie de couverture : © plainpicture/BY.
Titre original : *Freeze Frame* © Peter May, 2009

www.lerouergue.com

PETER MAY

L'île au rébus

Traduit de l'anglais par Ariane Bataille

roman policier

ROUERGUE

Pour Eric le Viking

Ô mort, où est ta victoire ?
Ô mort, où est ton aiguillon ?

1 Corinthiens 15-55

PREMIÈRE PARTIE

Chapitre 1

Munich, Allemagne, 20 décembre 1951

Erik Fleisher se félicitait de sa bonne fortune.

Son épouse était une femme séduisante au sourire radieux, au regard ensorcelant, à la chevelure dorée cascadant sur les épaules. Et toujours aussi éprise de lui au bout de cinq années tumultueuses.

Il avait deux merveilleux enfants blonds aux yeux bleus, clones de leur mère.

Enfin, sorti quasiment indemne de la guerre, il avait hérité de la villa bavaroise de ses parents et ouvert, dans cette banlieue verdoyante, un cabinet fréquenté par une clientèle aisée – la nouvelle classe moyenne florissante née des cendres de la folie de Hitler.

La vie s'annonçait belle et l'horizon sans tache.

Comment aurait-il pu se douter qu'il allait tout perdre en une nuit ?

Assis dans le salon, il lisait son journal du soir, bercé par les éclats de rire qui jaillissaient de la salle à manger contiguë où les deux enfants et leur mère jouaient à un jeu de société. Il baissa la tête de façon à pouvoir les regarder par-dessus ses lunettes et, comme toujours, la simple vue de Magda suffit à éveiller son désir, ainsi que l'envie de lui faire un troisième, voire un quatrième enfant.

Après un coup d'œil à sa montre, il replia son journal, le posa à côté de lui et lança :

– Je redescends d'ici un quart d'heure.

La tête à moitié tournée vers lui, Magda répondit :

– Le dîner sera prêt dans vingt minutes.

Au premier étage, son cabinet occupait une pièce élégante lambrissée de chêne. Une bibliothèque dont les étagères croulaient sous le poids des livres ayant appartenu à son père couvrait un mur entier. Les hautes fenêtres encadrées de rideaux en velours donnaient sur le boulevard et le parc plongé dans le noir. Sentant le froid extérieur se coller aux vitres telles des paumes glacées, il tira les lourdes tentures avant de s'asseoir à son bureau qu'éclairait une lumière tamisée et sur lequel les dossiers de ses patients étaient méticuleusement rangés. Il consulta son agenda. Premier rendez-vous le lendemain matin, à huit heures trente. Un soupçon d'insatisfaction le saisit à la perspective de l'interminable défilé de femmes enceintes qui l'attendait. Mais il ne pouvait pas se laisser contrarier pour si peu alors que la chance lui souriait.

Il se préparait à ouvrir le premier dossier quand le téléphone sonna. Allongeant le bras hors du cercle de lumière, il décrocha le combiné. À l'autre bout du fil, la voix était rauque, tendue, à peine plus forte qu'un murmure :

– Ils arrivent ! Pars ! Tout de suite !

Il se leva si brusquement que son fauteuil se renversa. Il l'entendit heurter le sol derrière lui. D'un bond, il alla écarter de quelques millimètres les rideaux de la fenêtre la plus proche afin de scruter une nuit désormais remplie de démons. Bien qu'il fût pratiquement impossible de voir quoi que ce soit au-delà des réverbères, il lui sembla distinguer des ombres mouvantes parmi les arbres du parc. Le moment était arrivé.

Il en avait enfoui l'éventualité au plus profond de sa conscience, mais cela ne l'empêchait pas de retrouver immédiatement des réflexes qui n'avaient rien perdu de leur efficacité.

Les doigts tremblants, il sortit ses clés de sa poche, déverrouilla le tiroir du bureau, s'empara du pistolet militaire dont le métal lui parut très froid sous sa paume. Puis il traversa la pièce, ouvrit en grand la porte d'une penderie remplie de manteaux, vestes, chaussures impeccablement alignés et choisit un gros pardessus en laine. Glissant l'arme dans une poche, il jeta le manteau sur ses larges épaules avant de ramasser le sac en cuir, préparé spécialement en prévision de ce moment.

Sans s'arrêter une seconde pour réfléchir, ou jeter un regard chargé de regrets à son cabinet, il gagna à toute vitesse l'escalier de service, au bout du palier. L'instant n'était propice ni à la réflexion ni à l'affliction. La moindre hésitation serait fatale. Cependant, tandis qu'il dévalait les marches, l'image de Magda et des enfants assis à la table de la salle à manger lui traversa l'esprit. Il n'avait pas le temps de leur dire au revoir. Inutile. C'était fini.

La cave dégageait une odeur aigre, fétide. L'air y était humide et glacé. Il trébucha dans le noir, trouva la porte, la serrure.

Dehors, le froid lui gifla le visage. Son haleine s'échappait de sa bouche en tourbillons blancs. Il enfonça son chapeau sur sa tête et s'arrêta pour écouter, observer prudemment la ruelle séparant les maisons de granite. Sur le boulevard, la circulation était quasi nulle. Mais entre les arbres, les ombres avaient maintenant pris la forme d'une demi-douzaine d'hommes regroupés. Le bout incandescent de plusieurs cigarettes brillait dans l'ombre.

Soudain, il y eut un crissement de pneus. Des phares illuminèrent la nuit. Des voitures montèrent sur les trottoirs. Des portières claquèrent. Une cigarette projeta une gerbe d'étincelles, les hommes sortirent du parc en courant.

Erik referma la porte et fila vers l'allée qui longeait l'arrière de la villa, craignant à moitié que celle-ci n'ait déjà été encerclée. Mais non – ils ne se doutaient pas qu'on l'avait prévenu. Alors que résonnaient à grand bruit les coups frappés sur la porte et les éclats de voix, il s'enfonça rapidement dans les ténèbres vers un avenir inconnu, rempli de peur et d'incertitude.

Chapitre 2

Agadir, Maroc, 29 février 1960

Du haut des remparts de l'ancienne cité, la vue sur le port et la baie était spectaculaire. Yves ne cessait de s'en émerveiller. Il avait eu la chance de trouver un studio dans la casbah, au dernier étage d'un ancien *riad*, en plein cœur de la vieille ville. Pas très grand, mais suffisant pour un célibataire. Sa terrasse dominait un enchevêtrement de toits et de ruelles. Yves adorait la vie de la casbah. Le matin, il aimait être réveillé par l'*adhan* qui s'élevait du minaret voisin, la voix plaintive du muezzin appelant les hommes à s'entretenir avec leur Créateur. Bien qu'il ne fût pas lui-même croyant, il trouvait ce rituel spirituel émouvant ; il regrettait même que son manque de foi le prive de cet instant de partage.

Aujourd'hui, la vue était toujours aussi splendide Pourtant, en franchissant les murs au volant de sa voiture, il prêta à peine attention à la beauté du banc de brume qui, le long de la côte, accrochait les premières lueurs roses du jour. Le soleil se levait sur le désert.

Concentré sur son rétroviseur, il repéra la Citroën noire au milieu du chaos des véhicules à moteur, carrioles à cheval et charrettes à bras. Il l'avait guettée tout en espérant être, en fin de compte, victime de son imagination débridée. Mais non, elle était encore là. Jurant en silence, il continua à descendre la route en lacets vers le port de pêche. Au bord du quai, les chalutiers rouillés s'alignaient, serrés comme les sardines qu'ils avaient rapportées pendant la nuit.

Il jeta un coup d'œil vers le haut de la pente aride et rocailleuse couverte d'un fouillis de broussailles vert pâle. La Citroën attaquait un virage en soulevant un nuage de poussière. Cela faisait une semaine qu'il la voyait. Des gens ordinaires ne l'auraient même pas remarquée. Mais Yves n'était pas un homme ordinaire. Sa vie n'avait qu'une apparence de normalité. Il ne se passait pas une heure, pas une minute sans qu'il ne jette un regard inquiet par-dessus son épaule. C'était devenu instinctif, aussi instinctif que le fait de respirer. Sans arrêt surveiller, scruter les visages, repérer le moindre détail inhabituel. Sans arrêt s'attendre à les voir, sachant qu'ils étaient là. Quelque part. Et qu'ils le cherchaient.

Lorsque la Citroën se rapprocha, le visage du conducteur lui apparut dans un bref éclat de soleil et se grava sur sa rétine. Un visage familier. Rond. Chauve. Pourquoi familier ? Il l'ignorait. Il savait seulement qu'il l'avait déjà croisé. Les hommes qui l'accompagnaient demeuraient dans l'ombre. Ses soupçons se muèrent vite en certitude, puis en peur. Ils l'avaient trouvé. Ils le suivaient. Tôt ou tard, ils l'attraperaient.

Yves poussa un profond soupir. Il était temps de se remettre en route.

***

Une fenêtre de son bureau donnait sur l'intérieur du marché aux poissons, un hangar immense au sol de béton. La pêche du jour – sardines, maquereaux, dorades, mulets, carrelets – y était exposée sur de longues palettes en bois ; les voix des acheteurs et des vendeurs montaient jusqu'à lui. Il s'immobilisa un instant devant la vitre, le temps de se dire que c'était la dernière fois qu'il contemplait cette scène. En dix ans, il avait fini par aimer l'odeur, le spectacle et les bruits de la criée à force d'y travailler, d'abord comme simple négociant puis comme directeur. Pour un homme qui, en débarquant de Munich, ignorait tout de la pêche, des pêcheurs et des poissons, son ascension avait été fulgurante. Grâce à son intelligence, sa formidable capacité à réagir vite et bien qui l'avait distingué du lot, ses patrons n'avaient pas tardé à le remarquer et à lui confier de plus en plus de responsabilités. Les promotions avaient suivi. D'abord gestionnaire de la salle de vente, puis directeur adjoint. Et lorsque, l'année précédente, son mentor avait pris sa retraite, tout le monde avait trouvé naturel qu'il prenne sa place.

Le cœur lourd, il se détourna de la fenêtre. Chaque fois que son avenir lui paraissait tracé, le destin venait bouleverser ses plans.

Fuis, Erik, fuis. Recommence. Refais ta vie. Mais ne te crois surtout pas en sécurité. N'imagine pas un seul instant que je ne suis plus derrière toi, prêt à bondir.

Il décrocha un tableau du mur et tourna le cadran du coffre dissimulé derrière. À gauche, à droite. Une fois la combinaison complète, les goupilles firent entendre un déclic, puis la porte s'ouvrit, révélant des liasses de documents, des papiers officiels, une caisse contenant plusieurs centaines de dirhams. Et, tout au fond, un coffret en métal ; il le retira pour le poser sur sa table.

Une petite clé attachée à son trousseau déverrouilla le cadenas qui le fermait. À l'intérieur se trouvaient les passeports qu'on lui avait donnés. Tous les documents dont il aurait besoin le moment venu. Il les glissa dans un compartiment de sa mallette, en même temps qu'une vieille photographie en noir et blanc. Magda et les enfants. Une pointe de remords et d'apitoiement sur lui-même le traversa. Durant toutes ces années, il s'était à peine autorisé à penser à eux, à ce qu'ils avaient pu devenir. Ce n'était pas le moment. Il prit le Walther P38 qu'il avait sorti du tiroir de son bureau ce soir fatidique de décembre, à Munich – graissé régulièrement, mais jamais utilisé –, et le laissa tomber dans sa mallette.

Soudain, la porte s'ouvrit. Surpris, il vit apparaître sa secrétaire, une dame replète au teint bistre et aux yeux noirs, proche de la quarantaine, mal fagotée, sans aucun charme, les cheveux emprisonnés sous un foulard noir.

– Qu'y a-t-il, Aquila ?

Étonnée par la rudesse du ton, Aquila s'excusa avec un soupçon d'hostilité dans la voix. Ils ne s'étaient jamais très bien entendus tous les deux.

– Je suis désolée, monsieur Vaurs. J'ai monsieur Cattiaux, de la banque, en ligne. Vous voulez le prendre ?

– Non. Dites-lui de rappeler cet après-midi.

Après tout ce temps, son français, presque sans accent, ne détonnait pas dans un pays où la plupart des gens le parlaient en seconde langue. Il devrait néanmoins continuer à l'améliorer.

Aquila hocha la tête et referma la porte derrière elle. Aussitôt, il poussa un grand soupir, en essayant de relâcher la tension accumulée. Cet après-midi, il ne serait plus là, plus jamais il ne parlerait à ce monsieur Cattiaux. Il en retirait au moins une certaine satisfaction. Une miette de réconfort dans un océan d'ennuis. S'il y avait des choses qu'il ne regrettait pas de laisser derrière lui, c'était bien ses dettes.

Une fois le coffret replacé à l'intérieur du coffre-fort, il ferma la porte, raccrocha le tableau au mur, puis examina le contenu des tiroirs de son bureau. Pas grand-chose à emporter. Impossible de prévoir ce qui lui serait nécessaire dans un futur obscur, inconnu.

***

L'*adhan* lancé par le muezzin résonna dans la casbah au-dessus du vacarme des marchés en plein air et des restaurants. Pour Yves, c'était un son familier et rassurant dans l'air tiède du soir. Même en février la température était douce. Le climat d'Agadir lui manquerait. La chaleur de l'été, la douceur de l'hiver, l'air pur et sec. Ainsi que le bruit et l'odeur de la mer. Lorsque le silence descendait sur la ville, on continuait d'entendre l'océan, telle une respiration au cœur de la nuit. Voilà, en réalité, ce qui risquait de lui manquer le plus.

La petite valise en cuir était ouverte sur le lit. Toujours prête. Il n'y ajouterait que peu de chose. Les résidus d'une vie à laquelle il avait fini par trop s'attacher et qu'il se voyait malheureusement contraint d'abandonner. Un étui à cigarettes en argent, une pendulette aux aiguilles lumineuses achetée dans le souk, une gourmette en or offerte par Salima. Il marqua une pause, pensa à la photo de cette dernière, dans son cadre en étain posé sur sa table de nuit. Même quand il se réveillait seul, elle était encore là, à côté de son lit. Pris d'une impulsion soudaine, il déchira le dos du cadre, en retira l'épreuve en noir et blanc, contempla les yeux noirs et rieurs, et caressa les lèvres du bout de l'index. Des lèvres qu'il n'embrasserait plus jamais.

Il glissa la photo dans la doublure de sa valise en se demandant s'il devait l'appeler ou non. Il ne pouvait pas lui expliquer la raison de son départ, ni lui faire comprendre pourquoi elle ne le reverrait plus jamais. Bizarrement, il avait moins souffert de quitter Magda et les garçons.

Une bonne raison de ne pas l'appeler lui traversa l'esprit. Son téléphone risquait d'être sur écoute ; ses poursuivants ne devaient surtout pas se douter qu'il était sur le point de s'enfuir.

Il ferma sa valise, s'assit au bord du lit, regarda autour de lui. Un coup d'œil à sa montre lui apprit qu'il était un peu plus de vingt-trois heures trente. Brusquement, il se sentit très seul. Et angoissé. Il n'avait pas prévu de mener une telle existence. Dans l'ombre, à l'affût de ceux qui le surveillaient. Obligé de passer d'une vie à l'autre, d'abandonner derrière lui les gens et les choses qu'il aimait. À quoi bon en construire une nouvelle, alors ? Puisque, de toute façon, un jour, quelque part, ils le retrouveraient. Et que tout recommencerait.

Il se leva avec lassitude en empoignant sa valise. Ces salauds ne renonceraient jamais. S'ils l'attrapaient, ils auraient sa peau.

***

À 23 h 38, il referma doucement la porte du studio derrière lui. Le vieil escalier en pierre n'était pas éclairé ; l'ampoule du palier avait grillé, à moins qu'elle n'ait été volée. Il sortirait par le couloir qui longeait la loge du concierge, au rez-de-chaussée, juste au cas où l'entrée principale serait surveillée. Une fois dans le dédale des ruelles de la casbah, il se fondrait dans la nuit.

L'obscurité dense, presque palpable, de la cage d'escalier l'enveloppa comme un manteau. Une main tendue en avant, il se colla au mur pour guider sa descente marche par marche. Sa respiration résonnait dans le silence du vieux *riad*.

Parvenu à l'étage du dessous, il entendit les voix. Des murmures. Dans une langue étrangère incompréhensible, mais qui trahissait une urgence indéniable. Une grande tension. Les hommes qui parlaient étaient en train de monter.

La panique le saisit. C'étaient eux ! Ils venaient le chercher. Maintenant. Il n'avait aucun moyen de leur échapper. Figé sur place, il envisagea de retourner dans son studio, pour filer par les toits. Mais cette simple idée le liquéfiait. Il laissait toujours ses fenêtres ouvertes parce qu'il savait qu'aucun voleur ne se risquerait à sauter de terrasse en terrasse. En outre, il avait le vertige.

Ils se rapprochaient. Prononçaient son nom. Son sang se glaça dans ses veines. Aucun doute possible. Ils venaient pour lui. Mais une inertie écrasante le paralysait. Il ne voyait qu'une solution : foncer sur eux, les attaquer par surprise. Et s'ils étaient armés ?

Sans le moindre signe avant-coureur, tout s'effondra soudain autour de lui. Brutalement, complètement. Tout ce qui avait été matière solide se métamorphosa en poussière ; un fracas épouvantable déchira l'air. Un grondement terrible jaillit des entrailles de la terre, le souffle rance et brûlant du diable qui explosait dans la nuit. Yves tomba, vola, tournoya sans fin. Quinze secondes interminables s'écoulèrent avant qu'un violent coup sur la tête ne lui fît perdre connaissance.

Quand il revint à lui, la première chose qui l'étonna fut le silence. Un silence extraordinaire, assourdissant stupéfiant après le rugissement dont l'écho résonnait encore dans sa mémoire. Une poussière fine l'étouffait. Levant les yeux, il vit les étoiles à la place de son appartement. Il ne comprenait plus où il se trouvait, ce que signifiait l'enchevêtrement de pierres, briques, poutres et ferrailles qui l'entourait. Puis il se rendit compte qu'il tenait toujours la poignée de sa valise, cabossée, éraflée, mais intacte.

Il était allongé dans une position bizarre sur ce qui avait dû être l'escalier. Après avoir réussi à s'asseoir avec quelque difficulté, il constata qu'il était miraculeusement indemne. À part une blessure à la tête qui saignait.

Des voix appelaient dans la nuit. Puis quelqu'un cria. Non loin de lui s'éleva un gémissement. Dans sa confusion, il ne pouvait même pas repérer la provenance du son. Que s'était-il produit ? Une explosion ?

En essayant de se relever, il se tourna sur le côté et aperçut un bras qui dépassait d'un pan de mur détruit, une main, des doigts refermés sur le vide. À quatre pattes sur les débris, il réussit, au prix d'un effort considérable, à écarter un bloc sous lequel gisait le corps écrasé d'un homme chauve au visage rond blanchi par la poussière de plâtre et maculé de sang. Le conducteur de la Citroën. Les autres ne devaient pas être loin. Il vit un pied. Une jambe. Aucun mouvement. Aucun son. Ses poursuivants étaient morts. Trois victimes parmi les seize mille qui périrent cette nuit-là au cours des quinze secondes fatales de ce qui se révélerait être le pire tremblement de terre de l'histoire du Maroc.

Oui, Yves avait survécu. Qui le saurait ? Combien de cadavres ne seraient jamais découverts ? Y compris le sien ?

À cet instant, il comprit que sa mort lui offrait la chance d'une seconde vie. Désormais, plus personne ne le chercherait. Plus jamais.

Chapitre 3

Paris, 28 octobre 2009

Cela ferait bientôt un an qu'une balle avait failli tuer Raffin en lui traversant le poumon. Depuis, aux yeux d'Enzo en tout cas, le journaliste n'était plus le même homme.

De l'escalier, on entendait des doigts maladroits exécuter des gammes au piano. Ceux qui jouaient déjà, sans doute, onze mois plus tôt lorsque les coups de feu avaient éclaté. Ils ne semblaient pas avoir fait beaucoup de progrès.

Juste avant de sonner au premier étage, il se revit traînant le blessé à l'intérieur de l'appartement, tentant désespérément de stopper l'hémorragie. Le sang n'avait laissé aucune trace sur le palier.

Raffin ouvrit la porte. Il avait les traits tirés, le teint gris ; son regard vert pâle, d'ordinaire si vif et perçant, avait perdu de son éclat. Il sourit d'un air las et tendit la main :

– Entrez.

Enzo le suivit dans le salon en notant qu'il ne se déplaçait plus avec autant de souplesse qu'avant. À trente-cinq ans, il en paraissait facilement dix de plus. Ses cheveux bruns retombant sur son col étaient devenus ternes.

Il invita Enzo à s'asseoir à la table couverte de documents, photos et notes manuscrites. Un exemplaire fatigué de son livre, *Assassins sans visages*, ouvert au chapitre de l'affaire Killian, attendait à côté d'une bouteille à moitié pleine de pouilly-loché Les Franières 1998 et d'un verre vide.

– Je vais vous chercher un verre.

– Non, merci.

Enzo jeta un rapide coup d'œil à sa montre. Il n'était pas encore dix heures du matin. Trop tôt, même pour lui. Un peu inquiet, il vit son hôte se resservir. Il n'avait jamais trouvé que ce jeune Parisien branché convenait à sa fille. Encore moins maintenant.

– Comment va Kirsty ? demanda-t-il.

– Elle allait bien la dernière fois que je l'ai vue à Strasbourg, répondit Raffin.

Manifestement peu désireux de s'étendre sur le sujet, il s'assit et but une gorgée de vin avant de poursuivre :

– J'ai consulté mes notes. J'avais presque oublié que le livre ne mentionnait qu'une partie de tout ce que l'on sait sur l'affaire Killian.

– Pour quelle raison ?

– La veuve de son fils, Jane... est toujours hantée par le coup de téléphone qu'elle a reçu de son beau-père, le soir où il a été assassiné. Killian lui a fait promettre qu'on ne toucherait à rien dans son bureau, qu'on ne déplacerait rien, qu'on ne retirerait rien avant que son fils, Peter, puisse le voir. Il disait avoir laissé un message que seul son fils comprendrait. Malheureusement, ce dernier a été tué dans un accident de la route à Addis-Abeba, et ne l'a donc jamais vu.

– Qu'est-ce qui n'apparaît pas dans le livre ?

– Le contenu de la pièce. Jane a fait venir des voyants, des journalistes, des détectives privés qui l'ont passée au peigne fin, mais elle a toujours refusé que la description des meubles et des objets soit publiée.

– Pourquoi ?

– De peur que le message ne soit lu et interprété par la personne qu'il concerne.

Enzo secoua la tête.

– Mais ça va bientôt faire vingt ans que Killian a été assassiné !

– Le message pourrait recéler un indice sur l'assassin.

– Elle possède toujours la maison ?

Raffin but une gorgée de vin.

– Oui. Le père l'avait léguée à son fils ; le fils étant mort une semaine plus tard, sa veuve en a hérité. Ils n'avaient pas d'enfants.

– Et elle est restée fidèle à sa promesse au vieux Killian ?

– Absolument. Le bureau est demeuré dans l'état où il était le jour de sa mort.

Enzo sentit une brusque poussée d'adrénaline. Une scène de crime préservée dans une bulle !

– Parlez-moi un peu plus de ce Killian, Roger.

– Je ne pourrais pas vous en dire beaucoup plus que ce que j'ai écrit dans mon livre. Anglais. Soixante-huit ans. Il avait cette maison de vacances dans l'île de Groix depuis une vingtaine d'années ; il a choisi de s'y installer définitivement en 1987 lorsqu'il a pris sa retraite, un an après le décès de sa femme.

Enzo consulta ses propres notes.

– Professeur de génétique médicale tropicale à l'université de Londres.

– Oui, il travaillait pour le département de médecine tropicale de l'université. Mais il avait surtout la passion des insectes. D'après sa belle-fille, c'était même une obsession. Il appartenait depuis des années à la Société des entomologistes amateurs du Royaume-Uni, et il avait hâte de prendre sa retraite pour pouvoir s'y consacrer entièrement.

– Le temps n'a pas joué en sa faveur, hein ? Je veux dire que, même s'il n'avait pas été assassiné, il n'aurait pas vécu très longtemps.

Raffin secoua la tête.

– Non, en effet. Quand son cancer du poumon a été diagnostiqué au printemps 1990, il ne lui restait pas plus d'un an à vivre.

Enzo s'était déjà interrogé sur ce détail qui le laissait perplexe.

– Bon. Et Kerjean ? Toujours dans le coin ?

– Quand je suis allé à Groix, il y était toujours. Un personnage profondément déplaisant, de l'avis général. Naturellement, il a refusé de me parler. Il n'a pas accepté de donner une seule interview depuis le procès.

– Vous ne relatez presque rien du procès dans le livre.

– Ça n'en valait vraiment pas la peine, vous savez. Bien sûr, ce type avait un mobile et l'opportunité de commettre le crime, mais toutes les preuves contre lui étaient indirectes. Pas de quoi le traduire devant un tribunal.

Il vida son verre et le remplit de nouveau.

– Quoi qu'il en soit, j'ai eu une longue conversation téléphonique avec Jane Killian, hier soir. Vous pouvez annuler la réservation de votre chambre d'hôtel. Elle accepte de vous héberger dans la petite mansarde, au-dessus du bureau. Je crois que vous représentez son dernier espoir de voir l'affaire élucidée. À mon avis, si vous n'aboutissez à rien, elle laissera tomber et vendra la maison.

Enzo hocha lentement la tête.

– J'ai du temps devant moi, alors.

Raffin sourit.

– Cette affaire devrait vous convenir à merveille, vous qui étiez un grand spécialiste de l'analyse des scènes de crime.

Enzo inclina la tête :

– Je dois avouer que ce défi m'excite. Cependant, j'ai horreur d'être considéré comme un dernier espoir.

Les lèvres pâles de Raffin esquissèrent un sourire amusé.

– Dites-moi… Qu'avez-vous remarqué de particulier dans cette pièce, et que Jane Killian ne voulait pas voir apparaître dans le livre ?

– Oh, je crois qu'il vaut mieux vous laisser le découvrir vous-même.

Raffin regarda sa montre. Ses mains tremblaient.

– On déjeune ensemble ? Je pourrais réserver une table chez Marco Polo.

Enzo sentit ses joues s'empourprer légèrement.

– Aujourd'hui, je ne peux pas. J'ai un rendez-vous.

Le journaliste lui jeta un regard interrogateur puis, s'abstenant de tout commentaire, but une gorgée de vin avant de demander :

– Vous avez vu Charlotte récemment ?

– Non. Pas récemment.

Ce qui était vrai. Mais pourquoi dissimuler à Raffin qu'il avait justement rendez-vous avec son ancienne maîtresse, ainsi que ce dernier le soupçonnait ? Pris d'une furieuse envie de s'en aller sur-le-champ, il se retint néanmoins et dit :

– Finalement, je goûterais bien un peu de ce vin.

Tandis que son hôte allait chercher un verre à l'autre bout de la pièce, Enzo jeta un coup d'œil dans la cour pavée et, tout en contemplant le ballet des feuilles rousses du marronnier poussées par une petite brise d'automne, il se demanda pour quelle raison on pouvait vouloir tuer un mourant.

Chapitre 4

Île de Groix, Bretagne, 12 août 1990

Tout au fond du jardin, la cabane construite à l'ombre d'un vieux chêne avait été transformée en atelier. Absorbé par sa passion, Killian y passait de longues heures. Collectant, élevant, tuant, conservant. Il l'avait équipée d'un établi rudimentaire et d'étagères où s'entassaient des bocaux, des pièges à lumière, une boîte à insectes et un entonnoir Tullgren inventé pour attraper les aptérygotes.

Dans un coin, un râtelier contenait ses différents filets. Certains de grande taille, adaptés aux créatures volantes. Un très résistant réservé à la capture des insectes sur les plantes. Un autre encore spécialement conçu pour les petites bêtes vivant et se reproduisant sur l'eau.

Il venait juste de se fabriquer un nouvel aspirateur à bouche avec une boîte à pellicule photo transparente d'où un tuyau souple de 3 mm de diamètre dépassait à chaque extrémité. Un petit carré de gaze collé à l'embouchure interne de l'un d'eux éliminait tout risque d'avaler un insecte. Il inséra soigneusement le premier tuyau dans un bocal en verre rempli de légères créatures ailées, piégées, démentes, affamées, affolées, et glissa l'embouchure entre ses lèvres. Une brève aspiration attira un unique insecte dans le tube, puis dans la boîte.

Il sortit ensuite une loupe d'un tiroir, leva le cylindre transparent à la lumière et observa son spécimen avec une certaine joie. Exactement ce qu'il voulait. Un *culex pipiens* femelle, le moustique le plus commun du monde. À la différence de son cousin porteur de la malaria, le *culex* se nourrissait principalement du sang des oiseaux, mais il ne dédaignait pas l'homme pour propager de petites merveilles telles que l'encéphalite de Saint-Louis ou le virus du Nil occidental. On le trouvait sur tous les continents, excepté l'Antarctique, et en nombre assez élevé sur cet îlot rocheux de l'étonnant golfe de Gascogne.

Killian retira le tube, colla un bout de ruban adhésif sur le trou du couvercle, replaça soigneusement le bocal en verre dans son conteneur chauffé, et débarrassa son établi. Chaque chose avait sa place attitrée.

Enfin, satisfait de son travail, il sortit dans le jardin et ferma à clé la porte de l'atelier. Les arbres projetaient sur la pelouse des ombres noires contrastant avec les éclats de lumière vive qui se glissaient entre leurs branches. Au-delà, les eaux du détroit miroitaient au soleil entre l'île de Groix et le port de Lorient à peine visible au loin. Les triangles blancs de plusieurs voiliers se détachaient clairement sur le ciel d'été.

L'air chaud résonnait du bourdonnement des insectes, véritable musique aux oreilles de Killian, tandis qu'il se dirigeait vers son bureau installé dans une dépendance de la maison. C'était là qu'il passait le plus clair de son temps. Les soirs où il travaillait tard, il dormait dans la mansarde aménagée en chambre d'amis. Il y avait couché plus souvent que n'importe lequel de ses invités. D'ailleurs les visiteurs se faisaient de plus en plus rares, et quand Peter et Jane venaient le voir, ils s'installaient dans la maison principale.

La porte de l'annexe ouvrait sur un petit vestibule carré d'où partait un étroit escalier. Juste en face se trouvait une petite salle de bains, et à droite le bureau. Killian savait que lorsque son visiteur arriverait, il ne devrait pas laisser cette porte ouverte plus des quelques secondes nécessaires à le laisser entrer. Pour l'instant, il fallait mettre le cylindre transparent en sécurité. Après l'avoir déposé dans une corbeille à courrier, il ferma d'abord les volets en orientant les lamelles de façon à laisser passer un peu de lumière, puis la fenêtre. Seul le ventilateur tournant paresseusement au plafond perturbait l'air.

Ensuite, il s'assit confortablement à son bureau, épongea avec un mouchoir la sueur qui perlait sur son front, et passa une main dans sa chevelure blanche. Un livre de poche assez mince, légèrement défraîchi, était posé devant lui. Il l'ouvrit au hasard, vers le milieu, et appuya fortement sur la pliure pour l'obliger à rester ouvert – geste qu'il n'aurait jamais fait s'il n'avait été indispensable à la réussite de son plan.

Du tiroir supérieur droit, il sortit un petit flacon rempli d'un liquide incolore et une boule de coton hydrophile. Il versa un peu de liquide sur le coton, tamponna les deux pages du livre ouvert, puis souffla dessus pour les sécher. La combinaison de l'acide lactique et du dioxyde de carbone attirerait irrésistiblement le messager ailé enfermé dans la boîte à pellicule.

Du tiroir inférieur, il sortit une bombe de répulsif, *N,N-diethyl-3-methylbenzamide*, ferma les yeux, et s'en aspergea le visage et les mains, tout en retenant sa respiration jusqu'à ce que les fines particules liquides en suspension se dispersent dans le courant d'air du ventilateur.

Enfin, il se cala contre le dossier de son fauteuil et contempla les rais de lumière qui zébraient le siège placé de l'autre côté du bureau. Un léger doute s'empara soudain de lui, mais il se hâta de le chasser et vérifia l'heure. Son visiteur ne tarderait plus, à présent. Killian saisit alors le cylindre transparent posé dans la corbeille à courrier et, après une seconde d'hésitation, fit sauter le bouchon du pouce pour libérer le *culex pipiens*.

***

Les rayons de soleil tombant en oblique à travers les lamelles des volets zébraient maintenant les bras et les jambes du visiteur assis dans le fauteuil qui, quelques minutes plus tôt, était inoccupé. Jambes croisées, mains sur les genoux, petit sourire condescendant aux lèvres, l'homme semblait détendu, à l'aise.

– Mon Dieu, quelle chaleur, dit-il en sortant un mouchoir d'un blanc immaculé pour essuyer la sueur retenue dans les plis de son cou. On ne pourrait pas ouvrir la fenêtre ?

Il portait une chemise blanche aux manches soigneusement repliées au-dessus du coude.

Killian haussa les épaules.

– Il fait encore plus chaud dehors.

Jetant un coup d'œil au ventilateur du plafond, il se demanda soudain si le souffle des pales ne risquait pas de décourager le moustique. Un filet de sueur dégoulinait sur sa joue.

– Moi aussi, je transpire. Mais ce n'est pas à cause de la chaleur.

– Non, bien sûr, fit le visiteur en haussant un sourcil et en inclinant la tête d'un air plein de sollicitude. Comment vous sentez-vous, aujourd'hui ?

– Pas très bien.

Certains jours se passaient mieux que d'autres. Mais ces derniers temps, les mauvais l'emportaient nettement. Cela n'avait rien d'étonnant. Il tendit l'oreille pour essayer de capter le chant aigu du *culex* en vain ; ses acouphènes l'en empêchaient.

Le visiteur se pencha soudain en avant, les yeux tournés vers le livre ouvert.

– Qu'est-ce que vous lisez, en ce moment ?

L'espace d'une seconde, Killian eut peur d'avoir été percé à jour. Mais, sans attendre sa réponse, le visiteur leva des yeux étonnés :

– *La Vie du moustique*, tome 4. Oui, naturellement. Vous vous intéressez toujours aux insectes, n'est-ce pas ?

– Ils me passionnent depuis des années.

– Moi, je les déteste, ces petits salopards bruyants et sanguinaires ! lança-t-il en gloussant de rire.

Killian eut un sourire indulgent.

– Bon, on ferait bien de s'y mettre, ajouta l'autre en se baissant pour ramasser le sac qu'il avait posé par terre.

Brusquement, il s'asséna une claque sur le bras. Lorsqu'il releva la main, Killian aperçut une minuscule trace de sang et redouta un instant que l'autre ait tué le *culex*.

– Merde ! Raté !

Soulagé, il l'aperçut aussitôt posé sur le livre ouvert. La fragile créature délicate à trompe brune et tête dorée avait maintenant l'abdomen rempli de son dernier festin.

– La voilà.

– La ?

– Seule la femelle de cette espèce pique, expliqua Killian.

– Ah ! Les femmes ! On ne peut jamais leur faire confiance.

– Elle a besoin de sang pour nourrir ses petits. Ou, plus exactement, pour fertiliser ses œufs. Les moustiques des deux sexes se nourrissent de sucre. Du nectar des plantes. Le sang ne sert qu'à la production des œufs.

Le visiteur haussa les sourcils et fit une moue dégoûtée.

– Pour moi, un bon moustique est un moustique mort.

– Oui.

Killian glissa doucement deux doigts sous la couverture du livre et le referma d'un coup sec. Son visiteur le regarda avec une certaine fascination dévoiler ensuite la créature parfaitement écrasée, son dernier repas maculant les deux pages du piège. Minuscule trace cramoisie au milieu de *La Vie du moustique*, tome 4.

Killian sourit avec satisfaction en regardant son visiteur dans les yeux.

– Je l'ai eu !

***

Six semaines plus tard

Killian ferma la porte de son bureau et gravit l'escalier dans le noir. Lorsqu'il arriva dans la mansarde, il alluma la lumière et reçut un choc en voyant un vieillard voûté au visage gris le regarder dans le miroir de la coiffeuse. L'épaisse chevelure blanche avait disparu. Des cernes sombres enfonçaient les yeux, une peau flasque pendait des joues et du cou. Il se demanda où était passé l'homme encore jeune qui, voilà bien des années, avait débarqué le cœur plein d'espoir sur les côtes du vert pays anglais.

Désormais, son cœur était rempli de peur. Pas la peur de mourir, car c'était inévitable. Mais la peur de ne pas pouvoir achever ce qu'il avait commencé. La peur que son persécuteur demeure impuni. Il avait eu le tort de se fier à quelqu'un d'autre et s'était rendu compte trop tard de son erreur. Il regarda par la fenêtre, vers la maison, au-delà de la pelouse. Il n'y avait pas de lumière. Mais il lui sembla apercevoir un mouvement au milieu des arbres. Une silhouette qui se déplaçait d'ombre en ombre. Après avoir scruté l'obscurité pendant une minute, il décida que son imagination lui jouait des tours.

Se détournant de la fenêtre, il traversa la pièce d'un pas incertain, appuyé sur sa canne, un bâton de noisetier dont la poignée sculptée en forme de tête de hibou s'adaptait parfaitement à sa paume. Le lit plia sous son poids lorsqu'il s'y assit avant de décrocher le téléphone. Si seulement Peter était rentré, il lui aurait tout raconté. Il se maudit de ne pas l'avoir fait plus tôt.

La sonnerie aiguë du téléphone résonna au loin jusqu'à ce qu'une voix aux accents familiers réponde :

– Allô ?

Comme il aurait voulu pouvoir poser la tête sur la poitrine de la jeune femme et pleurer, se rouler en boule, retrouver la sécurité du ventre maternel.

– Jane, c'est Papa. Ne dis rien, écoute-moi.

D'une voix inquiète, elle demanda aussitôt :

– Que se passe-t-il, Papa ?

– Je t'ai dit de m'écouter, Jane, reprit-il en s'efforçant de garder son calme. J'ai besoin que tu fasses quelque chose pour moi, et je ne veux surtout pas qu'il y ait de méprise.

Il marqua une pause et n'entendit que le silence à l'autre bout de la ligne. Enfin, presque. Il percevait le son d'une respiration courte, saccadée. Il avait toute son attention.

– Bien. Je sais que Peter ne rentre pas d'Afrique avant le mois prochain. Si je suis toujours là, je lui parlerai moi-même. Mais, sinon… s'il m'arrive quelque chose… je veux que tu lui dises de venir ici immédiatement.

– Pour l'amour du ciel, Papa, de quoi parlez-vous ? Vous vous sentez plus mal ?

– Jane ! Si pour une raison ou une autre, je ne suis plus là, il faut qu'il vienne ici. Je lui ai laissé un message. Il le trouvera dans mon bureau. Mais, écoute bien, Jane… en attendant son retour, tu dois absolument veiller à ce qu'on ne touche à rien dans la pièce, qu'on n'enlève rien. Je veux que tu me le promettes.

– Mais, Papa…

– Promets-le, Jane !

– Je vous le promets. Mais… quel genre de message ?

– Un message qui n'a de sens que pour Peter, Jane. Il saisira tout de suite ce que ça signifie.

Il savait que son fils comprendrait. De cette compréhension jaillirait la lumière. Quelle ironie que ce soit au fils d'achever le travail.

– Pourquoi ne voulez-vous rien me dire ?

Comment lui dire que c'était une trop grande responsabilité pour une belle-fille ? Il ne pouvait pas se permettre de lui faire confiance sur un sujet aussi important. Il essaya néanmoins d'atténuer la brutalité de ses paroles.

– Ce serait un fardeau trop lourd pour les épaules d'une jeune femme, Jane. Peter saura ce qu'il faut faire.

– Papa…

Mais il ne l'écoutait plus. Un coup sourd provenant du rez-de-chaussée venait de se répercuter jusqu'au lit. Il l'avait d'ailleurs senti plus qu'entendu. Raccrochant aussitôt, il se leva, saisit sa canne, pour l'utiliser en guise d'arme cette fois, et boitilla jusqu'à la porte.

Il descendit lentement, marche par marche. La porte de son bureau était entrebâillée alors qu'il se rappelait l'avoir fermée. Le cœur battant, il la poussa du bout de sa canne et vit tout de suite son agenda ouvert sous la lampe allumée. Au-delà du cercle de lumière, le reste de la pièce disparaissait dans une semi-pénombre. La porte de la petite cuisine était ouverte. Or, il l'avait fermée, elle aussi, il en était certain. Il guetta un bruit, mais ses sifflements d'oreilles éclipsaient tous les autres sons.

En avançant dans la pièce, il capta presque immédiatement un mouvement du coin de l'œil. Pivotant sur lui-même, il découvrit l'intrus, un pistolet pointé vers sa poitrine, le visage dur, sinistre. Killian crut discerner de la peur dans son regard.

– Je me doutais que c'était vous, dit-il. Je savais que j'avais commis une erreur en vous le disant. Je l'ai aussitôt compris à votre regard.

– Vraiment ?

– J'ai tout compris, probablement avant vous.

– Vous devinez donc la fin.

– Oui.

– Je ne pouvais pas vous laisser révéler une chose pareille.

– Non. Vous ne le pouviez pas.

Les trois coups de feu éclatèrent avec une intensité assourdissante. Projeté contre le mur par la première balle, Killian mourut avant de recevoir les deux autres.

L'écho lointain des coups de feu fut suivi par la sonnerie insistante du téléphone à l'étage. D'abord paralysé par le meurtre qu'il venait de commettre, le tueur sursauta et se mit à l'œuvre. Il ne savait pas de combien de temps il disposait, mais il devait impérativement trouver la preuve et la détruire.

Chapitre 5

Paris, 28 octobre 2009

Enzo boutonna son ample veste en lin et releva le col pour se protéger contre la morsure du vent froid qui balayait les rues de Paris. Dessous, il ne portait qu'une légère chemise en coton. À Cahors, la veille, il faisait une chaleur étouffante – digne d'un été indien. Boulevard Saint-Germain, seuls les fumeurs restaient assis aux terrasses des cafés.

Son sac en cuir était gonflé des vêtements qu'il y avait entassés en prévision d'un séjour d'une semaine. Huit jours lui suffiraient sans aucun doute. Il se demandait d'ailleurs comment il occuperait ses journées. Un coup d'œil à son guide touristique lui avait appris que la minuscule île de Groix mesurait huit kilomètres de long sur trois de large, possédait une population d'environ deux mille habitants, une agglomération principale, Port-Tudy, et quelques hameaux disséminés. Hors saison, la plupart des restaurants seraient fermés.

Il repéra une table libre au café Bonaparte, commanda un verre de vin rouge et regarda sa montre. Son train partait à 13 heures et arriverait à Lorient en fin d'après-midi, assez tôt pour lui permettre de prendre le dernier ferry. Il achèterait un sandwich à la gare Montparnasse avant de sauter dans le train. Comme d'habitude, Charlotte était en retard.

Cela faisait trois mois qu'il ne l'avait pas vue. Leur dernière rencontre s'était achevée en apothéose par des ébats amoureux frénétiques dans la petite maison parisienne de la psychologue. Mais, au cours des semaines suivantes, elle n'avait répondu à aucun de ses messages. Il avait alors décidé de mettre un terme à cette relation – décision prise à regret car Charlotte était une femme séduisante, intelligente et terriblement excitante. Mais, à plusieurs reprises, elle lui avait clairement laissé entendre que ce n'était pas parce qu'elle appréciait sa compagnie qu'il devait se bercer d'illusions : ils ne seraient jamais plus que des amis et des amants occasionnels.

Charlotte ayant quinze ans de moins que lui, cela se comprenait. Quand il aurait dépassé l'âge de la retraite, elle n'aurait pas encore atteint la cinquantaine. Cependant, au bout de vingt ans de veuvage, et avec deux filles adultes, Enzo cherchait autre chose.

– Toujours le même look de vieux hippie, hein ?

Enzo leva les yeux et la vit soudain debout devant lui, avec ses longs cheveux noirs tombant sur ses épaules minces, ses yeux sombres, son petit sourire moqueur, une écharpe colorée négligemment enroulée autour du cou. Immédiatement les battements de son cœur s'accélérèrent. Il avait le trac. Elle produisait toujours le même effet sur lui. Brusquement, toutes ses résolutions de mettre un terme à leur relation se dissipèrent comme la rosée au soleil.

– Hippie ?

– La dernière fois, tu parlais de te couper les cheveux. Je suis contente que tu ne l'aies pas fait.

Elle s'assit et fit signe au garçon :

– Un Perrier, s'il vous plaît.

Puis, se tournant vers Enzo :

– Tu en veux un autre ?

– Non. Je n'ai pas le temps.

– Oh, fit-elle, l'air déçu.

C'était elle qui avait pris l'initiative de ce rendez-vous après avoir appris, de la bouche de Roger, sa venue à Paris. Enzo ne comprenait pas très bien qu'elle reste en contact avec le journaliste après une liaison de dix-huit mois qui s'était très mal terminée.

– Pourquoi es-tu si pressé ?

– Je prends le train dans moins d'une heure.

– Pour aller où ?

– En Bretagne, sur une île. Une des affaires non résolues de Raffin. Il ne t'en a pas parlé ?

– Non. Pour combien de temps ?

– Je ne sais pas. Au moins une semaine. Peut-être plus.

– Tu reviens à Paris, ensuite ?

– Ce n'est pas prévu.

Il remarqua pour la première fois les cernes soulignant ses grands yeux, et la trouva un peu amaigrie.

– Tu vas bien ?

Son Perrier venant de lui être servi, elle en but une longue gorgée avant de répondre :

– Pas trop, ces derniers temps. Mais rien de grave.

D'un geste tendre, il écarta une mèche de cheveux qui lui tombait devant les yeux, et effleura sa joue au passage :

– Tu devrais mieux prendre soin de toi, Charlotte.

– Comment sais-tu si je prends soin de moi ou non ? Tu n'es jamais là.

Ce reproche fit mal à Enzo. C'était trop injuste. Il retira sa main aussi vivement que si elle l'avait brûlée.

– C'est ta faute, pas la mienne. Pourquoi voulais-tu me voir, aujourd'hui ?

– Il faut que je te parle. Il y a des choses dont nous devons discuter, répondit-elle avec une certaine froideur.

Tout en se reculant imperceptiblement, il sut qu'elle décrypterait son langage corporel, son œil acéré détectant chaque microsigne. Cela le contrariait d'être aussi facilement percé à jour.

– Je t'écoute.

Mais elle secoua la tête.

– Non, pas maintenant. Pas comme ça. Ce que j'ai à te dire est beaucoup trop important pour être glissé entre un verre de vin rouge et un train attrapé en vitesse.

Abandonnant son Perrier, elle se leva.

– Préviens-moi assez tôt la prochaine fois que tu passes à Paris. Je demanderai une audience.

Sur ce, elle disparut dans un tourbillon.

Enzo poussa un grand soupir et régla l'addition.

Chapitre 6

Île de Groix, 28 octobre 2009

Enzo contemplait par la fenêtre l'étendue d'eau grise, les cargos alignés en rangs serrés, les immenses grues frôlant les nuages bas. Une pluie fine tombait du ciel. L'humidité, le froid, la grisaille, tout lui rappelait son pays natal, l'Écosse. Or, au lieu de se sentir chez lui, il se sentait misérable. Un peu coupable, aussi. Ne serait-ce que par association.

La ville de Lorient ne présentait aucun intérêt avec son architecture d'après-guerre dépourvue d'imagination. Elle avait connu la prospérité grâce à la Compagnie française des Indes orientales dont les bateaux venaient décharger leurs marchandises sur ses quais. Mais, cent cinquante ans plus tard, une importante base allemande de sous-marins s'y était installée. Et, au cours de l'hiver 1943, durant quatre semaines d'enfer, les bombes alliées l'avaient entièrement détruite.

Ironie du sort, sortie intacte de la guerre, la base des sous-marins était devenue une attraction touristique.

En descendant la jetée menant de la gare maritime au ferry, il sentit le vent s'engouffrer sous sa veste et la pluie lui cingler le visage. Il se dépêcha de gravir les marches métalliques pour aller se réfugier, au chaud, sur le pont des passagers.

La pluie brouillait la vue vers Larmor-Plage, où l'amiral Karl Dönitz avait établi ses quartiers et d'où il avait dû observer avec une certaine angoisse les soixante mille bombes lâchées sur Lorient, feu d'artifice organisé rien que pour lui.

La mer grise était agitée, ponctuée d'éclats blancs. Dans le ciel, les mouettes criaient, virevoltaient comme des feuilles de papier soulevées par le vent. Le ferry fit retentir sa corne ; lorsqu'il s'éloigna lentement du quai pour sortir du port, Enzo aperçut la formidable construction en béton de Keroman – l'ancienne base des sous-marins allemands –, sombre et sinistre en cette journée des plus inhospitalières.

Il jeta un coup d'œil à ses compagnons de voyage. Des visages celtes au teint clair. Certains penchés sur des livres ; les autres, la mine sévère sous leurs bonnets ou capuches d'anoraks. Des visages d'îliens modelés par le climat, peu différents de ceux des Écossais de la côte ouest, avec lesquels ils partageaient un héritage commun, au-delà de la langue et des frontières.

Vers le milieu du détroit, il se rendit soudain compte que chaque fois qu'il tournait la tête, certains se détournaient brusquement, lui donnant le sentiment étrange et inconfortable d'être observé. Il avait l'habitude que les Français lui lancent des regards curieux. Avec sa carrure imposante et ses cheveux noirs striés d'une mèche blanche, rassemblés en queue-de-cheval, il se démarquait des habitants du Sud-Ouest au type méridional. Ici, parmi d'autres Celtes, il ne s'attendait pas à attirer l'attention. Pourtant cela ne faisait aucun doute, on lui lançait des regards furtifs.

Lorsque l'île de Groix émergea de la grisaille, Enzo se leva et s'avança vers la baie vitrée arrondie donnant sur la proue du bateau. La pluie battante l'empêchait d'avoir une vision nette de Port-Tudy, entre les deux phares signalant l'entrée du port. Au-delà d'une forêt de mâts, il distinguait à peine les petites maisons blanches, roses et bleues bâties sur les hauteurs.

En revenant à sa place, il constata que presque tous les passagers l'observaient comme s'ils attendaient quelque chose de lui. C'était tout juste s'ils ne semblaient pas prêts à l'applaudir. L'envie de leur crier *Qu'est-ce que vous avez à me regarder, à la fin !* commençait à le démanger sérieusement quand une voix sortant du haut-parleur pour leur souhaiter la bienvenue sur l'île de Groix, l'arrêta dans son élan et lui épargna cette humiliation. Pressés de débarquer, les passagers se désintéressèrent aussitôt de sa personne ; ils rassemblèrent leurs affaires et descendirent du pont.

Le sentiment d'être épié s'empara de lui à nouveau au moment où il posait le pied sur la jetée, ostensiblement dévisagé par de nombreux curieux, dont les pêcheurs du *Banco*, un vieux chalutier vert à moitié rouillé. Il repéra sur sa droite le bâtiment blanc de la

Société nationale de sauvetage en mer ; puis, devant lui, au bout de la jetée, deux hôtels et plusieurs cafés aux terrasses couvertes. La perspective d'échapper au froid et à la pluie, de se réchauffer avec un ou deux verres de whisky le tenta. Mais, avisant la devanture jaune vif de Coconut's Location vélos voitures, il se dit qu'il avait intérêt à prendre tout de suite le véhicule qu'il avait réservé, afin d'arriver avant la nuit.

Il allait traverser la rue lorsqu'il sentit qu'on le tirait par le bras. En se retournant, il vit un homme presque aussi grand que lui, peut-être plus jeune d'une dizaine d'années – un homme puissant aux cheveux noirs plaqués par la pluie sur le front et sur le col relevé de sa veste trempée. Ses yeux bleus avaient une fixité déconcertante, son haleine empestait l'alcool.

– Vous vous croyez peut-être malin, mon vieux.

– Hein ?

– Si vous croyez que vous allez pouvoir me chercher des noises et réussir à prouver ce que personne n'a jamais pu prouver, eh ben, vous vous trompez.

Soudain, Enzo comprit à qui il avait affaire :

– Ah ! Vous devez être Thibaud Kerjean.

– Ils croient toujours que c'est moi.

– Qui ?

– Tout le monde. Depuis vingt ans. Même si j'ai été acquitté. Eh ben, tenez, je vous emmerde. J'étais pas coupable et je le suis pas plus maintenant. Si vous êtes aussi malin que vous le pensez, venez pas me faire chier. Sinon, vous le regretterez.

Enzo s'aperçut que Kerjean n'avait pas lâché son bras. Il se dégagea et rétorqua :

– Comment savez-vous qui je suis ?

Les lèvres retroussées en un rictus déplaisant, l'homme s'éloigna d'un pas rapide vers le Café de la Jetée, sans rien ajouter. Furieux et troublé, Enzo le suivit des yeux. Une fois de plus, il s'aperçut qu'il était le point de mire des passagers du ferry et des gens qui observaient la scène depuis les cafés. Une voiture descendant du bateau le dépassa en l'éclaboussant de boue. Il jura, se pencha pour essuyer les jambes de son pantalon tout en foudroyant le conducteur d'un regard furibond, et remarqua alors la une du journal *Ouest-France* sur un panneau d'affichage : *LE MEURTRE DE L'ÎLE DE GROIX SERA-T-IL RÉSOLU PAR UN EXPERT ÉCOSSAIS* ? Sous le gros titre s'étalait son portrait en noir et blanc, datant de quelques années, mais tout à fait ressemblant, avec sa mèche blanche et sa queue-de-cheval.

– Votre réputation vous a précédé, monsieur Macleod.

Un gendarme à l'air grave l'observait avec intérêt, les bras croisés sur la poitrine, un képi sur la tête, une cape imperméable jetée sur son uniforme.

– Je constate que vous avez déjà fait la connaissance de Thibaud Kerjean. À mon avis, il a peur que quelqu'un ne finisse par prouver qu'il est coupable.

– Il l'est ? demanda Enzo, tellement mouillé qu'il n'était plus aussi pressé de se mettre à l'abri.

– Lui seul le sait. À vous de le prouver.

Le gendarme serra dans sa main chaude et sèche celle d'Enzo, aussi froide qu'humide :

– Je me présente, adjudant Richard Guéguen. Premier flic de l'île. Gros poisson dans une petite mare. J'aimerais vous dire un mot, si vous avez deux minutes à m'accorder.

Cela ressemblait plus à un ordre qu'à une prière.

Enzo lança un regard inquiet vers l'agence Coconut's, ignorant à quelle heure elle fermait.

– Il faudrait peut-être que j'aille d'abord récupérer la voiture que j'ai louée.

– Oh, ne vous inquiétez pas, dit l'autre avec un petit sourire. Elle ne partira pas sans vous. D'ailleurs, ils sont déjà prévenus que vous risquez d'avoir un peu de retard.

***

La gendarmerie, une bâtisse jaune au toit d'ardoise, occupait une position dominante sur la colline. Guéguen fit entrer Enzo par une porte latérale, dans une pièce où se tenaient trois gendarmes. Avant de guider son hôte vers son propre bureau, à l'arrière, il les avertit qu'il ne voulait pas être dérangé. Enzo sentit dans son dos le regard des trois hommes.

– Café ? proposa Guéguen en lui désignant une chaise.

– Avec grand plaisir.

– Apportez-nous deux cafés, cria-t-il dans le couloir.

Laissant la porte ouverte, il suspendit sa cape et son képi à un portemanteau puis s'assit à sa place, posa les coudes sur sa table, croisa les doigts, et dit :

– Vous êtes un personnage intéressant, monsieur Macleod.

– Il paraît.

– Mais je dois vous avouer que je n'avais jamais entendu parler de vous avant de recevoir l'ordre de ne vous prêter aucune assistance.

– Pourquoi vous a-t-on donné cet ordre ?

– Vous voulez dire, en dehors du fait évident que les flics détestent qu'on vienne de l'extérieur fourrer le nez dans leurs affaires ?

Enzo sourit en hochant la tête.

– Eh bien, monsieur Macleod, sachez que l'économie de cette petite île dépend entièrement du tourisme depuis que la grande époque de la pêche au thon est révolue. Et vous comprendrez aisément qu'un meurtre n'est pas une attraction touristique des plus géniales.

– Même vieux de vingt ans ?

– Aucun autre meurtre n'a jamais été commis sur cette île de mémoire d'homme, monsieur Macleod. Cependant, le fait qu'il n'ait pas été élucidé empêche la plaie de cicatriser. Et, franchement, nous n'avons pas envie que des gens viennent gratter la croûte.

– Même si la résolution de cette affaire peut finir par effacer la cicatrice ?

Guéguen se cala contre le dossier de son fauteuil et, tout en jouant avec un crayon, laissa échapper un petit gloussement.

– Qu'est-ce qui vous fait croire que vous pourrez réussir là où tous les autres ont échoué ?

– J'ai de solides références.

– Certes, monsieur Macleod. J'ai été surpris de voir tout ce qu'Internet racontait sur vous. Ce serait donc la… quatrième des affaires non élucidées du livre de Roger Raffin, n'est-ce pas ?

Il ouvrit un dossier devant lui et poursuivit :

– Je vois qu'avant de venir en France, vous étiez spécialiste de l'analyse des scènes de crime. Pas étonnant que madame Killian nourrisse de grands espoirs en vous.

– Je ne lui ai rien promis.

– Très sage de votre part. Vous savez, beaucoup de gens se sont penchés sur cette affaire en vingt ans, et aucun n'en est vraiment sorti grandi.

– Je ne suis pas ici pour rehausser mon prestige, adjudant Guéguen. La publicité autour de ces affaires permet avant tout de collecter des fonds pour le département des sciences médico-légales de mon université. C'est la police scientifique française qui en retire tout le bénéfice.

Guéguen inclina la tête en souriant.

– Exact. Néanmoins, je dois vous dire que si jamais vous êtes tenté de transgresser la loi d'une manière ou d'une autre au cours de votre enquête, vous ne devez vous attendre à aucune indulgence de ma part ni de la part de mes collègues. En outre, vous n'aurez accès à aucun dossier officiel, aucun indice matériel.

– Je suppose que vous ne gardez rien de tout cela ici, de toute façon.

– Affirmatif. Tout est archivé à Vannes.

– Où le procès a eu lieu, sans doute ?

– Exact.

Un jeune gendarme s'annonça dès le couloir en toussant, entra avec un gobelet de café en polystyrène dans chaque main, les posa sur le bureau, avec deux sachets de sucre et deux petites spatules en plastique, puis se retira. Enzo fit fondre le sucre et se réchauffa les mains sur le gobelet, tout en sirotant le liquide noir, fort, brûlant.

– Merci, dit-il. J'en avais bien besoin.

Il croisa le regard amusé de l'adjudant. Celui-ci ne devait guère avoir plus de quarante ans. Une légère touche de gris commençait à apparaître sur les tempes au milieu de ses cheveux bruns coupés court. Sous ses épais sourcils, ses yeux marron avaient une expression aimable. Bel homme. Ne correspondant pas le moins du monde au stéréotype du gendarme intimidant et dénué d'humour.

– Et merci de m'avoir prévenu avec autant de délicatesse.

– Ça fait partie de notre devoir, cher monsieur, dit l'adjudant en décrochant le téléphone. J'appelle Coconut's pour leur demander d'amener votre voiture ici. Ça vous évitera de redescendre la colline sous la pluie.

Enzo le remercia encore chaleureusement et demanda :

– Combien êtes-vous dans cette gendarmerie ?

– Six. Un cuisinier, deux gendarmes, deux stagiaires et moi. L'été, lorsque la population de l'île explose littéralement, la brigade nous envoie six hommes supplémentaires.

– J'imagine que tout crime grave, comme un meurtre, est confié aux enquêteurs du continent ?

Guéguen éclata de rire.

– Monsieur Macleod, si vous voulez savoir comment l'enquête sur le meurtre de Killian a été menée, il suffit de le demander !

– Je croyais qu'on vous avait donné l'ordre de ne pas coopérer.

– De ne pas vous donner accès aux documents officiels de la police, ni aux pièces à conviction. Mais pas celui de discuter avec vous de choses qui sont de notoriété publique, rectifia-t-il avec une lueur malicieuse dans les yeux.

– Alors, que s'est-il passé ?

– Eh bien, en théorie, nous étions censés sécuriser la scène de crime avant l'arrivée des enquêteurs de Lorient. En réalité, comme personne ne savait exactement ce qu'il fallait faire pour la sécuriser, je crains fort qu'on ait marché là où il ne fallait pas marcher, touché ce qu'il ne fallait pas toucher et manqué de protéger ce qu'il fallait protéger.

– Vous étiez déjà là ? s'étonna Enzo. Il y a vingt ans ?

– À l'époque, j'étais stagiaire. J'ai passé la plus grande partie de ma carrière au service de différentes brigades de Bretagne. Je suis revenu ici l'année dernière, pour la première fois depuis près de dix-sept ans.

– En patron.

– Oui. En patron, confirma Guéguen en riant. Plus vieux, plus sage. Si un crime était aujourd'hui commis sur l'île, chacun de mes hommes saurait exactement comment opérer. Le médecin de garde serait appelé pour déterminer s'il s'agit d'une mort suspecte.

L'autopsie serait bien sûr effectuée par le médecin légiste de l'hôpital de Lorient. Nous avons déjà eu quelques suicides et accidents pour nous entraîner.

– C'est donc un médecin de l'île qui a déclaré la mort de Killian suspecte ?

Guéguen éclata de rire.

– Suspecte ? Avec trois balles dans la poitrine, le doute n'est plus vraiment permis ! Mais oui, ça s'est passé comme ça.

Leur conversation fut interrompue par des voix dans le couloir. Un jeune employé de chez Coconut's apportait à Enzo le contrat de location à signer.

– J'ai garé la voiture sur le parking, dit-il en tendant les clés. C'est la jeep Suzuki.

Gêné, intimidé par l'adjudant, il décampa aussitôt.

Guéguen se leva pour décrocher sa cape et son képi tandis qu'Enzo avalait sa dernière gorgée de café et ramassait son sac. Les deux hommes ressortirent de la gendarmerie par le même chemin. Au fond du parking boueux se dressait un bloc de béton fermé par deux lourdes portes en acier.

– Les cellules, dit Guéguen.

S'approchant d'une des portes, il la poussa :

– Regardez. C'est là qu'on a enfermé Kerjean quand il a été inculpé.

Enzo pénétra dans un local obscur où un trou creusé dans le sol servait de toilettes. Près du plafond, une fenêtre laissait entrer un minimum de lumière à travers d'épais pavés de verre incassable. Sur un socle en pierre était posé un mince matelas d'aspect douteux. Il faisait froid, humide entre ces murs couverts des graffitis laissés par des ivrognes ou de petits malfrats. Pas du tout le genre d'endroit où l'on avait envie de moisir.

– Je l'ai moi-même amené ici avec un de mes supérieurs, continua Guéguen, plongé dans ses souvenirs. On n'était pas très rassurés. Kerjean était… est toujours… une force de la nature. Il les connaissait déjà, ces cellules. Il y avait passé quelques nuits à dessoûler.

– Vous aviez peur qu'il vous résiste ?

– Qui sait de quoi peut être capable un désespéré accusé de meurtre ? En fait, il s'est montré doux comme un agneau.

– Vous croyez que c'est lui, le coupable ? demanda Enzo en observant attentivement la réaction du gendarme.

Celui-ci sourit et répondit :

– Ah, mais non. Il a été acquitté, n'est-ce pas ?

Puis, plongeant la main dans sa poche, il en sortit une carte de visite écornée, un stylo, et gribouilla des chiffres au dos avant de la tendre à Enzo :

– Tenez. Voici mon numéro de portable, personnel. Officiellement, je ne peux rien faire pour vous, monsieur Macleod. Mais officieusement…

Après un rapide coup d'œil vers la maison, il ajouta :

– … je vous aiderai de mon mieux. Je ne *crois* pas que Kerjean soit le coupable, je suis certain que c'est lui. Et même s'il ne peut pas être jugé à nouveau, j'aimerais beaucoup qu'il se fasse coincer.

Chapitre 7

La brève activité qui avait suivi l'arrivée du ferry s'était depuis longtemps calmée. Le ciel s'assombrissait ; entre les nuages chargés de pluie filtraient les dernières lueurs du jour. Le Bourg, la petite ville située au-dessus de Port-Tudy, était désert. Les lumières de quelques boutiques, *Le Relais des mousquetaires*, *Bleu Thé*, *Île et Elles*, brillaient sur la place, en face de l'église et du monument aux morts.

Après avoir tourné en rond dans les rues étroites, au milieu des maisons roses, blanches, rouges, bleues, Enzo aperçut enfin le panneau indiquant Port-Mélite.

Dès la sortie de la ville, des inscriptions et des flèches peintes sur la surface lépreuse de la route remplaçaient les signalisations conventionnelles. Pendant le trajet, avec sa capote en toile et ses suspensions raides, la jeep se révéla froide, humide et bruyante. Le long de la côte nord de l'île, le paysage était plat, monotone, ponctué ici et là de bosquets d'arbres, de groupes de maisons isolées. La route finit par descendre vers Port-Mélite. Malgré la pluie et le crépuscule, on apercevait, au loin, les lumières du continent, au-delà du détroit.

Il gara sa voiture à côté de deux bancs en ciment plantés devant une petite plage de sable. Le nom du village était peint sur une pierre fichée dans l'herbe. Une flèche pointée vers l'est indiquait *Les Grands Sables, 400 m*. Vingt mètres plus loin, il trouva la maison, au bord de ce chemin. Elle se dressait derrière un mur et une barrière en bois bleue, à demi cachée par de grands arbustes et buissons. C'était une maison blanche aux volets bleus. Une lampe allumée derrière une fenêtre la rendait chaleureuse et accueillante dans le crépuscule.

Sans s'être jamais demandé à quoi pouvait ressembler Jane Killian, il fut surpris de voir apparaître devant lui une femme assez petite, pas plus d'un mètre soixante, et très mince. Ses cheveux bruns courts rehaussés de mèches plus claires lui donnaient un peu l'allure d'un garçon, illusion renforcée par sa manière de s'habiller : chemise bleu pâle sur un jean large, et vieilles baskets. Mais il n'y avait rien de masculin chez elle. Ses lèvres charnues étaient presque sensuelles et, sous ses sourcils sombres, ses grands yeux marron piquetés d'éclats orange, ou plutôt ambre, pleins de douceur. Enzo savait, d'après le livre de Raffin, qu'elle avait quarante-cinq ans, or elle en paraissait dix de moins et dégageait une certaine impression de fragilité. Elle lui tendit une petite main élégante :

– Entrez. Vous devez être gelé, aussi légèrement vêtu.

Enzo la suivit dans le séjour où un feu de bois diffusait à la fois une chaleur sympathique et l'odeur agréable du chêne en train de brûler.

– Donnez-moi votre veste, elle est trempée.

Après l'avoir étalée sur le dossier d'une chaise, devant la cheminée, elle déclara :

– Vous boirez volontiers quelque chose, j'imagine. Whisky ?

– Parfait.

Jane Killian lui plut tout de suite. Une femme qui prenait sa veste pour la faire sécher et lui offrait un whisky ne pouvait que gagner son cœur. Il remarqua un livre ouvert sur la table basse proche du fauteuil où, d'après le creux des coussins, elle devait être installée un peu plus tôt. *Chocolat*. Même si elle ne s'était jamais remariée, les histoires d'amour semblaient encore la faire rêver.

Elle lui offrit un whisky, se resservit, et se lova dans le fauteuil qu'elle occupait avant son arrivée.

– Asseyez-vous. C'est agréable de pouvoir parler anglais. Mon français n'est pas très bon. Le vôtre doit être nettement meilleur.

Tout naturellement, Enzo s'était adressé à elle dans sa langue natale. Prenant un air modeste, il haussa les épaules.

– Pas mauvais. Mais je crois que mon accent écossais déboussole parfois les Français.

– Vous vivez depuis longtemps en France ?

– Pas loin de vingt-trois ans.

– Vous êtes presque français, alors.

– Ma fille l'est. À cent pour cent. Et elle parle anglais avec mon accent écossais.

Jane sourit, inclina légèrement la tête et but une gorgée de whisky sans le quitter des yeux.

– Avec une mère française, j'imagine.

– Oui, se contenta de répondre Enzo.

Il jeta un coup d'œil autour de lui. La pièce, déjà petite, semblait encore rétrécie par le vieux papier peint brun et blanc à fleurs qui la tapissait entièrement, et la présence d'un antique buffet probablement déniché dans une brocante ; une table à abattants était repliée contre un mur. Au-dessus, une douzaine de cadres contenaient des insectes épinglés sur du carton blanc. Plusieurs tapis recouvraient le parquet ciré.

– Donc… c'est ici que ça s'est passé ?

– Non, pas exactement. Le bureau de Papa se trouve dans l'annexe, de l'autre côté de la pelouse. Pardon… je devrais dire Adam. Je l'ai toujours appelé Papa, parce que Peter l'appelait comme ça.

– Ce n'est pas très britannique.

Surprise, elle haussa les sourcils.

– Mais, il ne l'était pas.

Ce fut au tour d'Enzo de manifester sa surprise :

– Ah bon ? Je croyais votre beau-père anglais.

– Effectivement, il a pris la nationalité anglaise. Mais il est né en Pologne et n'est arrivé en Angleterre qu'en 1951. Il a fini par devenir plus anglais que les Anglais. Sans la moindre trace d'accent. Il a dû travailler très dur pour effacer son passé polonais.

Le livre de Raffin ne le mentionnait pas.

– Racontez-moi.

– Il n'y a pas grand-chose à raconter, en vérité. Il commençait ses études à l'université de Varsovie au moment de l'invasion allemande. Il les a terminées après la guerre et, en 1951, il s'est inscrit en troisième cycle à Londres.

– En génétique médicale tropicale.

– Oui. Il a beaucoup voyagé dans les pays tropicaux, et un peu partout dans le monde. C'est là qu'il a attrapé le virus de l'entomologie. Si je puis dire.

Enzo tourna les yeux vers les insectes épinglés derrière les verres des cadres. Jane suivit son regard.

– Il ne l'a pas transmis à son fils. Heureusement.

– Que faisait Peter ?

– Il travaillait pour une association caritative. Lui aussi passait beaucoup de temps à l'étranger.

Enzo l'observa attentivement :

– Cela fait presque vingt ans qu'il est mort.

– Oui.

Elle semblait très bien cacher ses émotions.

– Et vous ne vous êtes jamais remariée.

– Non.

Il attendit une seconde qu'elle en dise davantage, mais elle changea de sujet.

– Je vous ai préparé la chambre au-dessus du bureau de Papa. Vous pourrez l'occuper aussi longtemps que vous voudrez. Je reste ici encore deux semaines environ, donc si vous avez besoin de moi…

Enzo avala une gorgée de whisky.

– Comment le journal local était-il au courant de mon arrivée ?

– Oh, mon Dieu, c'est vrai ? s'exclama-t-elle en rougissant. Je ne l'ai pas vu, mais c'est probablement ma faute. Une femme du village s'occupe de la maison en mon absence et la prépare pour mon arrivée.

Poussant un soupir, elle poursuivit :

– Quand je lui ai demandé de faire le lit dans la chambre d'amis, j'ai eu la bêtise de lui expliquer pourquoi. Impossible de garder un secret ici. Je suis désolée, j'aurais dû m'en douter.

Sur ce, elle vida son verre et demanda :

– Vous voulez voir le bureau ?

***

La cuisine, étrangement vide et froide, donnait directement sur le jardin. Jane prit un parapluie et, tout en ouvrant la porte, dit :

– Je vous aurais bien préparé quelque chose à manger, mais je ne suis arrivée qu'aujourd'hui et je n'ai pas eu le temps de faire des courses. On pourrait dîner en ville, si vous êtes d'accord.

– Bien sûr.

Intérieurement, Enzo gémit à l'idée de ressortir. Il faisait nuit noire maintenant ; à la lueur d'un projecteur halogène qui éclairait le jardin, on voyait la pluie tomber presque à l'horizontale.

Ils se hâtèrent de traverser la pelouse en direction de l'annexe tapie dans l'ombre des arbres. Enzo sentit le corps mince et doux de Jane s'appuyer contre lui quand il passa un bras autour de ses épaules pour l'aider à retenir le parapluie chahuté par le vent.

Ils s'engouffrèrent dans le petit vestibule en secouant le parapluie derrière eux. Jane alluma la lumière, une simple ampoule nue, puis poussa une porte :

– Ici, c'est la salle de bains. La chambre est en haut. Et là…

Elle ouvrit une porte à droite de l'escalier :

–… Le bureau de Papa.

Soudain, Enzo se retrouva transporté vingt ans en arrière.

Tous ses sens aussitôt en alerte maximale, il sentit un étrange frisson d'excitation le traverser en découvrant l'endroit où Killian s'était fait assassiner. Le lieu dans lequel il avait laissé le fameux message à l'intention de son fils. Un message que le jeune homme n'avait jamais vu et que personne n'avait jamais compris. Il laissa tomber son sac par terre avant de pénétrer dans le passé de cette nuit de septembre 1990.

La pièce était vaste, carrée, haute de plafond. À droite, une grande fenêtre aux volets clos devait donner sur le jardin, vers la maison principale. Devant lui et sur sa gauche, les murs étaient couverts de bibliothèques du sol au plafond. Au moins un millier de livres, témoins silencieux du meurtre, y étaient entassés. Leurs dos multicolores apportaient un peu de chaleur au décor.

Le bureau de Killian faisait face à la porte ; à côté, de biais, un fauteuil austère, d'aspect inconfortable devait être réservé aux visiteurs. Un meuble de classement en bois et une table à tréteaux complétaient le mobilier. Jane expliqua que Killian passait des heures à préparer les insectes qu'il capturait dans la campagne ; chacun étant photographié, puis enregistré dans des albums reliés en cuir. Une autre porte communiquait avec une cuisine minuscule équipée d'un évier, d'un vieux réfrigérateur, d'un petit four électrique et d'une étagère supportant une bouilloire électrique, une théière et une boîte à thé.

La première impression d'Enzo fut que le défunt avait un goût pour l'ordre frisant l'obsession. Rigoureusement parallèle aux lames du parquet, le bureau formait un angle droit avec la fenêtre. Dans les bibliothèques, les livres étaient parfaitement droits, les dos alignés avec soin sur le bord des étagères. En s'approchant, il nota le classement par ordre alphabétique, d'abord par auteur, puis par titre.

Sur le bureau lui-même étaient posées deux corbeilles grillagées, l'une à droite, l'autre à gauche, pour le courrier entrant et sortant, toutes les deux vides. La lampe en cuivre était placée à angle droit, sur le coin gauche. La seule incongruité venait d'un Post-it jaune corné et décoloré collé à l'opaline verte avec un Scotch. Sur un buvard immaculé, dépourvu de la moindre marque, un agenda était ouvert à la semaine du 24 septembre 1990, un stylo posé dans la pliure des pages.

– Ce n'était pas vraiment comme ça quand je suis entrée, dit Jane. Celui qui l'a tué cherchait quelque chose. Quelque chose de précis ou simplement des objets de valeur, on ne le saura jamais.

Elle soupira.

– Enfin, j'ai tout remis du mieux que je pouvais, en essayant de me rappeler la façon dont il rangeait ses affaires. Depuis, rien n'a été touché ni enlevé. Rien n'a été ajouté non plus. Tout est exactement pareil.

Enzo remarqua le rapide coup d'œil qu'elle ne put s'empêcher de jeter au parquet, sous la fenêtre. Avec le temps, la tache s'était un peu effacée, mais il restait une trace sombre, là où le sang de Killian avait coulé de ses blessures.

– Après le passage de la police, j'ai nettoyé le mur. Deux balles avaient traversé le corps de Papa. Regardez, le plâtre a sauté à l'endroit des impacts. La troisième s'est logée dans sa colonne vertébrale.

Enzo se demanda si c'était simplement le temps et les innombrables répétitions de ces mêmes phrases qui donnaient à sa voix ce ton mécanique, dépourvu d'émotion. Il hocha la tête, s'assit dans le fauteuil pivotant de Killian, qui grinça sous son poids ; le cuir avait séché et durci. Peut-être qu'en occupant la place du mort, il parviendrait à s'infiltrer dans son esprit.

Le bureau avait quatre tiroirs. Le plus profond, en bas à gauche, contenait une rame de papier blanc, format A4. Celui du dessus révéla un assortiment de petits casiers en carton remplis d'accessoires de papeterie : trombones, pinces à dessin, agrafes, blocs de Post-it, crayons, gommes. En bas à droite, il trouva une boîte de pochettes perforées transparentes sur laquelle était posé un atomiseur ; son étiquette, écrite à la main, indiquait : *N,N-diethyl-3-methylbenzamide*. Enzo le prit pour l'examiner de près. Puis il le tendit devant lui, en expulsa un tout petit nuage et renifla en plissant le nez :

– Répulsif antimoustique.

– Oui, fit Jane, pas du tout étonnée.

– Vous avez des moustiques par ici ?

– Pas beaucoup. En général, le vent nous en protège.

Il reposa l'atomiseur à sa place et ouvrit le tiroir du dessus, où il découvrit un étrange dispositif composé de tubes en plastique transparents sortant d'une boîte à pellicule, transparente elle aussi. Il fronça les sourcils

– C'est un aspirateur à bouche, pour attraper un seul insecte à la fois, expliqua Jane. On aspire par un tube, l'insecte entre par l'autre et se retrouve piégé dans le récipient.

Enzo retira le couvercle et vit un petit morceau de gaze collé à l'extrémité d'un tube. Son but paraissait évident. Il le remit dans le tiroir et prit l'autre objet qui s'y trouvait. Un petit flacon rempli d'un liquide incolore.

– Et ça ? Vous savez ce que c'est ?

– Je l'ai fait analyser. C'est de l'acide lactique. Personne ne semble savoir à quoi il pouvait lui servir.

Enzo réfléchit un bon moment avant de déclarer :

– L'acide lactique, particulièrement en association avec le dioxyde de carbone, est connu pour attirer les moustiques.

– Ah bon ? s'étonna Jane.

– Étrange, quand même. Une bombe qui repousse les moustiques dans un tiroir et un liquide qui les attire dans l'autre.

– Il passait son temps à étudier les insectes. Il devait en avoir un usage quelconque.

Enzo referma le tiroir et regarda l'agenda.

– Son agenda était ouvert à cette page ?

– Oui.

Il le feuilleta en remontant vers le début de l'année, plissant les yeux pour lire les entrées.

– Des rendez-vous médicaux. Deux fois par semaine.

– Il recevait des soins palliatifs pour son cancer. Ça n'avait pas l'air de lui faire beaucoup d'effet, d'ailleurs.

Enzo revint à la page du lundi 24 septembre, le jour où Killian avait été tué, et sortit de sa sacoche en toile ses lunettes demi-lune, tout en adressant un petit sourire contrit à Jane :

– La vanité doit céder le pas à la clarté, hélas.

Se replongeant aussitôt dans l'examen de l'agenda, il lut à haute voix :

– P, j'espérais voir la lumière, mais je n'ai plus le temps, seuls restent les mots, les mots mentent et ne mentent pas. Qu'est-ce qu'il voulait dire ? C'est ça le message ?

Jane haussa les épaules, l'air vaguement déçu.

– J'espérais que vous me le diriez, monsieur Macleod. Si c'est ça le message, ce n'en est qu'une partie. Il a laissé partout des notes de ce genre.

Elle toucha le Post-it collé à l'abat-jour :

– Celui-là a failli tomber. C'est moi qui l'ai scotché de peur qu'il tombe et se perde.

Enzo se pencha en avant pour déchiffrer l'écriture à moitié effacée :

– P, un jour il faudra que tu fasses friser le chauffeur. N'oublie pas ! P, pour Peter, j'imagine ?

– C'est ce que tout le monde a supposé.

– Votre beau-père avait un chauffeur ?

– Non, c'est très bizarre. Il n'en avait pas. Peter, non plus.

Enzo examina de nouveau le message de la lampe, puis la phrase gribouillée sur l'agenda, avant de feuilleter les pages précédentes.

– Tout ce qu'il a noté précédemment sur son agenda est rédigé d'une écriture serrée, très précise. Sauf sur la dernière page. Ainsi que le mot fixé à la lampe.

Il compara les points, les traits, les boucles et ajouta :

– Pourtant, c'est bien de la même main. Mais, griffonné en vitesse, on dirait.

– Oui, ça ne lui ressemble pas. C'était un homme tellement méticuleux.

– Terriblement ordonné.

– Presque maniaque.

– Où sont les autres messages ? demanda-t-il en se levant.

Jane l'emmena dans la minuscule cuisine où résonnait le bourdonnement d'un vieux réfrigérateur dont la porte s'ornait d'une collection d'aimants accumulée au fil des ans : insectes de dessins animés, badges, drapeaux. Une liste de courses rédigée au crayon était à peine lisible. Celle des numéros de téléphone de la clinique du Bourg avait, elle aussi, terriblement pâli. Des petits blocs magnétiques, soigneusement disposés à chaque angle, maintenaient en place plusieurs photos. Seul un Post-it jaune aux coins recourbés, tirant maintenant sur le brun, était collé tout de travers.

– Qu'est-ce que votre beau-père conservait dans ce frigo ?

– Surtout des boissons fraîches. Du fromage. Des petites choses à grignoter quand il avait faim.

Enzo ouvrit la porte sur des étagères vides.

– Il ne contenait rien non plus le lendemain du meurtre. Je voulais le dégivrer, mais je ne l'ai jamais fait.

Tirant sur le volet du freezer, elle dévoila un bloc de givre compact.

– Incroyable qu'il marche encore.

– Il doit avoir plus de trente ans. À l'époque, on fabriquait des appareils conçus pour durer. Aujourd'hui, c'est différent. Comment appelle-t-on ça déjà ? L'obsolescence programmée ?

Enzo sourit.

– Oui. Pour les remplacer plus souvent. Pour que les usines tournent et que les gens aient du travail.

Quand elle referma la porte, Enzo examina les photos craquelées qui commençaient à s'écailler par endroits. Il reconnut Adam Killian dont il avait vu un portrait dans le livre de Raffin. Bronzé, souriant, en pleine forme, avec une épaisse chevelure blanche. Et Jane Killian, beaucoup plus jeune. De longs cheveux bruns jusqu'aux épaules. Un sourire timide.

– Ce jeune homme doit être Peter.

– Oui.

Peter était plus grand que son père. Mince. Le sourire franc, le regard chaleureux. Le front caché sous ses cheveux blonds. Il paraissait très jeune.

Comme si elle lisait dans ses pensées, Jane dit :

– La photo a été prise juste avant son diplôme. Son père était très fier de lui.

Enzo examina ensuite la liste de courses, et reconnut la même écriture hâtive.

– *Lessive, infusions, dissolvant, dentiste, laitue, boudin, quinquina*, lut-il à haute voix. Il se faisait la cuisine ?

– Oh non, jamais. Pendant toute sa vie, c'est sa femme qui s'en est occupée. Il a dû se sentir perdu après sa mort. Je crois qu'il ne mangeait plus que des plats cuisinés et des conserves.

Enzo passa ensuite au mot griffonné sur le Post-it. Cette fois, Jane le lut à haute voix, comme elle avait déjà dû le faire un nombre incalculable de fois. Peut-être espérait-elle qu'ainsi, une illumination inattendue lui permettrait un jour d'en saisir le sens.

– *Samson trahira le monstre*.

Dès qu'il se redressa, une contraction musculaire lui arracha une grimace. Les mains plaquées sur les reins il s'étira pour relâcher la tension. Décidément, le froid et l'humidité ne lui valaient rien.

– Est-ce qu'il y a autre chose à voir ? demanda-t-il pour ne pas se focaliser davantage sur ces détails.

Il préférait laisser son subconscient travailler tout seul pendant qu'il se concentrerait sur des sujets plus prosaïques tels que manger, boire et dormir.

– Oui, encore une, qui pourrait avoir son importance.

Il la suivit jusqu'à la table à tréteaux placée à côté du meuble de classement. Aligné contre l'un des bords, un plateau contenait des épingles entomologiques, des pinces et des scalpels. Le long de ce plateau étaient rangés quatre crayons de dureté différente, deux règles, une loupe et un microscope. Au mur, une série de cadres en bois fermés par une vitre renfermaient la collection de papillons de Killian, chaque spécimen épinglé sur son carton ; une étiquette rédigée d'une écriture très nette indiquait où et quand l'insecte avait été capturé.

– Qu'y a-t-il dans ce meuble ?

– Toutes ses archives entomologiques. Des photos dans des pochettes en plastique transparentes, rangées par date dans des classeurs, et tous ses albums reliés en cuir. Il y enregistrait chaque insecte capturé. Tous décrits et identifiés. Ou non. Apparemment, un million d'insectes ont déjà été identifiés officiellement, mais on pense qu'au moins cinq millions ne l'ont pas encore été. Perspective alléchante pour un amateur ; moi, personnellement, ça me laisse de marbre.

Enzo se mit à rire.

– Je me demande si ça vaut la peine de s'y plonger.

Jane haussa les épaules.

– Je ne sais pas. Vous seul pouvez en juger. Personne n'y a rien trouvé d'intéressant.

– Les policiers ont tout regardé, à l'époque ?

– Oui. Peut-être pas très attentivement. Je crains qu'ils n'aient pas assez pris au sérieux le coup de téléphone que j'ai reçu de Papa le soir de sa mort. Ils ont dû penser que ce meurtre m'avait rendue hystérique et que la mort de mon mari n'avait rien arrangé. Que je m'étais laissée emporter par mon imagination.

Même après toutes ces années, cela semblait l'exaspérer toujours autant.

– Ils avaient tellement hâte d'inculper Kerjean, poursuivit-elle, qu'ils ont simplement interprété cet appel comme la preuve qu'il savait que ce dernier viendrait le tuer.

– Et vous, madame Killian, qu'en pensez-vous ?

– Oh, mon Dieu, ne m'appelez pas comme ça. Vous me donnez l'impression d'être une vieille dame. Appelez-moi Jane, s'il vous plaît.

– D'accord, Jane. Croyez-vous que Kerjean l'ait tué ?

Elle secoua la tête.

– Franchement, je n'en sais rien. Sur l'île, tout le monde a l'air de le croire. J'ai assisté au procès. Jour après jour, j'ai écouté les témoignages ; je l'ai observé, assis dans son box. Je dois dire que si j'avais fait partie du jury, moi non plus je ne l'aurais pas inculpé.

Elle baissa les yeux et promena le bout de sa basket sur le plancher.

– Mais, vous savez, même si les témoignages avaient été plus convaincants, quelque chose clochait. Je ne sais pas comment vous l'expliquer. Ça ne collait pas avec le coup de téléphone de Papa.

Enzo hocha la tête d'un air songeur et, désignant la table à tréteaux, demanda :

– Qu'est-ce qu'elle a de spécial ?

– Ah oui, pardon, fit-elle en s'extrayant brusquement d'une rêverie qui venait de la projeter vingt ans en arrière. Le poème.

Du menton, elle désigna le mur, au-dessus des boîtes d'insectes.

Un poème écrit à la main avait été mis sous verre et encadré d'une fine baguette noire. Enzo pencha la tête et le regarda sans comprendre.

– Il est accroché à l'envers.

– Je l'ai trouvé dans cette position en entrant dans la pièce. Il était là depuis des années, je ne l'avais jamais regardé de très près mais je sais qu'il était à l'endroit.

– Je peux ? demanda-t-il en tendant la main vers le poème.

– Bien sûr.

Il souleva le cadre du mur et se rendit compte qu'il avait été tout simplement retourné, comme si Killian avait voulu attirer l'attention sur lui.

– C'était l'un de ses poèmes préférés. J'ignore pourquoi. Il l'avait recopié lui-même à la main.

Enzo ajusta ses lunettes de lecture et lut :

Ce jour-là, dans sa compassion Dieu
A placé entre mes mains
Une chose extraordinaire ; Dieu
Soit loué. Sur son ordre,
Tâchant de comprendre ses desseins secrets,
Dans les larmes et l'épuisement
J'ai trouvé tes germes sournois,
Ô responsable de millions de morts.
Je sais que cette petite chose
Sauvera d'innombrables vies.
Ô mort, où est ta victoire ?
Ô mort, où est ton aiguillon ?

L'auteur en était un certain Ronald Ross.

– Vous avez une idée de quoi il parle ?

– Aucune, répondit Jane en haussant les épaules. Je sais seulement que les deux derniers vers sont tirés de la Bible.

– Oui. « Épître aux Corinthiens ». *Ô mort, où est ta victoire ? Ô mort, où est ton aiguillon ?*

– Je ne vous imaginais pas porté sur la religion.

– Vous avez raison. Je ne le suis pas. Mais étant le fruit d'une Italienne catholique et d'un Écossais presbytérien, j'en ai été nourri dans mon enfance, entre les patates et la viande hachée.

Elle rit et regarda sa montre :

– À propos de nourriture, mon estomac commence à crier famine.

– Ah, c'est votre estomac qui fait ce bruit ! Je croyais que c'était le mien.

– Je vous montre d'abord votre chambre ? proposa-t-elle en souriant.

Il faisait un froid glacial dans l'escalier menant à la mansarde. Là-haut, même l'ampoule qui éclairait la petite pièce dispensait une lumière froide. De chaque côté de la chambre, le plafond s'abaissait presque jusqu'au sol. Une lucarne percée au nord donnait sur la pelouse. De l'autre côté, un Velux avait été installé pour que le soleil puisse pénétrer.

Contre le mur pignon, un lit en cuivre était flanqué de deux petites tables de nuit au plateau de marbre. Sur celle de gauche étaient posés, à côté de la lampe de chevet, un téléphone et un antique répondeur à cassettes dont le voyant vert brillait. Jane traversa la pièce.

– J'ai pensé que vous voudriez écouter la bande, dit-elle en rembobinant la cassette avant d'appuyer sur *Play*.

Enzo posa son sac, s'assit au bord du lit et saisit entre ses mains le gros bâton de marche appuyé au mur. Du répondeur s'éleva soudain la voix de Jane : *Papa ? vous êtes là, Papa ? Pour l'amour du ciel, rappelez-moi. Vous devez me dire ce qui se passe. Vous le devez absolument !*

Suivait un long silence pendant lequel on l'entendait respirer, puis : *Oh, mon Dieu Papa, je vous en supplie !*

Après un autre silence, la communication s'interrompait. Lorsque Jane se pencha pour arrêter l'appareil, Enzo remarqua sa pâleur soudaine.

– Vous ne pouvez pas imaginer l'effet que ça me fait. Je l'ai écoutée des centaines de fois. Chaque fois, j'ai l'impression d'entendre un fantôme. Pour moi, c'est arrivé dans une autre existence, quand j'avais encore un mari et toute la vie devant moi. C'était environ deux minutes après son appel. Je ne pouvais pas demeurer dans cet état d'incertitude. Le téléphone a sonné, sonné, puis le répondeur s'est déclenché. J'étais bouleversée, ça s'entend. Et pendant ce temps-là, on l'assassinait. Peut-être que le meurtrier m'a entendue et s'est demandé ce que Papa m'avait dit.

– Qu'est-ce que votre beau-père vous a dit au juste ?

– Simplement qu'il ne pouvait rien m'expliquer, mais que s'il lui arrivait quelque chose, Peter devait se rendre à Groix dès son retour d'Afrique, qu'il avait laissé un message que lui seul comprendrait. Et, aussi, qu'il serait ironique que Peter termine le travail. Puis il m'a fait promettre que s'il arrivait trop tard, je veillerais à ce qu'on ne déplace absolument rien dans son bureau.

– Qu'avez-vous compris par « s'il lui arrivait quelque chose » ?

– Qu'il allait mourir.

– Ah oui, c'est vrai, il était très malade.

– Il avait un cancer du poumon. J'ai pensé que son état empirait. En réalité, je me trompais complètement. Il savait qu'on allait le tuer. Ça ne peut être que ça. Pourquoi ne m'a-t-il rien dit ? Oh, mon Dieu, il était tellement vieux jeu ! Il ne pouvait se confier qu'à un autre homme. Pour lui, le rôle d'une femme se limitait à tenir une maison. Impensable de compter sur elle pour autre chose que de faire la liste des courses !

Elle remarqua soudain la canne dont Enzo caressait la poignée sculptée en forme de tête de hibou.

– C'était la sienne. On l'a trouvée à côté de lui.

Enzo éprouva soudain une étrange sensation de proximité avec cet homme. Comme s'il venait de le rencontrer en bas, dans son bureau. Il s'était déjà forgé une idée de ce personnage ordonné jusqu'à l'obsession. Et maintenant, le fait de tenir sa canne lui donnait l'impression d'établir un contact physique avec lui, de sauter vingt ans en arrière jusqu'à cette nuit où il avait perdu la vie, où la dernière chose qu'il avait touchée sur terre était cette tête de hibou dans sa paume.

Il la reposa délicatement sur le lit et se leva.

– Vous savez, Jane, même s'il s'était confié à vous ce soir-là, vous n'auriez rien pu faire. Vous étiez à des centaines de kilomètres de lui, dans un autre pays.

– J'aurais peut-être pu apprendre qui voulait le tuer. Cela m'aurait au moins permis de faire table rase du passé, alors qu'il ne se passe pas un seul jour sans que j'y pense. Ni une seule nuit sans que je me réveille à l'aube en suppliant Dieu de m'en libérer.

C'est comme une malédiction qui pèse sur moi, une malédiction à laquelle je ne pourrai pas échapper tant que l'affaire ne sera pas élucidée et le meurtrier arrêté.

Les yeux brillants de larmes, elle ajouta :

– Je ne peux pas continuer comme ça. Je n'en peux plus.

Presque sans y penser, Enzo tendit le bras pour l'attirer contre lui. N'opposant aucune résistance, Jane enfouit son visage contre sa poitrine, et essaya de réprimer les sanglots qui montaient en elle.

– Si Peter était la seule personne à pouvoir saisir son message, dit-il, nous devons en comprendre la raison, afin de trouver le moyen d'interpréter ce qu'il nous a laissé. Il doit y avoir une clé.

Ce qu'il avait dit à Raffin avant de partir lui revint alors en mémoire : *J'ai horreur d'être considéré comme un dernier espoir*. Pourtant, c'était exactement ainsi que Jane le voyait.

Chapitre 8

Dans la montée entre Port-Tudy et Le Bourg, l'Auberge du Pêcheur se trouvait sur le côté gauche, juste après l'écomusée. Le menu écrit à la craie sur une ardoise était appuyé contre la porte marron, sous une lanterne qui diffusait une lumière jaune. Enzo et Jane pénétrèrent dans une salle garnie d'étagères débordant d'un bric-à-brac typiquement groisillon – mouettes en céramique, pots en étain, énorme cafetière traditionnelle, la *grek* –, et aux murs décorés de tableaux représentant la mer ou des bateaux.

Lorsqu'une serveuse en jean et sweater les guida jusqu'à leur table, les regards se tournèrent vers eux avec curiosité. Tous les dîneurs présents, à l'exception peut-être d'un jeune couple de touristes en gros pull et chaussures de randonnée, connaissaient l'identité des nouveaux arrivants. Les conversations s'arrêtèrent, dans l'espoir de saisir quelques bribes de conversation, puis reprirent lorsqu'il devint évident qu'Enzo et Jane parlaient anglais entre eux.

– Les fruits de mer sont délicieux ici, dit cette dernière. Si vous aimez ça, bien entendu.

– Oh, mais oui.

La serveuse cala contre le dossier d'une chaise l'ardoise du menu, puis laissa son regard s'attarder un instant sur Enzo avant de dire à Jane, en souriant :

– Je suis contente de vous revoir, madame Killian.

Celle-ci sourit simplement, sans répondre ; la jeune femme s'éloigna.

– Les crevettes sont toujours excellentes, reprit-elle. De même que la dorade.

– Eh bien, je prendrai les crevettes en entrée, et ensuite la dorade.

– J'espère qu'elles vous plairont. Sinon, je m'en voudrai.

– Ne vous inquiétez pas, même si je ne les aime pas, je ferai semblant.

Elle rit et parut se détendre.

– Vous êtes un vrai gentleman.

– Voulez-vous que je choisisse le vin ?

– S'il vous plaît.

Enzo jeta un coup d'œil à la carte des vins et se décida pour un château Clément Termes, cuvée « Mémoire » blanc. Une fois la commande passée, il posa le menton sur ses mains croisées et contempla sa compagne.

– Comment se fait-il, Jane, qu'une femme aussi séduisante que vous ne se soit jamais remariée ?

Elle parut réfléchir assez longtemps. Peut-être se demandait-elle s'il valait mieux parler franchement, éluder la question ou se contenter d'une déclaration superficielle propre à satisfaire la curiosité de son interlocuteur. Finalement, elle répondit avec une sincérité évidente :

– On dit que pour chacun de nous existe quelque part dans le monde le partenaire idéal. On dit aussi que la plupart des gens ne le trouvent pas. Quand j'ai rencontré Peter, j'ai su que c'était lui.

– Comment vous êtes-vous rencontrés ?

– Oh, d'une façon très banale. Nous étions tous les deux étudiants à l'université d'Édimbourg Peter venait de Londres, moi de Bristol. Ni l'un ni l'autre n'avions choisi Édimbourg en premier. Mais c'est là que nous avons atterri tous les deux. Comme si le destin avait décidé pour nous.

– Vous croyez au destin ?

– Non. Mais parfois, il est agréable de croire que quelque chose d'aussi parfait était planifié. Que notre existence a un sens, en fin de compte.

La serveuse arriva avec le vin et remplit les verres.

– Peter s'est toujours intéressé aux œuvres caritatives. Il croyait beaucoup à l'impact de l'action individuelle dans le monde. Je n'ai jamais compris comment, après avoir vu et vécu autant d'horreurs, il pouvait encore y croire. Il revenait parfois de ses voyages, d'Afrique la plupart du temps, avec des histoires qui lui tiraient des larmes quand il les racontait. La faim, la maladie, la guerre. Des souffrances terribles à une échelle inimaginable. Et pourtant, jamais il ne doutait de l'efficacité de son action. Peut-être l'était-elle pour un petit nombre d'élus.

– Vous n'avez jamais été tentée de l'accompagner ?

– Je ne possédais pas sa force. Face à de telles atrocités, je crois qu'il faut savoir résolument garder une distance si l'on veut être utile à quelque chose. Je n'aurais pas été capable de refouler mes émotions. Peter, lui, pouvait les contrôler. Sur le terrain, il était totalement pragmatique. Ses larmes, il les gardait pour moi. Bizarrement, cela me conférait un statut très particulier. Moi seule étais admise à pénétrer dans son cœur. Vous comprenez donc, monsieur Macleod, pourquoi personne ne peut le remplacer.

– Enzo. Même mes étudiants ne m'appellent pas monsieur Macleod.

Il but une gorgée de vin et laissa son goût de vanille lui enrober la langue.

– Que faisiez-vous pendant ses longues absences ?

– J'avais mon métier. Dans l'édition. Très prosaïque, hélas. Je vivais par procuration à travers les auteurs que nous publiions. Et à travers Peter, bien sûr. Si seulement on avait eu Internet à l'époque, nous aurions eu moins de mal à rester en contact. Et j'aurais gardé un souvenir plus durable de nos conversations. Aujourd'hui, je conserve tous les e-mails que je reçois et que j'envoie. Comme si le fait de préserver une trace de ma vie lui donnait un sens.

Elle se mit à rire, trop tard pour masquer son amertume.

Dès la première minute de leur rencontre, Enzo avait senti en Jane une charge émotionnelle prête à exploser, mais contenue sous un couvercle hermétiquement clos. Pour la première fois, il sentait une fraction de cette charge s'échapper à travers des paroles qui trahissaient involontairement son désenchantement et un soupçon d'apitoiement sur soi.

– Vous travaillez toujours dans l'édition ?

– Oui, pour un petit éditeur de l'est de Londres. L'un des derniers qui soient encore indépendants. J'ignore combien de temps nous pourrons tenir. La plupart des petites maisons d'édition ont été avalées par les grands groupes, que seuls les ventes et les profits intéressent. Pour eux, qualité et diversité sont des gros mots à bannir.

Enzo perçut de nouveau une pointe d'amertume dans ses propos. Cette femme n'avait jamais été capable de se remettre vraiment en selle après la mort de son mari et le meurtre de son beau-père. Si le destin lui avait offert le partenaire idéal, il avait en revanche brisé sa vie. Peut-être, après tout, ne lui restait-il que le réconfort de se dire que son existence avait un sens.

Avec un petit sourire désabusé, elle ajouta :

– Mais j'essaye de ne pas trop y penser. Je n'ai pas envie de finir en vieille veuve aigrie.

Comme si elle redoutait d'en prendre le chemin.

On leur servit les crevettes qui, pendant quelques minutes, accaparèrent toute l'attention d'Enzo. Leur chair fondante assaisonnée de crème à l'ail se mariait parfaitement avec le vin blanc. Lorsqu'il releva les yeux, Jane le regardait.

– Vous avez des yeux intéressants, remarqua-t-elle. Un bleu, l'autre marron.

– Syndrome de Waardenburg. Ce qui explique aussi la mèche blanche.

Elle hocha la tête et demanda :

– Qu'est-ce qui vous a amené en France, Enzo ? Curieux prénom pour un Écossais, d'ailleurs.

– C'est le diminutif de Lorenzo. Ma mère était italienne.

– Ah oui, c'est vrai, vous me l'avez déjà dit.

– Le ferry.

– Pardon ?

– Vous m'avez demandé ce qui m'avait amené en France. Le ferry Sealink de Douvres à Calais, puis la voiture jusqu'à Cahors.

Il vit des fossettes se creuser dans ses joues quand elle fit la moue.

– Excusez-moi, Jane. Une femme bien sûr. Une Française. La partenaire idéale que le destin offre à peu d'élus et se dépêche de reprendre – juste pour qu'on ne se sente pas privilégié.

– Oh. Que lui est-il arrivé ?

– Morte en couches.

– Il y a longtemps ?

– Ma fille vient d'avoir vingt-deux ans.

– Je suis désolée.

– Moi aussi, je l'étais, dit-il en haussant les épaules. Mais de l'eau a coulé sous les ponts. Je crois toujours avoir fait table rase du passé, et pourtant, à chaque anniversaire de ma fille, je me souviens forcément que c'est aussi celui de la mort de sa mère. J'aurais aimé l'oublier, mais on ne peut pas ignorer l'anniversaire d'un enfant, n'est-ce pas ?

– Vous ne vous êtes jamais remarié ?

Enzo but une gorgée de vin et la regarda par-dessus le bord de son verre.

– Non.

La similitude de leur situation ne lui avait pas échappé.

– Pourquoi ?

– Ai-je vraiment besoin de répondre, Jane ? Vous l'avez expliqué vous-même.

Il se rendit alors compte que s'il avait perçu chez elle de l'amertume et de l'apitoiement sur soi, c'était peut-être parce qu'ils étaient latents chez lui aussi. Ils partagèrent un moment d'empathie silencieuse avant que Jane ne change brusquement de sujet :

– Pourquoi avez-vous décidé de résoudre les affaires classées du livre de Roger Raffin ?

– Parce que je suis idiot, dit-il en secouant la tête et en souriant. C'est à la suite d'un pari que je me suis attelé à la première affaire. En Écosse, j'étais expert médico-légal ; en m'installant en France, j'ai dû abandonner mon métier et devenir professeur. Mais je n'ai jamais cessé de me tenir au courant des dernières avancées de la science médico-légale. Alors, j'ai trouvé malin de parier que les nouvelles technologies permettraient aujourd'hui de résoudre des crimes jamais élucidés.

– À ce jour, vous avez obtenu cent pour cent de réussite, m'a-t-on dit.

Il inclina la tête :

– Ce n'est pas aussi simple. Dans certains cas, la science a joué un rôle insignifiant, sinon nul.

Il hésita un instant avant d'ajouter :

– Ne placez pas vos espoirs trop haut, Jane. Je ne suis pas certain de pouvoir les satisfaire.

– Je ne m'attends à rien, vous savez. Après toutes ces années, avec tous ces gens venus enquêter et repartis bredouilles, il me semble que seul Peter pouvait deviner ce que son père voulait lui dire.

Elle se recula sur sa chaise pendant que la serveuse enlevait les assiettes, et attendit que cette dernière soit repartie pour reprendre le fil de son récit :

– Ils étaient incroyablement proches l'un de l'autre. Beaucoup plus proches que je ne l'ai jamais été de mes parents. Ils étaient pratiquement inséparables. Peter avait l'air d'un clone de son père. Ce qui explique, sans doute, mes affinités avec ce dernier. Et pourquoi sa mort m'a autant affectée. Ces deux pertes coup sur coup m'ont anéantie. La seule chose qui m'a maintenue la tête hors de l'eau durant cette période sinistre, c'est la promesse que Papa m'avait obligée à faire, par téléphone. Je n'avais pas d'autre raison de continuer à vivre.

Si la promesse faite à Killian l'avait aidée à traverser cette épreuve, pensa Enzo, la résolution du mystère risquait de créer chez elle un manque très difficile à combler. En la libérant, la disparition de ce qu'elle avait décrit comme une malédiction lui ôterait sa raison de vivre. Mais Jane était une femme intelligente, certainement consciente de cette dichotomie.

Le poisson d'Enzo arriva. Une dorade grillée à la poêle. Moelleuse, fraîche, savoureuse, cuite au beurre et à l'ail, accompagnée d'une purée de pommes de terre maison. Très concentré sur son assiette, il détacha avec soin les filets de l'arête. Ensuite, se contentant d'échanger de temps à autre quelques sourires de satisfaction partagée, ils mangèrent en silence.

– C'était divin, déclara enfin Enzo.

Après le froid et la pluie, il se sentait presque régénéré. Mais il attendit que les cafés soient servis pour poser la question qui le taraudait depuis des jours.

– Je dois vous avouer que ce qui me trouble le plus, depuis que j'ai lu le compte rendu de cette affaire, c'est qu'un individu se donne le mal de supprimer un homme sur le point de mourir d'une maladie incurable.

Jane haussa les épaules.

– Je ne suis pas certaine que beaucoup de gens étaient au courant, en dehors de sa famille et de ses amis proches. Ce n'est pas le genre de chose qu'on crie sur les toits.

– Non, en effet, vous avez raison.

Enzo ne le savait que trop bien, lui qui avait cru être atteint d'un cancer en phase terminale*. C'était presque comme si le seul fait d'en parler équivalait à l'accepter.

– Qui était au courant, alors ?

– Je ne sais pas exactement. Son médecin, naturellement. Peter et moi. Sûrement pas Kerjean. Papa n'avait pas d'amis intimes sur l'île. Les gens le connaissaient de loin. Ils le prenaient pour un excentrique, je crois. Mais il n'avait pas de vie sociale à proprement parler. Après le diagnostic, il n'a presque plus quitté la maison.

***

* Voir *La Trace du sang* (Éditions du Rouergue, 2015).

Lorsqu'ils ressortirent de l'auberge, Enzo fut étonné de constater que la pluie qu'il s'attendait à voir tomber pendant plusieurs jours d'affilée avait cessé ; le ciel à présent complètement dégagé s'incrustait d'étoiles aussi brillantes que des cristaux de glace. Avant de descendre vers le port, il ajusta autour de son cou l'écharpe de Killian que Jane lui avait prêtée. Le doux contact de l'étoffe le rapprocha de nouveau de celui dont il était venu découvrir le meurtrier. Elle dégageait une vague odeur de renfermé mélangée à un parfum léger. Masculin. After-shave. Souvenir tenace d'un homme à qui on avait brutalement ôté la vie, vingt ans plus tôt. Une présence qui persistait longtemps après sa disparition. Et, d'une étrange façon, le reliait à Enzo. Comme si le vieil homme lui transmettait un message, à lui aussi.

Dès qu'ils dépassèrent l'écomusée, le port s'offrit à leur vue, baigné dans le clair de lune. Balancés par la houle, les voiliers alignés le long des quais se heurtaient les uns les autres avec des bruits sourds, et remplissaient l'air du cliquetis des drisses contre les mâts métalliques. Sur les eaux noires de la baie dansaient et se brisaient en myriades d'éclats éphémères les reflets lumineux des hôtels et des cafés.

Il ne pleuvait plus, mais il faisait toujours aussi froid. Un froid vif, mordant. Enzo sentit avec surprise le bras de Jane se glisser sous le sien et fut encore plus surpris de trouver cela naturel. Deux personnes se tenant chaud par une nuit froide, leurs vies tragiques réunies en même temps dans un même lieu par un même mystère.

Il voyait presque une marque du destin dans cette situation qu'il n'avait expérimentée dans aucune des affaires précédentes. S'il échouait, cette fois, ce serait peut-être par la volonté du destin.

– Vous deviez avoir au moins trente ans quand vous avez rencontré cette Française, dit soudain Jane.

– Oui. Tout juste trente ans. Nous nous sommes connus à Nice, pendant un congrès international de médecine légale.

– Vous étiez célibataire ?

– Non. J'étais marié quand j'ai rencontré Pascale.

– Oh. Alors, vous avez quitté votre femme pour elle.

– Oui.

Du coin de l'œil, Enzo essaya de voir si elle semblait le désapprouver. Mais ni sa voix ni l'expression de son visage ne trahissaient ce qu'elle pouvait en penser.

– Heureusement que vous n'aviez pas d'enfant.

Après une légère hésitation, Enzo avoua :

– Si. J'avais une fille de sept ans, Kirsty.

Sans même tourner la tête, il sentit qu'elle le regardait.

– Et alors ?

– Et alors, elle a passé les vingt années suivantes à me haïr.

– Ça continue ?

– Non. Nous avons réussi à renouer des liens.

Puis, changeant délibérément de sujet de conversation, il demanda :

– Et vous ? Vous avez eu des enfants avec Peter ?

– Non. Nous étions trop occupés, répondit-elle avec une pointe d'amertume. Lui, avec ses associations caritatives. Moi, avec mon métier. Mais on était jeunes encore. On avait toute la vie devant nous, après tout. Tout le temps d'avoir des enfants. C'est mon plus grand regret. J'aurais pu en avoir avec un autre homme, bien sûr. Mais je ne voulais pas. Je voulais des enfants de Peter.

Comme ils arrivaient à la voiture, elle déverrouilla les serrures en actionnant la télécommande.

– Vous avez de la chance, Enzo.

Sur ce, elle ouvrit sa portière et se glissa derrière le volant.

***

L'annexe était encore plus froide que lorsque Jane la lui avait fait visiter en début de soirée. La lumière crue de l'ampoule donnait à l'escalier une allure sinistre, déprimante. Épuisé, il grimpa les marches d'un pas lourd. En revenant du restaurant, ils avaient encore passé une bonne heure dans le salon à boire du whisky. Finalement, sentant qu'il avait de plus en plus de mal à garder les yeux ouverts, il avait souhaité une bonne nuit à son hôtesse, et retraversé la pelouse imbibée de pluie, dont la surface spongieuse s'affaissait sous son poids et lui mouillait les pieds.

Par la lucarne, un rayon de lune tombant en oblique dans la pièce dessinait un rectangle sur le sol et le lit. Sans allumer la lampe, Enzo installa son ordinateur sur la coiffeuse et brancha la clé USB 3G de connexion à Internet pour relever ses e-mails. Puis il se déshabilla rapidement, pressé de se glisser sous les couvertures même s'il savait que les draps seraient gelés, sûrement humides, et que, malgré la fatigue, le sommeil tarderait à venir.

Au moment où il finissait de poser ses vêtements sur le fauteuil et se préparait au plongeon glacial, il vit une lumière s'allumer à l'étage de la maison principale. Il distingua d'abord le mur du fond d'une pièce au papier peint délavé, puis Jane, qui passait dans son champ de vision avant de disparaître. Elle réapparut bientôt, s'arrêta devant la fenêtre, ôta sa chemise, dévoilant sa peau blanche et un soutien-gorge noir. Puis, elle se pencha en avant pour enlever son jean, et se redressa ; dessous, elle portait un string noir.

Quand elle se tourna de côté, il aperçut la courbe de ses fesses et se sentit brusquement accablé par un sentiment de culpabilité à jouer ainsi les voyeurs. Il baissa les yeux, ouvrit le lit, tâcha de penser à autre chose, mais ne put résister à la tentation de jeter un dernier coup d'œil. La silhouette mince venait d'emplir le cadre de la fenêtre ; elle fermait les volets intérieurs sur la nuit. Sur Enzo. Presque comme si elle savait qu'il l'observait. Presque comme si elle l'espérait ?

Chapitre 9

Enzo se réveilla le cœur battant, tous ses sens en alerte. Il se redressa et écouta, dans le noir, le silence de la nuit. Le rayon de lune qui baignait sa chambre lorsqu'il s'était couché avait disparu depuis longtemps. Les ténèbres semblaient profondes. Épaisses. Presque palpables. Un bruit l'avait tiré de son sommeil. Un bruit du monde réel s'était infiltré dans son rêve et avait déclenché une alarme. Il tendit l'oreille, en essayant de contrôler sa respiration haletante, bruyante, se glissa hors de son lit, maintenant chaud, et enfila ses pantoufles glacées avant d'attraper sa robe de chambre jetée sur le dossier du fauteuil. Un peignoir en soie noire, brodé de dragons rouge et or. Quelle idée d'avoir apporté un vêtement aussi peu adapté au climat breton de cette fin d'automne. Tout en frissonnant, il l'enfila par-dessus son caleçon et noua la ceinture.

Il saisit ensuite la lourde canne qu'il avait posée contre le mur, un peu rassuré de savoir qu'il pourrait l'utiliser comme une arme s'il devait se défendre.

Il ouvrit la porte de la chambre, scruta l'obscurité de la cage d'escalier, hésita à allumer la lumière qui le rendrait trop visible. Une main plaquée sur le mur, il descendit lentement les marches en bois, grimaçant à chaque craquement qui déchirait le silence, allongeant le pied à la recherche de la suivante, jusqu'à sentir enfin le sol de la minuscule entrée. L'oreille aux aguets. Mais n'entendant rien.

Doucement, il poussa la porte de la salle de bains, chercha à tâtons l'interrupteur.

Aveuglé par l'éclat soudain de la lampe d'une crudité impitoyable, il resta un instant immobile à cligner des yeux et écouter le bruissement de son sang à ses tympans. La salle de bains était vide. Aucune cachette possible. Il se tourna vers le bureau. La porte légèrement entrebâillée laissait pénétrer un rayon de lumière jusqu'à la bibliothèque du fond. Prudent, il avança de deux pas, une main sur la porte, l'autre serrée autour de la canne.

Il entendit plus qu'il ne vit une forme sombre s'abattre sur lui, et laissa échapper un hurlement, à la fois de frayeur et de douleur, quand il sentit des aiguilles lui transpercer le front et le cuir chevelu tandis qu'une masse chaude et molle lui enveloppait la tête.

À son propre cri se mêla celui de l'intrus – une plainte stridente qui emplit la pièce. Enzo trébucha, se débattit, sentit la morsure des aiguilles s'atténuer et le poids s'alléger. Le souffle coupé, il se retourna, la forme sombre filait dans l'escalier.

Dès qu'il actionna l'interrupteur de l'entrée, il aperçut, en haut des marches, un chat noir qui le regardait d'un air méchant, le dos arqué, les moustaches hérissées, la queue frémissante.

– Saleté de chat ! s'écria Enzo, à la fois soulagé et agacé.

D'où diable venait-il ? Il avait dû se faufiler dans la maison lorsque Jane la lui avait fait visiter en début de soirée. Enzo agita la canne en sifflant, mais, considérant sans doute que c'était lui l'intrus, le matou ne bougea pas d'un pouce et continua à le fixer comme s'il était fou. Si Enzo avait pu se voir lui-même, échevelé, en pantoufles et en peignoir de soie noire brodé de dragons, en train d'agiter un bâton et de traiter de tous les noms un chat impassible, au beau milieu de la nuit, il aurait sans doute eu la même impression.

Le constat fugace du ridicule de la situation l'incita à changer de tactique. Il referma les portes du bureau et de la salle de bains avant d'ouvrir en grand celle de l'extérieur. Une bouffée d'air glacé envahit l'entrée. La canne brandie devant lui, il gravit alors les marches d'un pas décidé.

D'abord méfiant, puis inquiet, le chat observa son approche et attendit la dernière seconde pour faire demi-tour et filer dans la chambre. Enzo le suivit, le pourchassa tout autour de la pièce jusqu'à ce que l'animal finisse par redescendre et disparaisse dans la nuit froide.

Une fois la porte d'entrée refermée, Enzo s'y adossa le temps de reprendre son souffle, heureux que personne n'ait été témoin de cette scène. Complètement réveillé à présent, il n'avait pas envie de se recoucher. L'abus de vin et de whisky combiné à ces efforts physiques lui avait donné la migraine. Il rouvrit la porte du bureau, alluma la lumière, et fut de nouveau frappé par l'atmosphère étouffante de la pièce. Elle semblait hantée par la personnalité de l'homme qui avait vécu là. Même après toutes ces années. L'espace d'un instant, il se laissa aller à imaginer que l'esprit de Killian était revenu sous l'apparence d'un chat noir pour l'y attirer justement à cette heure matinale si propice à la réflexion. À moins que ce ne fût quelque démon envoyé dans le but de l'effrayer, un messager de la Mort porteur d'un avertissement, héraut d'un échec inéluctable.

Il se rendit directement dans la cuisine où il remplit un verre d'eau froide qu'il but ensuite à petites gorgées tout en déambulant dans le bureau. Si l'on en croyait le livre de Raffin, il n'y avait pas eu d'effraction. L'intrus était simplement entré par la porte et avait attendu sa victime.

Ce soir-là, Killian interrompt brusquement sa conversation téléphonique avec Jane. A-t-il entendu quelque chose ? Raccroche-t-il le téléphone pour s'emparer de sa canne avant de descendre voir ce qui se passe au rez-de-chaussée ? Si tel est le cas, son agresseur n'a pas dû rester caché longtemps. Le corps de la victime a été découvert contre le mur de la fenêtre, juste à droite de la porte quand on entre dans la pièce. La position du cadavre et la trajectoire des balles suggèrent que le tueur se trouvait du côté de la cuisine lorsqu'il a tiré. Est-ce là qu'il se cachait ?

Les traces de sang sur le plancher étaient assez évocatrices pour qu'Enzo se représente le corps allongé, tordu, brisé, le sang coulant de ses blessures, drainant avec lui sa force vitale. Il regarda autour de lui. Si l'on cherchait quelque chose dans cette pièce, que fouillerait-on ? Les tiroirs du bureau, le meuble classeur, le placard de la cuisine. On passerait à côté d'un Post-it ou d'une liste des courses sans les voir. On ne s'attarderait pas sur une note sans queue ni tête gribouillée à la hâte dans un agenda. D'ailleurs, l'assassin de Killian parlait-il anglais ?

Pour cacher quelque chose, le meilleur endroit était souvent le plus visible, Enzo le savait. En général, les gens ne voient pas ce qui leur crève les yeux.

À côté de quoi le tueur aurait-il pu encore passer ? Enzo regarda une fois de plus autour de lui. Les rangées de livres sur les étagères, la table à tréteaux, le bureau, le frigo de la cuisine. Naturellement, tout dépendait de ce qu'on cherchait. Forcément quelque chose que Killian avait dissimulé en laissant des indices qui mèneraient son fils à sa cachette.

Pour quelle raison Killian redoutait-il à ce point qu'on attente à sa vie ? Car, c'était la peur et le désespoir qui l'avaient poussé à appeler Jane. Killian sentait que quelque chose allait lui arriver, qu'un danger le menaçait. Et il craignait qu'une action dans laquelle il s'était engagé demeure inachevée. Qu'avait-il dit exactement à Jane ? *Il serait ironique que Peter termine le travail*. Quel travail ?

Mais que peut craindre un homme en train de mourir ?

Enzo retourna dans la cuisine, rinça le verre dans l'évier, examina le frigo. *Lessive*, *infusions*, *dissolvant*, *dentiste*, *laitue*, *boudin*, *quinquina*, avait écrit Killian sur la liste de courses. Et sur le Post-it, *Samson trahira le monstre*. Un Post-it qui lui sautait aux yeux pour la simple raison que c'était le seul élément placé de travers sur la porte.

Killian savait à coup sûr que Peter comprendrait tout de suite. Un code, peut-être, inventé ou partagé pendant l'enfance de ce dernier ; un code qu'eux seuls pouvaient déchiffrer. Père et fils. Jane avait dit qu'ils étaient incroyablement proches l'un de l'autre.

Un frisson le traversa. Le froid s'infiltrait dans ses os. Il traversa la pièce, s'assit de nouveau dans le fauteuil de Killian. Ses yeux tombèrent alors sur le Post-it collé à l'abat-jour de la lampe : *P, un jour, il faudra que tu fasses friser le chauffeur. N'oublie pas !* Adressé directement à son fils. Puis sur l'agenda : *P, j'espérais voir la lumière, mais je n'ai plus le temps, seuls restent les mots, les mots mentent et ne mentent pas.* Les yeux fermés, Enzo ressassa ces phrases, comme si le simple fait de les répéter dans sa tête pouvait lui apporter une révélation, ou du moins un peu plus de clarté. N'aboutissant à rien, il les rouvrit et consulta la double page de la semaine précédente. Mardi, 14 h 30, Dr S. Puis même annotation le jeudi. Il remonta encore le temps. Même rendez-vous deux fois par semaine depuis le début de l'été.

Pourquoi ne pas commencer par là ? De toute façon, il avait besoin d'un point de départ pour démarrer son enquête, et celui-là semblait aussi bon qu'un autre. Demain, il irait voir le médecin de Killian. Les morts ne parlent pas. Mais parfois, leurs médecins en savent plus qu'ils ne veulent bien le dire à leurs patients.

Chapitre 10

Entourée de pavillons modernes et de jardins luxuriants plantés d'arbres, la maison médicale se trouvait à la sortie du Bourg, au bout d'une longue route droite. C'était un bâtiment couleur crème à toit d'ardoise, une relique de l'architecture fonctionnelle des années 1970. Enzo gara la jeep sur le parking gravillonné, où un panneau portait les noms de trois généralistes, un dentiste et deux infirmières.

En entendant la porte s'ouvrir, une réceptionniste entre deux âges leva des yeux indifférents puis, soudain, son regard s'éclaira :

– Oh ! Monsieur Macleod, n'est-ce pas ? Vous êtes malade ?

Il se demanda aussitôt si le fait d'être reconnu par tous les habitants de l'île représenterait un obstacle ou un atout.

– Non, madame, répondit-il avec un petit sourire. Je ne suis pas malade. Je voulais savoir si je pourrais prendre rendez-vous avec le médecin qui s'occupait d'Adam Killian avant sa mort.

– Bien sûr ! Inutile de vous demander pourquoi vous voulez le voir, n'est-ce pas ? Mais, voilà plusieurs années que le docteur Servat père a pris sa retraite.

– Ah, naturellement. Le docteur Servat père… Il y aurait donc un docteur Servat fils ?

– Oui. Alain Servat.

– Et il exerce ici ?

– Oui.

– Vous croyez que je pourrais lui parler ?

– Un instant, s'il vous plaît, dit-elle, un index pointé vers le plafond.

Elle décrocha le téléphone et enfonça deux touches :

– Docteur Servat ? J'ai, à la réception, monsieur Macleod qui désire vous voir au sujet du meurtre d'Adam Killian, annonça-t-elle tout en haussant un sourcil à l'intention d'Enzo, comme pour lui demander confirmation.

Résigné, Enzo soupira et hocha la tête. Décidément, tout le monde, sur l'île, connaissait ou voulait connaître la raison de sa présence.

– Il vous recevra dès qu'il en aura terminé avec sa patiente. Asseyez-vous donc.

Enzo s'assit sur l'une des chaises en plastique alignées en rang d'oignons dans la salle d'attente.

Bien qu'il évitât de la regarder, il savait qu'elle le dévisageait et devinait son impatience.

– Votre dîner vous a plu ? demanda-t-elle soudain, incapable de se retenir plus longtemps.

Surpris, il tourna la tête.

– Mon dîner ?

– À l'Auberge du Pêcheur. J'ai entendu dire que vous aviez dîné là-bas hier soir avec madame Killian.

– Ah oui ?

– Leurs fruits de mer sont délicieux.

– C'est vrai.

– En saison, on est toujours obligé de réserver.

– Ça ne m'étonne pas.

Après quelques échanges de banalités, Enzo décida de tirer profit de cette soif de bavarder :

– Ça fait longtemps que le docteur Servat a pris sa retraite ?

– Oh, je ne sais pas exactement. Avant que j'arrive, en tout cas. Peut-être depuis dix-sept ou dix-huit ans.

– Et son fils lui a alors succédé ?

– Oh non, il était déjà installé. Un homme charmant. Je ne l'ai jamais entendu prononcer un mot plus haut que l'autre. Sa femme était infirmière autrefois. Ils ont deux belles petites filles et un garçon, un peu plus âgé. Je ne le connais pas vraiment, lui. Il est parti à l'université. C'est l'une des familles les plus sympathiques de l'île.

Enzo commençait à regretter d'avoir entamé la conversation lorsqu'il fut sauvé par l'apparition du docteur Servat qui sortait de son cabinet, en tenant par le coude une vieille dame, en chapeau et long manteau, appuyée sur une canne.

– Merci beaucoup, docteur, dit-elle au moment de sortir.

– Ménagez-vous, madame Pouard. Évitez de monter à cheval et d'escalader des montagnes pendant quelques semaines.

La vieille dame s'esclaffa :

– Ah, si seulement…

L'homme se tourna alors vers le visiteur qui venait de se lever de sa chaise et s'avança vers lui, main tendue.

– Monsieur Macleod, entrez, je vous en prie.

Il poussa Enzo vers son cabinet :

– Prenez un siège, prenez un siège.

Enzo s'installa devant le bureau et regarda les étagères surchargées de livres de médecine. La pièce avait la forme d'un L dont la partie la plus longue contenait une table d'examen, un lavabo et une grande armoire, remplie de boîtes et de flacons, fermée par une porte vitrée. Le médecin s'assit en face d'Enzo, les mains jointes devant lui. Il observait l'Écossais avec une expression chaleureuse ; une petite lueur d'amusement éclairait ses yeux marron. C'était un homme d'environ quarante-cinq ans, de taille moyenne, avec une tendance à l'embonpoint et une épaisse chevelure blond cendré grisonnant légèrement sur les tempes.

– Ainsi… vous êtes ici pour découvrir qui a tué Adam Killian.

Il ne posait même pas la question.

– Je crois que si l'on faisait un sondage dans la rue, neuf personnes sur dix le sauraient.

Le médecin se mit à rire :

– Non, je crois que vous vous trompez, monsieur Macleod. Moi, je dirais plutôt dix personnes sur dix.

Ce fut au tour d'Enzo de rire :

– L'île ne semble pas le meilleur endroit pour garder un secret.

– Le pire, vous voulez dire.

– Voilà qui rend encore plus extraordinaire le fait qu'on n'ait jamais réussi à découvrir le coupable depuis tant d'années.

Le médecin prit une profonde inspiration avant de lancer :

– Si vous faisiez un deuxième sondage dans la rue, monsieur Macleod, neuf personnes sur dix vous diraient que c'est Thibaud Kerjean.

– Vous partagez cet avis ?

– Je n'ai pas d'avis. Le tribunal l'a déclaré non coupable. Qui suis-je pour contester une décision de justice ?

– Certains coupables sont relâchés faute de preuves.

– Exact.

– En Écosse, nous avons un troisième verdict. Coupable, non coupable et non prouvé.

– Ah, très intéressant, fit le docteur Servat en se calant dans son fauteuil et en hochant la tête. Telle aurait sans doute été la sentence prononcée dans ce cas par un tribunal écossais.

– Possible. Votre père était le médecin d'Adam Killian, n'est-ce pas ?

– Oui. Il a pris sa retraite peu de temps après le meurtre. C'est lui qui a fondé la maison médicale dans les années 1970 avec deux autres médecins. Avant cela, il exerçait chez lui, dans la maison où je vis maintenant avec ma famille.

– Je suppose que vous ne pouvez pas me donner de détails sur ses consultations médicales avec Killian ?

– En effet. À l'époque, je débutais juste et je n'avais aucun contact avec Killian. Seul mon père aurait pu vous en parler. Malheureusement, cela ne servirait à rien de l'interroger actuellement. Il a plus de quatre-vingt-dix ans.

– Il est toujours de ce monde ? s'étonna Enzo.

– Oh oui. Et il vit toujours avec nous.

– Pensez-vous que je pourrais quand même lui parler ?

– Si vous le souhaitez.

L'espace d'une seconde, un léger nuage de tristesse assombrit le visage du médecin, avant qu'il n'ajoute :

– Mais j'ai bien peur que cela ne vous mène à rien. Écoutez, il est presque midi, je n'ai plus de rendez-vous ce matin. Voulez-vous venir déjeuner à la maison ? J'appelle juste ma femme pour lui demander d'ajouter un couvert.

***

Les Servat habitaient Le Bourg, dans une vieille maison biscornue située à l'angle de la place du Leurhé, en face d'un café qui louait des chambres, le Triskell. De l'autre côté de la place s'élevait la bâtisse blanche du Crédit Agricole, dotée d'une tour carrée percée, sur trois côtés, de trous gros comme des melons. Enzo pensa d'abord qu'il s'agissait d'une sorte de pigeonnier, mais Alain Servat le détrompa :

– Difficile à deviner, hein ? En fait, c'est l'ancienne caserne des pompiers. On suspendait les tuyaux dans la tour après les avoir utilisés. Les trous de ventilation accéléraient le séchage.

Après avoir franchi la grille, il précéda Enzo dans une étroite allée bordée d'immenses massifs d'hortensias qui dissimulaient presque entièrement une maison jaune pâle et bleu.

La porte d'entrée ouvrait sur un long vestibule au parquet ciré, traversant toute la maison jusqu'à une porte vitrée.

– On est là, chérie ! cria le médecin, en entraînant son invité vers sa gauche, dans une vaste salle à manger carrée baignée de soleil sur laquelle donnait directement une cuisine de style campagnard.

Une très jolie femme aux longs cheveux châtains apparut sur le seuil. Elle portait un tablier marron par-dessus un jean et un chemisier blanc aux manches retroussées.

– Bonjour ! Le déjeuner est presque prêt.

– Élisabeth, je te présente Enzo Macleod. Un détective privé qui vient rouvrir l'enquête sur le meurtre de Killian.

Elle s'essuya les mains sur son tablier avant de s'avancer vers Enzo pour le saluer.

– Je suis ravie de vous rencontrer, monsieur, dit-elle en souriant. Je me suis toujours demandé s'il valait mieux résoudre cette affaire ou l'enterrer une bonne fois pour toutes. C'est un peu comme si Killian revenait nous hanter.

Enzo se rendit compte qu'elle lui tenait la main plus longtemps qu'il ne s'y serait attendu. Mais c'était fait avec un tel naturel qu'il n'en ressentit aucune gêne.

– Eh bien, j'espère ne pas réveiller trop de fantômes, madame.

Elle rit, lâcha sa main et lança, avec une lueur d'amusement dans ses yeux sombres :

– On ne sait jamais, à quelques jours d'Halloween ! Mais asseyez-vous, tous les deux. Les filles ne vont pas tarder.

La table semblait être un vieux meuble de famille, avec son plateau de bois poli, brûlé et taché au cours d'innombrables repas. Qui sait combien de générations avaient pris place autour d'elle, combien de drames et de conversations s'y étaient déroulés.

Cinq couverts avaient été dressés sur des sets, chacun accompagné d'une serviette en tissu. De la cuisine s'échappaient des odeurs alléchantes.

Les murs bleus s'ornaient de tableaux et de photos de famille. Au centre de la pièce une grosse lampe en cuivre pendait du plafond.

– Vous devez vous sentir un peu chez vous sur cette île, dit Alain Servat. Celte parmi les Celtes.

Enzo ne s'étonnait même plus qu'on ait l'air de le connaître si bien.

– En effet. Groix ressemble beaucoup aux îles de la côte occidentale de l'Écosse. C'était encore plus flagrant hier, sous la pluie.

– Ah, la fameuse pluie écossaise. Voilà pourquoi vous êtes parti vous installer dans le sud de la France ? Pour y échapper ?

– Tout juste, s'esclaffa Enzo. Au bout de toutes ces années, je commençais à rouiller. Et vous-même, docteur, vous êtes celte ?

– Presque. Ma famille est originaire de Paris, mais j'ai vu le jour et grandi sur l'île. Je ne l'ai quittée que le temps de faire mes études de médecine, puis mon internat dans différents hôpitaux. Celle d'Élisabeth, en revanche, est implantée ici depuis le *XV*ᵉ siècle.

Son épouse sortit de la cuisine avec des bols de soupe au poireau fumante qu'elle posa devant les deux hommes, juste au moment où la porte s'ouvrait à toute volée sur deux adolescentes qui entrèrent en courant dans la pièce.

– Doucement, les filles ! Tenez-vous bien, nous avons un invité. Monsieur Macleod, je vous présente Seve et Oanez. Respectivement douze et quatorze ans, débordantes d'énergie, comme vous pouvez le constater.

Une énergie brusquement refrénée avec la gaucherie de l'adolescence quand, un peu gênées, elles s'avancèrent vers l'étranger pour l'embrasser sur les joues.

– Des noms bretons ? demanda-t-il.

D'un doigt sur les lèvres, Alain fit signe à ses filles de maîtriser leur envie de glousser, et répondit à Enzo :

– Oui. Nous avons voulu donner des noms traditionnels à tous nos enfants. Notre fils s'appelle Primel. Il est étudiant à la Sorbonne. En philosophie. Pas en médecine, malheureusement.

Élisabeth, qui revenait avec deux autres bols de soupe, ajouta avec une pointe de regret dans la voix :

– Il ne s'installera probablement pas ici. Aujourd'hui, les jeunes n'ont qu'une hâte, quitter l'île.

Elle retourna chercher son propre bol dans la cuisine avant de s'asseoir à table. Enzo remarqua que le couvert du docteur Servat père n'avait pas été mis. Il avait espéré que le vieil homme déjeunerait avec eux, mais il préféra ne pas en parler tout de suite.

La soupe était épaisse, délicieuse, mélangée à de gros morceaux de pomme de terre. Levant les yeux vers Élisabeth, il demanda :

– Vous-même n'avez jamais eu envie de quitter l'île ?

– Oh, si. J'ai fait mes études d'infirmière sur le continent. Et puis, finalement, quelque chose m'a fait revenir.

– Moi, gloussa le docteur Servat.

– Eh oui, toi. Sacré Alain !

Son sourire se voila quand elle ajouta :

– Et un père malheureusement souffrant.

– Mon beau-père a été l'un des derniers pêcheurs de thon. Groix a connu la célébrité avec sa flotte de thoniers, vous savez.

– Quand j'étais petite, de notre maison, on voyait les bateaux rentrer à Port-Lay. Ils étaient motorisés bien sûr. Mais jadis, ils arrivaient toutes voiles déployées. Ce devait être magnifique. J'ai des photos quelque part. Ça paraît étonnant quand on voit le port ; il a l'air tellement petit. Dans mon souvenir, pourtant, il était immense, plein de bateaux ; il résonnait des voix des pêcheurs qui débarquaient leurs prises, et des moteurs des camions qui emportaient les thons à l'usine de transformation. Tout cela a disparu aujourd'hui. Comme mon père.

Enzo tourna la tête vers Alain :

– Et le vôtre ? Il n'est pas là ? Je croyais qu'il vivait avec vous.

– C'est exact, répondit Élisabeth à la place de son mari. Mais je crains qu'Émile ne prenne plus jamais ses repas avec nous.

– Élisabeth a été merveilleuse avec lui. Sans elle, j'aurais été obligé de le placer depuis longtemps dans un établissement spécialisé. Ce n'est pas facile.

Il lança un regard d'adoration à sa femme qui répliqua en riant :

– On dirait que je suis destinée à m'occuper des personnes âgées.

– Et c'est moi le prochain sur la liste ! plaisanta Alain.

– Oh, d'ici que tu en arrives là, mon chéri, moi aussi j'aurais besoin de quelqu'un pour s'occuper de ma personne. Ce sera aux enfants de prendre la relève. N'est-ce pas, les filles ?

Gênées de se retrouver soudain le point de mire des adultes, les deux adolescentes firent la grimace.

Alain éclata de rire :

– Mon Dieu !

Puis, se tournant vers Enzo :

– Mon père est dans sa chambre, à l'arrière de la maison. Je vous y conduirai après le déjeuner.

***

La chambre d'Émile Servat se trouvait au bout du long vestibule, sur la droite. Avant d'entrer, Alain jeta un coup d'œil à travers la porte vitrée. La pièce était claire, spacieuse, avec de hautes fenêtres donnant sur la rue qui longeait le côté de la maison. Les murs fraîchement repeints en blanc cassé contrastaient avec le parquet et les meubles en bois sombre. Des étagères croulaient sous les souvenirs – cloche de bateau en cuivre, énorme compas monté sur un socle en acajou et, un peu partout, des tableaux, des cartes marines, des maquettes de bateaux, des mappemondes.

– C'était son cabinet, dit Alain. Mon père était un fou de bateaux. Quand j'étais enfant, on naviguait presque tous les week-ends ensemble.

Enzo fut tout de suite frappé par l'odeur d'urine caractéristique des vieillards incontinents, accentuée par la chaleur étouffante qui régnait dans la chambre.

Des rires et des applaudissements jaillissaient d'un poste de télévision. Assis dans un fauteuil roulant, la tête inclinée vers l'appareil, gisait l'ombre d'un être humain. Une créature ratatinée à la peau luisante tendue sur les os, flottant dans des vêtements trop larges pour son corps amaigri. Ses yeux vides regardaient l'écran sans le voir. Sur son crâne chauve quelques rares mèches blanches se battaient en duel et de ses lèvres violettes, humides, coulait un filet de bave.

Sortant un mouchoir de sa poche, Alain s'approcha de son père pour lui essuyer la bouche et le menton.

– Oh, papa, murmura-t-il.

Puis, se tournant vers Enzo :

– Ce n'est pas une vie. Mais on essaye de la lui rendre aussi confortable que possible. Qui sait ce qu'il ressent ou comprend. Parfois, il me regarde, mais j'ignore ce qu'il voit. Depuis trois ans, il ne parle presque plus. Vous comprenez pourquoi cela ne servirait pas à grand-chose de l'interroger au sujet de Killian.

– Je suis désolé. Je ne me doutais pas…

– Ne soyez pas désolé. Il avait plus de soixante-dix ans quand Killian a été tué. Il aurait dû arrêter de travailler, mais il a tenu à continuer le plus longtemps possible. Malheureusement, il commençait déjà à souffrir de démence sénile. Il a fallu l'obliger à prendre sa retraite. Ce fut difficile, très pénible.

– J'imagine.

Enzo se souvenait de la déchéance de son propre père. Du long processus de perte de mémoire. De son incapacité à prononcer les mots, de sa frustration d'oublier les airs qu'il avait joués toute sa vie au piano, d'oublier ses amis, sa famille. Jusqu'au jour, gravé à jamais dans sa mémoire, où le vieil homme, qu'il avait emmené déjeuner au restaurant, lui avait soudain demandé, l'air hagard : Mais, qui êtes-vous ?

– Il semble au moins avoir trouvé une sorte de paix intérieure maintenant. Dans un coin de son esprit, coupé du monde extérieur. Nous continuerons à subvenir à ses besoins tant que son corps ne décidera pas d'abandonner la partie. Cela peut se produire dans une semaine, un mois, un an. Qui sait ?

L'air triste, Alain Servat secoua la tête.

– Quelle chose terrible de voir un homme aussi intelligent et vigoureux réduit à cet état. Encore plus terrible quand on sait que c'est ce qui nous attend. Si nous vivons assez longtemps.

Un coup frappé à la porte située à l'autre bout de la pièce interrompit ses élucubrations morbides. Entra un homme de haute taille au visage charnu creusé de rides, très expressif, surmonté d'une incroyable tignasse blanche.

– Salut, salut, dit-il en refermant derrière lui.

Appuyé sur un bâton de marche noueux, il s'avança d'un pas raide mais vigoureux. Il portait un costume sombre à la veste boutonnée sur un pull-over à motifs et une chemise sale dont le col était élimé. Enzo lui donnait dans les quatre-vingts ans Ses yeux marron pétillaient de malice et d'humour.

– Comment va le vieux, aujourd'hui ?

Alain sourit avec patience et expliqua à Enzo :

– Jacques n'a que deux ans de moins que mon père, mais il l'a toujours appelé *le vieux*.

– J'ai quatre-vingt-quatorze ans, annonça l'autre avec un certain orgueil.

Et, tendant une main osseuse à Enzo :

– Jacques Gassman pour vous servir, monsieur.

Enzo décela dans sa voix une trace d'accent qu'il ne sut définir. La poigne était très ferme.

– Jacques et mon père exerçaient chacun de leur côté sur l'île avant de fonder le centre médical.

– Oh, fit Enzo. Docteur Gassman, donc.

– Oui, confirma fièrement le vieil homme. Je viens rendre visite au vieux tous les deux jours, pour voir comment il se porte. Et jeter par la même occasion un coup d'œil au fiston qu'il m'avait chargé de surveiller.

– Jacques, je vous présente monsieur Macleod.

– Oui, je sais. Je lis encore les journaux, gamin. Même si ça me prend un peu plus de temps qu'avant. Alors, vous allez résoudre notre petit mystère, monsieur Macleod ?

Enzo haussa les épaules.

– Si je peux. J'espérais pouvoir interroger son médecin sur Adam Killian, mais je vois que c'est impossible.

– Vous pouvez toujours consulter son dossier médical, dit Gassman en se tournant vers Alain Servat. N'est-ce pas, Alain ? Il me semblait que tu avais rapporté ici toutes les fiches d'Émile lorsque le centre a été informatisé.

– Exact. Elles sont rangées dans des cartons, au grenier. Je n'y avais pas pensé. Celle d'Adam Killian doit s'y trouver. Vous voulez que je vérifie, monsieur Macleod ?

– Ça me rendrait bien service, merci.

***

La poussière s'était accumulée depuis des dizaines d'années dans le vaste grenier ; les araignées avaient tissé de véritables tentures devant les lucarnes, et la lumière du jour filtrait entre les ardoises du toit. Enzo suivit Alain à pas prudents, en évitant de se cogner aux poutres, jusqu'à un endroit où étaient empilés des cartons, contre le mur pignon.

Les dossiers ayant été rangés par ordre alphabétique, les deux hommes durent déplacer tous ceux concernant les patients de A à J avant de tomber sur le bon. Le médecin décolla sans mal le ruban qui avait perdu depuis longtemps ses propriétés adhésives, souleva un nuage de poussière en ouvrant les rabats, et trouva rapidement ce qu'il cherchait :

– Le voici, dit-il en extrayant une chemise autrefois rouge.

Son contenu était assez mince. Enzo s'en étonna d'abord, puis se rappela qu'avant de prendre sa retraite, Killian ne venait sur l'île que pendant ses vacances. Il jeta un coup d'œil aux notes manuscrites au fur et à mesure qu'Alain Servat les passait en revue, essaya de les déchiffrer, mais renonça vite :

– Ah, les médecins ! À croire qu'on leur apprend exprès à se rendre illisibles.

– Mon père aurait remporté le premier prix haut la main, s'esclaffa Alain. Mais je suis habitué à son écriture.

Il feuilleta quelques fiches.

– Voilà. Oui… Killian est venu le voir en mars 1990. Il se plaignait de sueurs nocturnes, de fatigue chronique et d'une toux persistant longtemps après le rhume de printemps qui l'avait déclenchée. Papa l'a envoyé passer une radio à Lorient.

Une grande enveloppe verte était jointe au dossier. Il en sortit la radio des poumons de Killian qu'il tint devant la lumière d'une lucarne.

– Elle est datée du 15 avril 1990.

Il la rangea et lut ensuite les notes de son père :

– *Tumeur inopérable. Phase terminale. Trois à six mois, selon le radiologue.* Cinq mois après, il devait être très proche de la fin.

Perdu dans ses pensées, Enzo regardait sans le voir le dossier qu'Alain tenait entre ses mains.

– Si l'assassin avait attendu une ou deux semaines, le cancer se serait chargé du boulot à sa place.

DEUXIÈME PARTIE

Chapitre 1

Il faisait nuit lorsqu'Enzo poussa la porte du bar contigu à l'Auberge du Pêcheur, après avoir dîné d'un bol de pâtes au Thon Bleu, deux cents mètres plus haut.

Regagner sa chambre glaciale où il se retrouverait seul, hanté par Killian et le mystère de sa mort, ne lui disait rien. Avant, il avait besoin d'un remontant qui le réchauffe de l'intérieur et le console de cette journée frustrante.

Sa rencontre avec le médecin de Killian ne lui ayant apporté aucun éclaircissement sur l'affaire, il avait passé le reste de la journée à explorer l'île en voiture, histoire de se familiariser avec les lieux. D'abord au nord-ouest, vers le phare de Pen Men, où une mer hostile dévorait la côte, rongeait ses roches noires, découpait des falaises à pic et des criques traîtresses contre lesquelles les vagues se brisaient en explosions d'écume blanche. Puis au sud, à la pointe des Chats, où il était resté un long moment à profiter du soleil tout en contemplant une mer beaucoup plus sereine.

Les clients du bar, une douzaine environ, tournèrent la tête ; aussitôt, le silence se fit. Un étrange silence gêné, que personne ne semblait savoir comment rompre.

Presque amusé, Enzo sourit et lança à la cantonade, tout en s'avançant vers le comptoir :

– Bonsoir !

Un murmure de *bonsoirs* lui répondit ; quelqu'un se racla bruyamment la gorge, mais aucune conversation ne reprit. Imperturbable, le barman, un homme grand et mince d'une trentaine d'années aux cheveux longs, le nez chaussé de lunettes à monture métallique, vêtu d'un jean et d'un pull à col roulé, dit comme s'il s'adressait à un habitué :

– Qu'est-ce que je vous sers ce soir, monsieur Macleod ?

Enzo leva les yeux vers les étagères remplies de bouteilles et fut étonné d'y voir une sélection impressionnante de bons whiskies écossais et irlandais.

– Je prendrai un Glenlivet.

– Dix ou quinze ans ?

– Vivons dangereusement, allons-y pour le quinze ans.

Pendant que le barman attrapait la bouteille, Enzo jeta un coup d'œil aux murs couverts de peintures représentant la mer ou des bateaux, aux poutres sombres vernies qui soutenaient le plafond en pente, aux visages toujours tournés vers lui. Puis, à la plus grande surprise des clients qui ne s'attendaient visiblement pas à ce qu'il leur adresse la parole, il demanda :

– Eh bien, puisque j'ai droit à toute votre attention, l'un d'entre vous pourrait-il me dire quelques mots sur Thibaud Kerjean ?

Silence.

Le barman posa d'un coup sec le verre de Glenlivet sur le zinc.

– Personne ne vous dira du bien de Kerjean, ici.

Enzo versa une goutte d'eau dans son whisky et leva son verre.

– Pourquoi ?

– Parce que c'est un assassin et un putain d'ivrogne qui traite ses femmes comme de la merde ! gronda un gros homme attablé dans un coin avec deux amis.

– Un assassin ?

– Tout le monde sait qu'il a tué l'Anglais. On n'a pas besoin de vous pour nous le dire.

– Je me garderais bien de dire une chose pareille car j'ignore qui a tué Adam Killian.

Il but une gorgée de whisky et savoura la richesse de l'arôme qui envahissait son palais et réchauffait sa gorge, avant d'ajouter :

– Pour l'instant, du moins. Comment savez-vous qu'il traite ses femmes comme de la merde ?

Un grand maigre coiffé d'une casquette répliqua :

– Tout le monde sait qu'il bat ses femmes.

– Ah bon ? Elles vous l'ont raconté ?

– Non, mais tout le monde le sait.

– Vous avez dit *ses* femmes. Il en a plusieurs ? Bizarre, s'il les traite aussi mal.

Le barman appuya les coudes sur le bar et se pencha en avant :

– Parce qu'elles ne peuvent pas lui résister, monsieur. Dieu seul sait pourquoi, il a toujours eu une femme avec lui. Même après le meurtre. Comme si ça le rendait encore plus original. Mais c'est un type violent, ne vous y trompez pas. Féroce, je dirais. Et imprévisible dès qu'il a un verre dans le nez.

– Et pour quelle raison aurait-il tué Killian ?

Enzo connaissait déjà la réponse. Raffin avait décrit l'arrestation et le procès de Kerjean dans son livre. Il voulait cependant savoir ce que les autochtones en pensaient.

– Parce qu'il l'avait mouchardé, lança le gros homme dans le coin.

– Et à cause d'une femme, aussi, ajouta un autre. Pas étonnant. C'drôle d'olibrius a le cerveau dans les roubignolles.

Ce qui déclencha l'hilarité de toute la salle.

– Le problème, monsieur, dit le barman en se redressant et en plaquant les mains sur le bar, c'est que la plupart des gens de l'île vivent du tourisme aujourd'hui. Directement ou indirectement.

Il remonta ses lunettes sur son nez, comme pour mieux voir Enzo, avant de poursuivre :

– L'année du meurtre, la fréquentation de l'île a baissé de quinze pour cent. Les gens qui viennent ici en vacances veulent pouvoir s'allonger sur la plage ou se balader sur les sentiers sans craindre qu'un assassin en liberté rôde dans les parages. Heureusement, avec le temps, ils ont fini par oublier.

– Jusqu'à ce que ce journaliste, Raffin, publie son bouquin et que toute l'histoire ressorte dans les journaux, fulmina l'homme à la casquette, le regard mauvais.

– Un nouveau sale coup pour nous, ajouta le barman.

– Et maintenant, v'là que vous en rajoutez en venant encore remuer la merde, se lamenta un barbu plus âgé que les autres, assis près d'une fenêtre, un pied posé sur la chaise voisine.

Sentant l'hostilité générale à son encontre, Enzo se défendit :

– Si ce n'était pas moi, ce serait un autre. Et ça ne finira jamais. Jusqu'à ce que Kerjean meure ou quitte l'île. Ou que quelqu'un résolve le mystère et permette que l'affaire soit classée une bonne fois pour toutes.

– Et ce quelqu'un, ce sera vous, monsieur ?

Le gros homme le fusillait du regard.

Pour la première fois, Enzo sentit à quel point il était urgent d'élucider le mystère. Sa présence à Groix éveillait à la fois l'espoir et l'hostilité. S'il ne comblait pas l'un, il pouvait s'attendre à une aggravation de l'autre.

– Je ne peux pas vous le garantir.

– Vous pouvez jamais, vous autres.

La porte s'ouvrit alors et un courant d'air froid pénétra dans la salle en même temps qu'un homme vêtu d'un caban boutonné jusqu'au cou, d'un jean usé aux genoux maculé de taches d'huile, et chaussé de vieux godillots en cuir couverts de boue. Il avait les mains enfoncées dans ses poches, des cheveux gras et longs coiffés en arrière au-dessus d'un large front. Le brouhaha des conversations s'arrêta aussi brusquement que lors de l'entrée d'Enzo.

L'espace d'une seconde, ce dernier se demanda où il avait déjà vu cet individu, puis il le reconnut : c'était celui qui l'avait agressé à sa descente du ferry. Kerjean. Il reconnaissait les yeux bleus pleins de colère dans ce visage marqué par les années et les bagarres, mais toujours beau malgré tout, d'une beauté brutale. Même sans l'avoir bien regardé sous la pluie, il avait été immédiatement frappé par son expression menaçante. À présent, il percevait autre chose derrière sa puissance physique. Cet homme dégageait une aura, un sombre charisme qui impressionnait tous les clients du bar sans exception – et qu'ils lui enviaient peut-être.

Kerjean marqua une pause, le temps de jeter un coup d'œil circulaire à la salle, puis s'approcha du comptoir sans paraître remarquer Enzo. Ce dernier crut déceler une certaine instabilité dans sa démarche, aussitôt confirmée par son haleine alcoolisée lorsqu'il lança :

– Une Guinness.

Le barman hocha la tête, prit un verre sur l'étagère et le glissa sous le robinet.

Les yeux fixés sur le verre qui se remplissait de bière brune, Kerjean grogna :

– Encore là, Macleod ?

– Non, je suis reparti par le premier ferry comme vous me l'avez conseillé.

Dans leur dos fusèrent des rires étouffés.

Kerjean tourna vivement la tête et foudroya l'Écossais du regard.

– Vous vous croyez malin, hein ?

Enzo haussa les épaules.

– Assez malin, peut-être, pour découvrir qui a tué Adam Killian.

– Oh ? Et qui c'est, alors ?

– Aucune idée. Je pensais que vous me le diriez peut-être.

– Pourquoi donc ?

– Parce que vous connaissiez Killian.

– Je l'ai croisé une fois. Et il respirait encore à ce moment-là.

Le barman glissa la pinte de Guinness devant Kerjean, qui en but une longue gorgée, avant d'essuyer du dos de la main sa lèvre supérieure couverte de mousse.

– C'est écrit dans le compte rendu du procès.

– Je le lirai.

Kerjean reposa soigneusement son verre sur le zinc et pivota sur lui-même pour lui faire face. Il avait beau être grand, il l'était moins qu'Enzo, qui soutint son regard sans broncher. Dans le bar, la tension était palpable.

– On m'a jugé. Et acquitté. Si jamais il prend à quelqu'un l'envie d'insinuer autre chose, je garantis qu'il verra trente-six chandelles.

– Je ne cherche qu'à voir la vérité, monsieur Kerjean. Si vous ne souhaitez pas la voir, c'est que vous avez peut-être quelque chose à cacher.

– Espèce de salopard arrogant, je pourrais vous assommer d'un coup de poing.

Enzo n'en doutait pas. Mais il ne pouvait pas se permettre de le montrer.

– Essayez donc.

Tous les clients du bar retenaient leur respiration. Au même moment, Enzo entendit la porte s'ouvrir et sentit un courant d'air froid s'enrouler autour de ses jambes. Bizarrement, le nouvel arrivant ne la refermait pas derrière lui. À contrecœur, Enzo lâcha son adversaire des yeux et tourna la tête : l'adjudant Richard Guéguen se tenait sur le seuil. Il avait troqué son uniforme de gendarme contre un blouson d'aviateur en cuir marron, un jean, des grosses chaussures et une casquette de baseball. Les mains dans les poches, il jugea rapidement la situation et ordonna :

– Rentrez chez vous, Kerjean.

Sans quitter Enzo des yeux, ce dernier répliqua :

– Je viens de commander un verre.

– Vous avez assez bu comme ça, à moins d'avoir envie de passer la nuit dans une de nos chambres d'hôtes.

Enzo vit la mâchoire de Kerjean se crisper. Visiblement, la cellule glaciale de la gendarmerie ne le tentait pas. Finalement, il regarda Guéguen :

– Vous n'avez pas à me dire ce que je dois faire. Vous n'êtes même pas en service.

– Un gendarme est toujours en service, rétorqua l'adjudant en s'écartant pour l'inviter à sortir. Bonne nuit, Kerjean.

Bouillonnant de colère, et sans croiser le regard d'Enzo cette fois, ce dernier gronda :

– On en reparlera.

– Certainement.

Sur ce, il sortit brusquement du bar et disparut dans la nuit. Guéguen referma la porte avant de s'approcher du comptoir.

– Il n'a pas payé sa bière, fit remarquer le barman.

Le gendarme sortit de sa poche un billet de cinq euros qu'il laissa tomber sur le zinc.

– Je peux vous offrir quelque chose ? proposa Enzo.

– Non, merci. Je vous conseille de finir votre whisky et de rentrer chez vous aussi, monsieur.

– Vous avez peut-être raison.

Sans discuter davantage, Enzo vida son verre, régla le barman et, avec un hochement de tête à l'intention des autres clients, lança :

– Bonsoir.

Une fois dans la rue, il vit Kerjean s'éloigner en direction des cafés du port dont les lumières se reflétaient sur les eaux noires de la baie. Puis il entendit la porte du bar claquer et se retourna ; Guéguen sortait à son tour. Il l'attendit.

– Je n'aurais pas pu vous offrir un verre sans que cela soit mal interprété ?

– Si j'avais accepté, dès demain matin toute l'île était au courant.

– Qu'est-ce que vous veniez faire au bar, alors ? Boire en solitaire ou retrouver des amis ?

– Un gendarme n'a pas d'amis. Je vous surveillais.

– Oh ? Vous me suiviez ?

– Non, j'ai vu votre jeep de location. Heureusement que je me suis arrêté. Kerjean vous aurait massacré.

– Comme il a massacré Killian ?

– C'était une image.

– Bien sûr. Vous avez raison. Il n'aurait pas hésité. J'ai de la chance d'avoir un ange gardien.

Haussant le cou pour regarder par-dessus les épaules de Guéguen, il demanda :

– Comment faites-vous pour ranger vos ailes là-dessous ?

– Je les ai coupées. Je ne travaille plus pour lui, là-haut, vous voyez. On est mieux payés ici-bas.

– J'ignorais que les gendarmes touchaient un gros salaire.

– Ce n'est pas le cas. Notre récompense, c'est d'appartenir à l'une des corporations les plus redoutées et les plus détestées de France. Voilà pourquoi nous n'avons pas d'amis, monsieur Macleod. Uniquement des collègues.

Enzo sourit. Cet homme lui plaisait. Il aimait son humour caustique, son fair-play, sa détermination, des qualités qui l'incitaient à penser qu'on pouvait compter sur lui en cas de crise.

– L'autre jour, vous m'avez laissé entendre que vous m'aideriez dans la mesure du possible. Officieusement.

– En effet.

– J'aimerais en savoir un peu plus sur Thibaud Kerjean, adjudant. Les circonstances de son arrestation, les raisons pour lesquelles les enquêteurs de l'époque ont cru que c'était lui, le coupable. Vous étiez présent. En première ligne. J'aimerais savoir ce que vous en pensez.

Pour la première fois, Guéguen sembla mal à l'aise. Il jeta un coup d'œil autour de lui, vers le haut de la rue, puis vers le port.

– Pas ici. Je n'ai pas vraiment envie qu'on me voie en train de parler avec vous, monsieur Macleod. Vous pouvez parier qu'on nous épie.

– Où, alors ?

– Retrouvons-nous demain. À deux heures au fort du Grognon. Vous savez où c'est ?

– J'ai aperçu un panneau cet après-midi en allant à Pen Men.

– Vous le trouverez sur n'importe quelle carte. Là-bas, on ne sera pas dérangés. Et c'est un endroit important dans le déroulement de l'histoire. Une histoire fort intéressante.

***

Les lumières de la maison se reflétaient sur le chemin côtier des Grands Sables, et la grille grinça sur ses gonds lorsqu'Enzo la poussa. Il ne pouvait donc pas faire autrement que de passer dire bonsoir à Jane avant d'aller se coucher.

En refermant derrière lui, il regarda au loin le continent. La lune presque pleine, assez basse dans le ciel noir, brisait la surface argentée de l'océan en mille écailles scintillantes. Entre Lorient et Vannes, un ruban de petites perles lumineuses bordait la côte.

– Vous admirez la vue ?

Surpris, il se retourna et vit la belle-fille de Killian debout sur le seuil, auréolée de lumière. Il ne l'avait pas entendue ouvrir la porte.

– Quelle nuit superbe.

– En été, quand la nuit est aussi claire, les gens se retrouvent sur la plage autour d'un feu pour bavarder jusqu'à l'aube en buvant du vin. On peut même se baigner. Grâce au Gulf Stream, l'eau est toujours bonne.

– Pas en ce moment, tout de même.

– Non, bien sûr, dit-elle avec un rire bref. Je vous attendais plus tôt. J'ai préparé un plat. Mais vous avez sans doute déjà dîné.

Enzo se sentit à la fois coupable et contrarié. Il ne voulait pas se sentir obligé de passer toutes ses soirées avec elle. Il n'était pas son invité, après tout. Mais, il aurait peut-être dû la prévenir qu'il ne rentrerait pas.

– Oh, excusez-moi. Je suis désolé, je ne pensais pas…

– Ce n'est pas grave. C'est un ragoût. Il se conservera bien jusqu'à demain.

Voilà qu'il était piégé. Une brusque sensation de claustrophobie s'empara de lui sur ce bout de rocher plat planté en pleine mer où il était coincé, isolé, bloqué par les horaires imposés du ferry qui l'empêchaient de s'échapper à son gré et par les obligations sociales que lui imposait son hôtesse.

– Entrez donc boire un verre, proposa-t-elle sans lui laisser la moindre chance de ne pas se montrer grossier en refusant.

Dans le salon, elle lui servit une dose généreuse de whisky et remplit pour elle le verre vide posé sur la petite table à côté de son fauteuil. Enzo se demanda combien de fois elle l'avait déjà rempli ce soir-là. On voyait qu'elle avait bu. Elle n'était pas ivre ni même de l'humeur joyeuse que peuvent générer plusieurs whiskies, mais la raideur de son maintien trahissait sa crainte de ne pas se contrôler. Elle s'assit, les jambes repliées sous elle, et fixa sur Enzo un regard pénétrant.

– On pourrait croire qu'au bout de vingt ans on s'habitue à la solitude.

Enzo but une gorgée de whisky en regardant d'un air songeur les braises qui rougeoyaient dans l'âtre.

– Je ne crois pas qu'on puisse s'y habituer un jour. On finit seulement par mieux la supporter au bout d'un moment. Elle devient une manière de vivre.

– Vous avez connu d'autres femmes, cependant ?

– Oh, oui. Quelques-unes. Rien de sérieux. Bizarrement, ça a toujours eu pour effet de raviver le manque, sans jamais le combler.

Soudain gêné, il regarda autour de lui en se demandant pourquoi il lui racontait ça. L'alcool, peut-être. Ou bien l'envie de partager sa solitude avec une autre personne dans l'espoir de l'atténuer un peu. Du moins provisoirement.

– Vous avez raison, le manque ne disparaît jamais. C'est drôle, n'est-ce pas, comme on parvient à remplir sa vie avec d'autres choses ? Le travail devient une passion. Les hobbies deviennent des drogues. Pourtant, à la fin de la journée, on se retrouve seul avec soi-même. Et avec un verre vide.

– Et avec l'obsession de tenir la promesse faite à un mort ?

Elle baissa les yeux vers son whisky, comme si elle pouvait tirer de sa couleur ambrée une réponse appropriée, mais dit simplement :

– Oui.

Puis elle le porta à ses lèvres et en but une petite gorgée avant de demander :

– Alors, qu'avez-vous découvert aujourd'hui ?

– Pas grand-chose. Le médecin de votre beau-père est toujours en vie. Enfin, à peine ; il a déjà franchi les frontières d'un monde hors d'atteinte. J'ai pu lire son dossier médical, qui confirme ce qu'on savait déjà. Cancer en phase terminale ne laissant que peu de temps à vivre.

– Une journée de travail infructueuse, donc.

Piqué, Enzo rétorqua :

– On n'obtient jamais rien rapidement dans ce boulot. Le but de la science médico-légale est de tout examiner dans les moindres détails. On ne tire des conclusions qu'après avoir analysé soigneusement la totalité des indices.

– Pardonnez-moi, ce n'était pas une critique. Contrairement à ce que vous pourriez croire, toutes ces années ne m'ont pas enseigné la patience. Plus le temps passe, plus je deviens impatiente. J'imagine que c'est un signe de désespoir ou de perte de maîtrise de soi. Je crois surtout que c'est parce que j'ai abandonné l'espoir de voir cette affaire résolue. Détendez-vous, Enzo, vous n'êtes pas mon dernier espoir. Je n'en ai plus depuis longtemps.

Sur ce, elle sourit, mais d'un sourire peu convaincant.

Enzo la revit alors telle qu'elle lui était apparue la veille au soir à la fenêtre de sa chambre, en string et soutien-gorge, presque comme si elle se donnait en spectacle. Jane était vraiment une femme séduisante, pleine de charme. Pourquoi ne l'attirait-elle pas davantage ? Il l'ignorait. L'amertume qu'il percevait chez elle freinait peut-être son appétit sexuel. Il décida de changer de sujet de conversation :

– Demain, j'ai rendez-vous avec quelqu'un au fort du Grognon. Est-ce que vous pourriez me prêter une carte pour que je ne me perde pas ?

– Oh, ce serait difficile de se perdre sur l'île ! s'esclaffa-t-elle. Il n'y a pas assez de routes pour ça.

Elle se leva, alla chercher sur son bureau un plan touristique de l'île chiffonné et corné, le donna à Enzo et s'accroupit à côté de son fauteuil tandis qu'il le dépliait sur ses genoux.

– C'est là, dit-elle en pointant l'index sur la partie nord-ouest de l'île où un petit carré blanc indiquait la position du fort. Il faut suivre la route principale vers le phare de Pen Men, la quitter à Quelhuit et prendre la direction de Beg Melen. Vous verrez un panneau qui l'indique sur la droite.

– C'est un fort militaire ?

– Non, plus maintenant. Il appartient à la mairie, je crois. Sur la côte, plus bas, vous apercevrez un deuxième fort, plus petit, plus ancien. À l'origine, ils ont été construits pour protéger le port de Lorient. Les Allemands les ont d'ailleurs utilisés pendant l'Occupation comme défense de leur base sous-marine. On ne peut pas dire qu'ils aient été efficaces pour empêcher les alliés de bombarder la ville.

– Il est ouvert au public ?

– Normalement, non. La mairie y organise de temps en temps des activités destinées à la jeunesse. Avec qui avez-vous rendez-vous ?

– Je regrette, Jane, c'est confidentiel.

– Ah bon, fit-elle, apparemment déçue qu'il ne veuille pas partager l'information avec elle.

– Mais il m'a semblé comprendre que cet endroit avait joué un rôle important dans les relations de votre beau-père avec Kerjean.

– Oui. C'est là qu'ils se sont vus la première fois. Et la dernière, aux dires de Kerjean.

– Ils avaient prévu de s'y rencontrer ?

– Non, ça s'est produit par hasard. L'œuvre du destin, peut-être.

Elle laissa échapper un rire amer.

– Encore le destin. Mais cette rencontre a très bien pu finir par précipiter sa mort.

***

Les ombres des arbres s'allongeaient sur la pelouse en direction de l'annexe. Enzo avait presque atteint la porte lorsqu'un mouvement, capté du coin de l'œil, le fit brusquement pivoter vers la droite. Parfaitement immobile, il scruta l'obscurité pendant un moment pour essayer de distinguer la forme qui venait de passer dans le champ de sa vision périphérique. Il s'attarda sur l'imposante masse noire des arbres dont le vent léger détachait les feuilles ; en tombant sous le clair de lune, celles-ci ressemblaient à des flocons de neige.

Au moment où il se retournait vers la porte, un bruit le stoppa dans son élan. Un bruit de pas légers, prudents. Puis soudain, émergea des ténèbres une silhouette aux yeux verts et brillants qui s'arrêta net devant lui et le regarda avec colère, ou rancœur.

Enzo poussa un soupir de soulagement.

– Saleté de chat ! marmonna-t-il dans sa barbe. Allez, ouste ! Du balai !

Cependant, resté à une distance suffisante pour se sentir en sécurité, l'animal continuait à le fixer sans bouger. Enzo déverrouilla la porte, l'entrouvrit juste assez pour se faufiler à l'intérieur et la referma vite derrière lui.

Dans la petite entrée froide et silencieuse crûment éclairée par l'ampoule de l'escalier, il hésita un instant. La porte entrebâillée du bureau laissait passer un doigt de lumière qui courait sur le plancher jusqu'aux livres de la bibliothèque. Il fut presque tenté d'entrer, de s'asseoir dans le fauteuil depuis longtemps inoccupé afin d'essayer de trouver un moyen de pénétrer l'esprit de Killian. Mais il se sentait fatigué ; d'ailleurs, des deux, c'était plutôt Killian qui avait réussi à s'infiltrer dans son cerveau. Aussi décida-t-il de le chasser de ses pensées, de faire le vide, de monter se glisser dans son lit froid et l'oubli du sommeil.

Comme la veille, la lune inondait la petite chambre. Il n'avait pas besoin d'allumer la lampe. En déposant son blouson sur le fauteuil, il aperçut, de nouveau, la fenêtre éclairée de la chambre de Jane Killian. Et comme la veille, Jane Killian se déshabillait, bien en vue.

Ayant déjà retiré le haut, elle ne portait plus que son soutien-gorge et son jean. Instinctivement, Enzo se détourna. Certain qu'elle ne le voyait pas, il aurait pu continuer à la regarder. Mais l'idée qu'elle agissait justement dans cette intention le contrariait. Il avait l'impression d'être manipulé, comme si, frustrée du manque d'intérêt sexuel qu'il manifestait à son égard depuis le début, elle voulait mettre sa libido de mâle à l'épreuve.

Il se déshabilla, ouvrit le lit, et ne put néanmoins résister à l'envie de jeter un dernier coup d'œil. Cette fois, complètement nue derrière la vitre, elle semblait contempler la nuit au dehors. Agacé de sentir le désir s'éveiller en lui, il se dépêcha de se glisser entre les draps glacés pour l'éteindre. Frissonnant, il se roula en boule et remonta la couverture sous son menton. Puis il ferma les yeux et pensa à Charlotte, à ses yeux noirs étincelants, à ses longs cheveux bouclés tombant en cascade sur ses épaules carrées. Il repensa aussi à son propre désarroi lors de leur dernière rencontre au Bonaparte, à Paris. *Préviens-moi assez tôt la prochaine fois que tu passes à Paris. Je demanderai une audience*, avait-elle dit, comme si c'était lui qui s'acharnait à compliquer leur relation.

Il se retourna de l'autre côté. Les yeux fermés, il essaya de chasser ce souvenir pénible de son esprit. Et tandis que le sommeil descendait sur lui comme un ange de la nuit, le fantôme de Killian prit possession de l'espace laissé vacant.

Chapitre 2

Sous la lumière intense de l'automne, l'île apparaissait verte, jaune, terre de Sienne brûlée. Entre les immenses ronciers aux feuilles pourpres, les étendues de fougères traçaient des saignées rousses.

Enzo engagea sa jeep sur la piste boueuse, cahoteuse, défoncée qui menait au parking aménagé devant les grilles du fort. Un peu plus tôt, il avait raté la bifurcation ; presque arrivé à Beg Melen, il avait aperçu, sur sa droite, les hauts murs de pierre dépassant des fourrés. Il s'était arrêté juste à côté d'un panneau signalant « DANGER – TROUS PROFONDS » et avait dû s'y reprendre à cinq fois avant de réussir son demi-tour.

Le soleil avait évaporé depuis longtemps le givre matinal ; l'air vibrait du bourdonnement des insectes et des trilles lancées par des oiseaux invisibles. Au loin, on distinguait clairement le continent, séparé de l'île par un large bras de mer qui scintillait au soleil. Un autre véhicule était déjà garé sur le parking. Un Scenic Renault gris foncé.

Les grilles d'accès au fort étaient ouvertes. Enzo les franchit, suivit un étroit chemin entre deux murs tapissés d'une végétation sauvage, franchit le pont du fossé extérieur et atteignit une grande porte encastrée dans la muraille du fort. De l'autre côté de cette muraille, au-delà d'un deuxième pont enjambant un deuxième fossé, un tunnel maçonné traversait un talus de remblai. Des tours de guet placées à intervalles réguliers jalonnaient l'enceinte sur toute sa longueur. Le concepteur de ces défenses avait vraiment pris toutes les précautions possibles pour protéger les lieux.

Le tunnel débouchait sur une vaste cour entourée de bâtiments bas aux portes et aux fenêtres cintrées. Les murs disparaissaient sous les graffitis et les couleurs criardes de peintures très médiocres. À droite, les bâtiments étaient enfouis dans un talus herbeux, de façon à rester invisibles du ciel sans doute. À gauche, des constructions couvertes de tôle ondulée semblaient plus récentes. Il n'y avait personne en vue.

– Ohé ! cria Enzo.

Pas de réponse. Il jeta un coup d'œil dans plusieurs salles obscures, d'où des passages voûtés s'enfonçaient dans les ténèbres. Partout ça sentait l'urine, l'humidité, la pourriture.

Au bout de la cour, quelques marches menaient à la terrasse envahie de végétation camouflant les bâtiments.

Là-haut, plusieurs bunkers étaient eux aussi dissimulés sous des talus. Tout le long du parapet nord, on voyait encore les plateformes en béton ayant servi de bases aux canons allemands qui défendaient le détroit.

Un bruit fit sursauter Enzo. Il se retourna brusquement. Tête nue, Guéguen émergeait de l'un de ces blockhaus en se passant les doigts dans les cheveux.

– Vous m'avez fait peur !

Le gendarme sourit et remit son képi.

– Comme Killian a dû faire peur à Kerjean et à sa maîtresse. Ils étaient là-dedans. En train de faire l'amour, de copuler. Je ne sais pas comment nommer ce que Kerjean fait avec ses femmes.

Enzo crut déceler une pointe d'envie dans la voix de Guéguen. Décidément, le pouvoir de séduction du présumé coupable semblait rendre tous les hommes jaloux.

– Allez donc jeter un coup d'œil à l'intérieur, poursuivit le gendarme. À mon avis, il existe des endroits plus romantiques où emmener une femme. C'est vrai qu'il ne viendrait à l'idée de personne d'accuser Kerjean de romantisme.

Enzo descendit les quatre marches de l'ancien poste de garde tout en imaginant les soldats affectés à la surveillance, pendant la guerre. Confinés, misérables, loin de chez eux, haïs par les gens dont ils occupaient le pays. Sur le plâtre effrité, balafré qui, par endroits, laissait apparaître les briques, on pouvait encore lire, peint en grandes lettres rouges : DÉFENSE DE FUMER. Ils n'avaient même pas eu cette consolation.

– Qu'est-ce que Killian faisait ici ?

– Oh, rien de bien méchant. Il venait chasser les papillons au bord de l'eau. Il a dû remarquer les deux voitures garées devant les grilles, et poussé par la curiosité, aller voir ce qui se passait. Normalement, l'endroit est fermé à clé.

Enzo se dit que quelques minutes plus tôt, il avait probablement marché dans les pas de l'Anglais – suivi le même chemin, scruté comme lui l'intérieur de ces pièces depuis longtemps désertées avant de grimper sur la terrasse.

– Comment se fait-il que Kerjean y avait accès ?

– À l'époque, il s'occupait des activités organisées pour les jeunes par la mairie. En été, certaines se déroulaient dans le fort. Voilà pourquoi il avait les clés.

– Donc, Killian est tombé sur Kerjean en train de faire l'amour avec une femme, et c'est pour cette simple raison que ce dernier aurait voulu tuer ?

– Ce n'était pas n'importe quelle femme, monsieur Macleod. Il s'agissait d'Arzhela Montin, l'épouse du premier adjoint au maire, un notable très respecté. Apparemment heureux en ménage avec son épouse et ses deux jeunes enfants. Un Parisien. Pour une jeune fille d'ici, Montin représentait un sacré bon parti. Alors, vous pensez, une liaison entre elle et un type comme Kerjean… on en aurait vite fait des gorges chaudes dans l'île. D'ailleurs, ça n'a pas raté. Il n'a pas fallu attendre huit jours pour que l'histoire fasse tout le tour de Groix.

– Et Kerjean a pensé que Killian avait vendu la mèche ?

– Non seulement il l'a pensé, mais il en était persuadé. Les conséquences ont été absolument dramatiques pour Kerjean et sa maîtresse. Kerjean, qui entretenait les chemins de randonnée de l'île et effectuait des tâches diverses pour la commune, n'a pas tardé à être licencié. À côté de son emploi de cantonnier, il faisait des piges pour le quotidien *Ouest-France* ; eh bien, brusquement, toutes les sources d'information officielles qui alimentaient ses articles se sont taries. En un clin d'œil.

– Et la femme ?

– Elle a souffert d'une séparation très dégradante. Montin l'a flanquée à la porte du domicile conjugal avant de demander le divorce ; et il a obtenu la garde des enfants.

– Ils avaient au moins la consolation d'être ensemble. Kerjean et Arzhela, je veux dire.

– Même pas ! Arzhela a refusé de revoir Kerjean. Et, au procès, elle a témoigné contre lui.

Enzo tourna les yeux vers le détroit dont les eaux miroitaient sous le soleil. Les voiles blanches de quelques bateaux de plaisance se détachaient en triangles éclatants sur le bleu pétrole de l'océan.

– De quel côté penchait l'opinion générale, à l'époque ? Les gens ont-ils vraiment cru que Killian avait vendu la mèche ?

– Personne ne le sait. Killian est mort avant que le sujet ne devienne brûlant. Cependant, pour être tout à fait franc, monsieur, cela m'étonnerait beaucoup. Adam Killian n'était pas réellement intégré dans la communauté de l'île. D'ailleurs, les nouveaux venus le sont rarement. Surtout les Anglais. Je suis certain qu'il connaissait Montin, qu'il l'avait rencontré du moins, mais je ne l'imagine absolument pas en train d'aller le trouver pour lui raconter que sa femme le trompe avec le cantonnier.

– Pourquoi Kerjean en était-il persuadé, alors ?

Guéguen se gratta le menton d'un air songeur :

– Sans doute à cause de l'étrangeté de la coïncidence. Kerjean et Arzhela pensaient évidemment que personne ne soupçonnait leur liaison. Or voilà Killian qui tombe sur eux, au fort, et quelques jours après, tout le monde est au courant !

Les deux hommes marchèrent en silence sur la terrasse jusqu'à l'endroit d'où dépassait une rangée de cheminées. De là, ils avaient une vue panoramique de l'île. Enzo sentit sur son visage la chaleur réconfortante du soleil. Il essaya d'imaginer cette fameuse rencontre. Comment Kerjean, réputé pour sa violence et sa grande gueule, avait-il réagi ? Avait-il dit ou fait quelque chose susceptible de pousser Killian le solitaire à se venger d'une manière ou d'une autre ?

– Qu'est-ce qui a orienté les enquêteurs vers Kerjean ? demanda-t-il.

– Eh bien, c'est la bizarrerie de la situation qui leur a mis la puce à l'oreille, répondit le gendarme. Écoutez ça. La femme de ménage de Killian découvre le corps de son patron le lendemain de sa mort. Quasiment hystérique, elle appelle la police. L'appel radio est reçu par deux gendarmes qui se trouvent au port. Le temps qu'ils arrivent à la maison de Killian, Kerjean est déjà sur les lieux.

Surpris, Enzo se tourna vers lui :

– Qu'est-ce qu'il faisait là ?

– Je vous ai dit qu'il écrivait des articles pour le journal *Ouest-France*. Il a prétendu avoir l'habitude de se brancher sur les fréquences de la gendarmerie – voilà comment il aurait appris la nouvelle et pourquoi il serait tout de suite allé chez Killian. Un meurtre à Groix ! Enfin une histoire qu'il pouvait espérer vendre dans toute la France.

– Il est donc arrivé avant la police ?

– Oui, fit Guéguen avec une grimace. Ce qui fournissait une explication plausible à la présence de ses empreintes digitales sur la grille du jardin et d'une empreinte de son pied dans la terre. Je vous rappelle que les policiers de l'île n'avaient alors aucune notion de la façon dont on doit protéger une scène de crime. Toutes sortes de gens l'ont piétinée avant que les enquêteurs envoyés du continent ne puissent l'examiner.

Il secoua la tête et ajouta :

– Ça a bardé, je vous assure. Et puis, en fin de compte, il a été acquitté.

– Quelles autres preuves y avait-il contre Kerjean ?

– Vous voulez dire autres que son absence d'alibi, ses menaces de mort à l'encontre de Killian, et l'objet personnel retrouvé sur place ?

Au souvenir de cette frustration déjà ancienne, Guéguen poussa un soupir exaspéré :

– Bon sang, si nos gars n'avaient pas été aussi incompétents, Kerjean ne s'en serait pas sorti blanchi.

– Expliquez-moi.

Le gendarme ôta son képi et se gratta la tête :

– Deux jours après le meurtre, on a découvert un stylo dans l'herbe, tout près de l'annexe. Un

Montblanc, un stylo à plume très cher. Avec les empreintes de Kerjean dessus. Ce dernier a affirmé qu'il lui appartenait, que c'était un cadeau, qu'il l'avait perdu le jour où il s'était rendu sur les lieux du crime dans l'intention d'écrire un article. Les gars du continent, déjà soupçonneux à son endroit, ont reporté toute leur attention sur lui et découvert, alors, qu'il n'avait pas d'alibi pour la nuit du meurtre.

– Où prétendait-il être ?

– Chez lui, au lit.

– Comme tout le monde, n'est-ce pas ? Et personne ne pouvait le confirmer ?

– Pour une fois, il était seul. Mais c'est ici que ça se corse, monsieur Macleod. D'habitude, Kerjean garait toujours sa voiture devant chez lui, à Locmaria. Or, ce soir-là, un voisin qui rentrait tard a remarqué que la voiture n'y était pas et qu'il n'y avait aucune lumière dans la maison.

– Comment Kerjean a-t-il expliqué ça ?

– Il a prétendu que sa voiture était tombée en panne sur la route, quand il revenait du Bourg, et qu'il avait été obligé de l'abandonner sur place.

– Comment s'est-il rendu chez Killian, le lendemain matin ?

Guéguen sourit.

– Bonne question, monsieur. Il avait une réponse toute prête, bien sûr. Soi-disant parti à l'aube de chez lui, il avait réussi à la faire redémarrer. Ensuite, il était rentré prendre son petit déjeuner. Et c'est à ce moment-là qu'il avait intercepté l'appel radio.

Enzo hocha la tête.

– Personne ne l'a vu, évidemment ?

– Personne.

– Vous avez dit que Kerjean avait menacé de tuer Killian. Dans quelles circonstances ?

– Dans un pub du Bourg. Le Triskell.

– Ah oui, je vois l'endroit.

Enzo se rappelait la petite terrasse déserte du bar, place du Leurhé, juste en face de chez le docteur Servat.

– L'un des repaires favoris de Kerjean. Il s'y est soûlé plus d'une fois. Les habitués le connaissent bien ; en général, ils l'évitent. Ce fameux soir, une semaine avant le meurtre environ, il est venu noyer dans l'alcool le chagrin de sa rupture avec Arzhela. Il parlait haut et fort, clamant à qui l'écoutait que l'Anglais était une ordure, qu'on ne pouvait jamais se fier à un étranger. Que Killian l'avait mouchardé, avait brisé sa vie. Que si jamais leurs routes se croisaient de nouveau, il casserait la gueule à ce vieux salopard et l'expédierait au cimetière, le seul endroit où il méritait de se retrouver.

Guéguen et Enzo descendirent de la terrasse et traversèrent la cour en direction du tunnel.

– Le problème, poursuivit le gendarme, c'est que Kerjean avait à la fois un mobile et l'opportunité de le faire. Il avait menacé de tuer la victime ; il s'était rendu le premier sur la scène du crime ; il avait laissé des traces partout. Les preuves étaient indirectes, bien sûr, mais le juge d'instruction de Vannes a décidé qu'elles étaient suffisantes pour engager des poursuites.

– Qui n'ont pas abouti.

Guéguen pinça les lèvres. Visiblement, cela lui était resté en travers de la gorge.

– Exact. Largement à cause de notre incompétence à sécuriser la scène de crime. Kerjean avait engagé un bon avocat, qui a démoli l'affaire en démontrant les failles de la procédure.

Lorsqu'ils eurent traversé le tunnel, Guéguen referma les portes derrière eux avec une chaîne et un cadenas. Ils traversèrent ensuite le fossé extérieur puis longèrent le sentier boueux jusqu'aux grilles. Enzo se surprit à respirer plus librement tout à coup. Le fort dégageait une atmosphère oppressante, sans doute liée à sa sombre histoire. D'abord l'occupation allemande, puis cette rencontre fortuite qui avait brisé des vies et peut-être même provoqué la mort d'Adam Killian.

Presque partout où il allait sur l'île, Enzo sentait la présence de l'Anglais, comme si son fantôme le suivait, le suppliait de se concentrer, de réfléchir. Comme si un élément évident lui échappait. Au fond de sa tête une petite voix insistante le tannait, lui répétait qu'il ne cherchait pas au bon endroit. *Reviens. La réponse est dans mon bureau. C'est là que j'ai laissé mon message. Pas ici.* Mais Enzo était un homme méthodique.

– Quels autres indices a-t-on trouvés sur la scène du crime ? demanda-t-il.

– Peu de chose. L'annexe et la maison principale avaient été fouillées. Pas vraiment à fond. Apparemment, le tueur était inquiet ou pressé. Il a laissé derrière lui un désordre indescriptible.

– Vous savez s'il a emporté quelque chose ?

– Non. Killian vivait seul. Sa belle-fille a examiné la maison avec nous, bien sûr, mais elle n'a rien remarqué de particulier.

Le gendarme ouvrit la porte de sa Renault :

– On a relevé des empreintes partout. Celles de Killian, de son fils, de sa belle-fille, de la femme de ménage. Et d'autres qui ne figuraient sur aucune base de données.

– Mais pas celles de Kerjean ?

– Non, excepté sur la grille du jardin. On a récupéré trois douilles dans le bureau de Killian. Sans aucune empreinte, bien sûr. Même s'il y en avait eu, elles auraient été détruites au moment où les coups de feu ont été tirés. L'étude balistique nous a permis de déterminer que l'arme utilisée était un Walther P38. Un pistolet semi-automatique très courant. L'équipement standard des soldats allemands pendant la guerre. Il est fort possible qu'un certain nombre de ces armes aient été remises en circulation sur l'île après l'Occupation. Un peu comme des trophées, vous voyez.

Enzo hocha la tête

– J'aurais deux faveurs à vous demander, adjudant.

Guéguen jeta un regard interrogateur au grand Écossais, qui avait peu parlé jusque-là. Il l'avait écouté en silence, se contentant de poser, ici et là, quelques questions. Les faveurs qu'il sollicitait maintenant lui donneraient sans doute une indication sur le cheminement de sa pensée.

– Je vous écoute.

– J'aimerais, si possible, me procurer deux pièces du dossier.

– Lesquelles ?

– Le rapport d'autopsie. Car je suppose qu'il y a eu une autopsie ?

– Bien sûr. Mais ce ne sera pas une mince affaire. Ce rapport a été remis, avec toutes les pièces à conviction, au greffe de Vannes.

– Il pourrait y en avoir une copie à l'hôpital où elle a été pratiquée, non ?

Guéguen soupira :

– C'est possible. Mais je ne sais pas trop comment l'obtenir. Et l'autre ?

– J'aimerais obtenir l'une des douilles retrouvées sur la scène du crime.

Sidéré, Guéguen demanda :

– Même si c'est possible, je ne vois pas à quoi ça vous servira ? Je vous ai dit qu'elles ne portaient aucune empreinte. Qu'est-ce qu'une douille pourrait vous apprendre ?

– Beaucoup de choses, peut-être. Faites-moi ce plaisir.

Le gendarme fronça les sourcils.

– J'aimerais beaucoup, monsieur Macleod, sincèrement. Mais je ne suis pas certain de le pouvoir. Le rapport d'autopsie, peut-être…

Il souffla entre ses lèvres et haussa les épaules.

– Je ne vous le demanderais pas si ce n'était pas important, insista Enzo.

Guéguen le regarda un long moment avant de lancer :

– Je verrai ce que je peux faire.

Chapitre 3

Située en face de la boulangerie, la Maison de la presse était la plus grande librairie et le plus gros point de vente de journaux du Bourg. Enzo laissa sa voiture sur la place du marché et s'y rendit à pied. Il avait remis l'écharpe de Killian autour de son cou pour se protéger de la fraîcheur matinale. Une superbe journée d'automne s'annonçait, mais dans les endroits que le soleil n'atteignait pas encore, le givre tenait bon.

Il sentit que l'air vif commençait à dissiper les brumes alcoolisées qui lui brouillaient le cerveau. La veille, au dîner, Jane Killian avait eu la main un peu lourde sur le vin. Elle-même était d'ailleurs un peu ivre. Lorsqu'il l'avait quittée vers vingt-deux heures, invoquant la fatigue et le besoin d'une bonne nuit de sommeil, elle avait clairement affiché sa déception.

Quelques instants plus tard, dans l'obscurité de sa petite chambre glaciale, au-dessus du bureau d'Adam Killian, il l'avait une fois de plus regardée se déshabiller devant la fenêtre, certain désormais qu'elle se savait observée. Et il se surprit à trouver cela assez excitant, en réalité.

Les journaux étaient présentés sur deux tourniquets, face au comptoir. Enzo repéra très vite *Ouest-France*, dont il posa un exemplaire sur la caisse. Une femme d'âge mûr au visage mince et aux cheveux gris très courts lui sourit :

– 80 centimes, monsieur.

Il lui tendit un billet de cinq euros.

– Vous êtes encore mieux en chair et en os, gloussa-t-elle tout en lui rendant la monnaie. Si j'ose dire.

Puis, elle rougit.

– Pardon ? fit Enzo, interloqué.

– La photo qu'ils ont mise dans le journal ne vous rend pas justice.

Il se força à sourire :

– Oh, oui. Et si vous m'aviez connu quand j'étais jeune !

Ce fut au tour de la marchande d'être décontenancée, mais Enzo s'empressa d'ajouter :

– Savez-vous où je pourrais me procurer d'anciens numéros de ce quotidien, madame ?

Elle fronça les sourcils.

– Heu, anciens comment ?

– Environ vingt ans.

Subitement, le visage de la femme s'éclaira :

– Ah, vous voulez lire les articles sur le meurtre de Killian !

– Sur le procès, plus exactement.

– Ça remonte à dix-huit ans. Ça s'est passé à Vannes.

– Oui.

– Je ne sais pas trop où vous pourrez trouver des numéros aussi vieux. La bibliothèque achète *Ouest-France* pour ses clients. Mais est-ce qu'elle garde les journaux aussi longtemps, je ne saurais pas vous le dire.

Puis, sans transition, elle souffla :

– Il paraît qu'il vous a menacé ?

– Qui ça ? demanda Enzo en haussant les sourcils.

– Thibaud Kerjean.

Bien qu'il n'y ait personne d'autre dans le magasin, elle s'était penchée en avant et avait baissé la voix.

– C'est un sale type. Qui n'a fait que salir la réputation de l'île. Personne ne l'aime, ici. On ne l'a jamais aimé, d'ailleurs.

– À part ses nombreuses admiratrices, apparemment.

La marchande croisa les bras sous ses petits seins comprimés par un chemisier trop serré.

– Toutes des traînées. Sans exception.

– Même Arzhela Montin ?

– Ah ! Celle-là. C'était bien la pire. Tout le monde était au courant pour Kerjean et elle.

– Vraiment ? Je croyais que le secret avait été bien gardé, jusqu'à ce que Killian tombe sur eux au fort du Grognon.

– Mais non, monsieur. On ne parlait que de ça sur l'île.

Enzo accordait néanmoins davantage de crédit à la version de Guéguen selon laquelle personne n'en savait rien avant l'incident du fort. Au bout de vingt ans, les souvenirs des gens deviennent peu fiables. Il ne doutait pas, cependant, que l'île en ait fait son sujet de conversation principal dès que l'affaire avait éclaté au grand jour.

– J'imagine que vous ne savez pas ce qu'elle est devenue, après le divorce ?

– Oh, si. Elle s'est remariée. Elle vient m'acheter le journal presque tous les matins.

– Elle s'est réinstallée sur l'île ? s'étonna Enzo.

– Elle ne l'a jamais quittée. Elle s'est trouvé un nouveau mari, un homme du continent qui n'était au courant de rien. Ils habitent Quelhuit. Presque à portée de vue de l'endroit où ce pauvre monsieur Killian l'a surprise en train de forniquer avec le cantonnier. Elle, l'épouse de l'adjoint du maire ! Elle n'avait pas honte. Pas plus maintenant, d'ailleurs.

Elle se pencha encore en avant pour ajouter sur le ton de la conspiration :

– Personnellement, je ne comprends vraiment pas ce que ces femmes lui trouvent. C'est un grossier personnage. Il me flanque la chair de poule. Tous les après-midi, il vient acheter ses journaux hippiques et son tabac. Chaque fois que j'essaye d'être polie en lui posant une question innocente sur sa santé ou en parlant du temps, j'ai l'impression qu'il va me mordre.

Enzo comprit qu'aucune parole innocente ou purement polie ne devait jamais sortir de la bouche de la libraire. Tout à coup, comme elle se mettait à rougir, l'air gêné, il se retourna et vit Kerjean entrer dans le magasin. Vêtu du même caban, du même jean usé et taché, les mains dans les poches, la tête engoncée dans son col relevé. Ses yeux cernés injectés de sang et son teint terreux laissaient penser qu'il avait eu une soirée éprouvante. Il lança un regard maussade en direction d'Enzo, puis l'ignora et préleva deux journaux d'un tourniquet.

– Où se trouve la bibliothèque ? demanda Enzo à la libraire.

Ébranlée, cette dernière mit quelques secondes à répondre :

– Descendez la rue vers le port. Vous la verrez sur votre gauche. C'est aussi une médiathèque, aujourd'hui. Ça doit vouloir dire qu'il y a des ordinateurs.

***

La bibliothécaire, une jeune femme qui n'était sans doute qu'une enfant à l'époque du meurtre, secoua la tête :

– Je suis désolée, monsieur. On ne garde pas les anciens numéros ici. Surtout aussi anciens. Il faut aller à Lorient pour ça.

– À la bibliothèque ?

– Non, non. Aux bureaux de *Ouest-France*, rue du Port. Je sais qu'ils y conservent les archives de l'édition de Lorient. C'est dans celle-là que vous trouverez tout ce qui concerne l'île de Groix.

Elle regarda sa montre et ajouta :

– Si vous voulez vous y rendre aujourd'hui, vous pouvez encore prendre le prochain ferry ; il part à 13 h 30.

Ce qui, une fois là-bas, lui laissait le temps de consulter les articles consacrés au procès et de revenir par le dernier bateau. Il remercia la jeune femme, puis ressortit au soleil.

Sur le trottoir d'en face, un homme adossé au mur, un journal coincé sous le bras et les mains en coupe devant le visage, allumait une cigarette. Lorsqu'il releva la tête, Enzo reconnut Thibaud Kerjean. Il se figea sur place et le regarda dans les yeux. Kerjean le suivait-il ? La libraire avait dit qu'il venait tous les après-midi acheter son tabac et ses journaux. Était-ce une simple coïncidence s'il avait choisi de venir plus tôt que d'habitude ?

Enzo sentit brusquement le sang lui monter à la tête ; il s'avança sur la chaussée, prêt à traverser. Mais Kerjean se repoussa nonchalamment du mur, lui tourna le dos et, les mains dans les poches, se mit en marche vers le haut de la rue. Enzo le suivit des yeux, en se demandant ce qui se serait passé si l'autre n'avait pas bougé. Par le passé, ce genre d'emportement soudain lui avait déjà attiré des ennuis dans des situations similaires ; une confrontation avec Kerjean en plein milieu de la rue n'aurait pas été judicieuse. Kerjean lui-même, acquitté mais toujours soupçonné de meurtre, avait probablement pensé la même chose.

Il attendit une minute, le temps que son cœur retrouve son rythme normal, puis remonta chercher sa jeep pour aller la garer à proximité de l'embarcadère du ferry.

Chapitre 4

Le Café de la Jetée appartenait à l'un des hôtels donnant sur le port. Des tables et des chaises étaient installées sur la terrasse bordée de jardinières car il faisait assez doux pour rester dehors et profiter du soleil d'octobre. Enzo s'assit à une table proche de la porte, qui lui offrait une vue imprenable sur la baie et l'embarcadère du ferry.

Quelques touristes d'arrière-saison en occupaient une autre. À l'intérieur du café, des habitués buvaient au comptoir. Histoire de tuer le temps avant le départ du bateau, Enzo parcourut des yeux le menu du déjeuner et arrêta son choix sur une salade de saumon fumé qui, pensa-t-il, accompagnerait fort bien un verre de blanc frais.

Une ombre lui cacha brusquement le soleil. Il leva les yeux, s'attendant à voir un serveur, et fut surpris de reconnaître le vieux Jacques Gassman debout devant lui. Le nonagénaire au visage rougeaud souriait.

– Monsieur Macleod. Vous permettez que je me joigne à vous ?

– Bien sûr, dit Enzo, qui se leva pour aider le vieil homme à prendre place en le tenant par le coude.

Emmitouflé dans un manteau et une écharpe, Gassman avait enfoncé une casquette bleu marine sur sa crinière blanche. Il donnait encore l'impression d'un homme imposant, absolument pas diminué par l'âge. Des taches brunes de vieillesse marquaient ses grandes mains aux articulations saillantes, mais son sourire dévoilait une rangée de dents régulières d'un blanc trop éclatant pour être les siennes.

– Le jour où je fais mes courses, comme aujourd'hui, je déjeune toujours ici, expliqua-t-il. Vous mangerez quelque chose ?

– Oui.

Un bras en l'air, Gassman fit signe à quelqu'un, dans le café. Une serveuse apparut aussitôt.

– La même chose que d'habitude, dit-il.

Enzo commanda sa salade de saumon fumé et, en accord avec son compagnon, une carafe de vin blanc.

– Alors, votre enquête avance, monsieur Macleod ?

– Lentement. Cet après-midi, je vais à Lorient, consulter les archives des journaux qui ont couvert le procès.

– Ah, oui. Thibaud Kerjean. Quel personnage déplaisant.

– Vous le connaissez ?

– Oui. Pas très bien, naturellement. Comme tout le monde. Mais assez pour ne pas l'aimer.

Il respira à fond et lança :

– Que pensez-vous donc de notre petite île ?

– Je la préfère sous le soleil.

Gassman partit d'un gros rire.

– Ah, évidemment ! Elle a meilleure mine sous le soleil. Moi, je l'adore. C'est un endroit qui n'a rien de remarquable, en fait. On n'y trouve aucun paysage spectaculaire, en dehors de certaines portions de la côte nord-ouest et des plages du sud et de l'ouest, bien sûr. Mais elle possède un climat idéal et une beauté cachée.

– Cachée ?

– Sous son sol. Nous sommes assis sur une roche rare, cher monsieur. Géologiquement différente du continent. Il y a une trentaine d'années, le gouvernement l'a déclarée réserve naturelle géologique à intérêt minéralogique. Elle recèle plus de soixante minéraux, dont certains très rares, comme le glaucophane bleu et le grenat.

– Vous semblez en connaître un rayon sur cet endroit pour un étranger.

Gassman sourit malicieusement.

– Et comment savez-vous que je ne suis pas natif de l'île ? À mon accent ?

– Eh bien, en effet, il ne ressemble guère à celui des gens d'ici.

Le vieil homme secoua la tête.

– Vous avez raison, il n'est pas d'ici. Et au bout de toutes ces années, il me trahit encore. Mais même si j'arrivais à m'en débarrasser, je resterais toujours un « étranger » aux yeux des locaux. Il faut être né sur l'île pour lui appartenir. Être un vrai *Grek*.

– Un *Grek* ?

– C'est le surnom des indigènes de Groix. À cause de la grosse cafetière posée sur toutes les cuisinières pour réchauffer les marins de retour de la pêche.

Il se frotta les mains, comme s'il avait froid ou comme s'il les lavait.

– En tout cas, nous les étrangers, on en sait plus sur cette île que ceux qui ont vu le jour sur son sol.

– Ça fait longtemps que vous êtes installé ici ?

– Ohhh…

Le vieux Gassman avança le menton et le gratta d'un air songeur.

– Oui, longtemps. Cinquante ans, peut-être ? Je suis arrivé au début des années 1960, dans l'espoir de trouver un coin où me cacher après la mort de ma femme. Je ne me sentais pas le courage d'affronter le monde ; cette île ne m'a pas semblé si mal pour me changer les idées.

– Qu'est-il arrivé à votre femme ?

– Cancer du sein. Elle était encore jeune. Toute la vie devant elle. Et pourtant…

Il secoua tristement la tête. Enzo crut voir ses yeux s'embuer.

– … il est peu probable qu'elle aurait vécu aussi longtemps que moi, alors je l'aurais donc perdue tôt ou tard, de toute façon. J'aurais simplement préféré que ce soit plus tard.

La serveuse apporta le pain, le vin et une carafe d'eau. Puis les plats – salade de saumon fumé et steak de thon garni de pommes de terre et de salade – leur furent servis. Enzo remplit les verres.

– Vous ne vous êtes jamais remarié ? demanda-t-il en regardant le vieil homme couper le poisson en tenant son couteau d'une drôle de façon, comme le font les enfants.

– Non. Dès que je suis arrivé, j'ai acheté une petite maison sur la lande, près de Quéhello, au sud de l'île. Sa disparition me faisait tellement souffrir que je me renfermais sur moi-même. J'avais mon cabinet, bien sûr, mais en dehors de mes patients, je ne voyais pratiquement personne. Je n'avais pas envie de m'intégrer à la vie sociale locale. Je n'ai pas rencontré de femme susceptible de devenir mon épouse. Et, d'ailleurs, je n'en cherchais pas. De nos jours, on peut jeter beaucoup de choses et les remplacer par des nouvelles. Mais pas les gens, monsieur Macleod. Pas les gens.

– Non, en effet.

Enzo se concentra sur sa salade de saumon pour masquer son émotion. Il ne savait que trop bien à quel point les gens sont irremplaçables. Puis il releva les yeux et regarda son compagnon disséquer maladroitement son steak de thon.

– Excusez-moi, docteur Gassman, mais votre façon si particulière de tenir votre couteau me fascine.

– Ça ne m'étonne pas, s'esclaffa ce dernier. C'est la faute de ma mère. Je suis gaucher et, je ne sais pas pourquoi, quand j'étais petit, elle me forçait à tenir mon couteau de la main droite comme tout le monde. Elle a réussi à me persuader que c'était une aberration de faire autrement. J'ai fini par m'y habituer et voilà le résultat : quand je mange, j'ai l'air d'un handicapé.

Heureusement, vous l'aurez constaté, ça ne m'empêche pas de me nourrir.

Le son profond et pénétrant d'une sirène résonna alors dans la baie. Les deux hommes relevèrent la tête en même temps et virent le ferry entrer dans le port en soulevant une vague sur laquelle les petits bateaux à l'ancre se mirent à tanguer.

Enzo finit sa salade, vida son verre, posa de l'argent sur la table et se leva.

– Je dois malheureusement vous quitter, dit-il. Cela m'a fait plaisir de bavarder avec vous, docteur Gassman.

Ils se serrèrent la main.

– Eh bien, restons en contact, jeune homme. Passez donc me voir quand vous voudrez. Avec un chien pour toute compagnie, je me sens parfois un peu seul.

– Entendu.

Sur ce, Enzo partit reprendre sa jeep pour aller faire la queue derrière les véhicules prêts à embarquer. Une dizaine de minutes plus tard, assis au volant et attendant son tour, il jeta un coup d'œil vers le café. Jacques Gassman n'y était plus. Ce n'est qu'une fois monté à bord, installé sur le pont des passagers, qu'il l'aperçut en train de gravir la colline d'un pas traînant. Une étrange tristesse se dégageait de ce vieil homme qui avait perdu sa femme depuis une éternité, mais vivait toujours seul et isolé. Sans autre perspective que la mort, dans un avenir assez proche.

Chapitre 5

Dans le port de plaisance, au cœur de la ville de Lorient, les voiliers alignés bord à bord se balançaient et se frôlaient d'une manière presque sensuelle sous l'impulsion des mouvements de la mer, pourtant assez éloignée. Rue du Port, de jeunes albizias avaient été plantés au milieu de la chaussée. Bientôt, leur feuillage léger parsemé de fleurs roses ombragerait agréablement cette voie piétonne. Pour le moment, ils se dégarnissaient de leurs feuilles jaune et rouge qui tourbillonnaient dans la brise.

Les bureaux de *Ouest-France* se trouvaient au numéro 55. Enzo put y consulter à son aise les articles écrits en 1991 sur le procès de Kerjean. Considérée comme un événement majeur, l'affaire avait eu régulièrement droit à deux pleines pages, avec compte rendu détaillé des témoignages. Enzo les parcourut en lisant d'abord uniquement les chapeaux afin de repérer plus vite les informations essentielles et les passages qui l'intéressaient.

Le récit du témoignage d'Arzhela Montin, la maîtresse de Kerjean, avait pour titre : RENCONTRE MORTELLE. Le style du chroniqueur judiciaire était assez pittoresque.

Mains jointes et trémolos dans la voix, la très pâle et très parfumée madame Montin avoue à la cour qu'elle a peur de l'accusé. Décrivant Kerjean comme un être « brutal » et « menaçant », elle reconnaît néanmoins qu'il fut un amant ardent et passionné.

– Nous faisions l'amour n'importe où, n'importe quand, chaque fois que nous le pouvions, confie-t-elle au procureur.

Lorsqu'on lui demande si elle avait eu vent de la réputation de violence de Kerjean avant d'entamer avec lui cette relation, elle répond :

– J'avais entendu dire qu'il avait mauvais caractère et qu'il pouvait se montrer brutal. Au début de notre histoire, je n'ai rien remarqué de tel. Mais, au fil du temps, nos rapports sexuels sont devenus extrêmement violents… frénétiques. Thibaud se montrait de plus en plus possessif. Si je ne pouvais pas le rencontrer, il exigeait de savoir pourquoi. Il m'interdisait de faire l'amour avec mon mari. Il disait qu'il tuerait quiconque s'interposerait entre nous.

– Voulez-vous dire que vous aviez peur de lui ? demande le procureur.

– Oui, monsieur. À la fin, j'avais très peur. Il dépassait les bornes, il devenait totalement imprévisible.

– Pourquoi ne l'avez-vous pas quitté, alors ?

– Pour deux raisons. Je l'avais dans la peau. Jamais un homme ne m'avait fait l'amour comme lui.

Elle se tait. Lorsque le procureur insiste pour connaître la seconde raison, elle répond :

– Je redoutais trop ce qu'il aurait pu faire.

– Faire à qui ? À vous ?

– À mon mari. À moi aussi, peut-être.

L'accusé se tient immobile et impassible dans son box tandis qu'Arzhela Montin poursuit devant la cour le récit des événements qui se sont produits dans le fort abandonné de l'île de Groix ce 9 septembre 1990, jour où, contre toute attente, les deux amants furent interrompus dans leurs ébats passionnés par le défunt Adam Killian. Les yeux embués de larmes à l'évocation de ce souvenir si pénible, elle continue :

– Thibaud est devenu fou. Monsieur Killian était un vieux monsieur maigre et pâle. Thibaud s'est mis à hurler, à l'insulter. Il l'a traité de sale voyeur et l'a accusé de nous espionner. Puis il l'a carrément chassé du fort. Ça aurait presque été comique si ça n'avait pas été aussi grave. J'étais terrifiée à l'idée que notre liaison soit révélée au grand jour. Complètement nu, Thibaud poursuivait le vieux monsieur dans la cour en lui cinglant les jambes avec un bâton. Puis ils ont disparu dans le tunnel. Je ne les voyais plus, mais j'entendais toujours Thibaud crier.

L'avocat de la partie civile lui demande :

– L'avez-vous entendu proférer des menaces directes à l'encontre du défunt, madame ?

Elle semble hésiter. Le juge la pousse à répondre. Elle se décide donc à dire :

– Je l'ai entendu hurler : *si tu souffles un seul mot de ça, vieux salaud, j'aurai ta p… de peau.*

C'était là un article à sensation d'échotier de tabloïde. Enzo le lut avec une certaine méfiance. Manifestement, les citations avaient été choisies pour satisfaire l'appétit de lecteurs frustes, avides de sexe, de violence et de peur. Il en ressortait néanmoins clairement que le témoignage d'Arzhela Montin avait nourri l'animosité générale contre Kerjean et placé l'avocat de la défense dans une position délicate. En un clin d'œil, l'amour était devenu une arme de destruction.

Appelé ensuite à la barre au titre de témoin à charge, le mécanicien du garage de Port-Tudy, Michel Locqueneux, avait raconté à la cour que le matin du jour où Killian avait été tué, Kerjean lui avait amené sa voiture pour effectuer la vidange annuelle. Selon lui, son moteur tournait parfaitement rond et il ne voyait pas pour quelle raison elle serait tombée en panne le soir même, comme le prétendait l'accusé. Il avait également dit que ce dernier n'était pas revenu lui demander d'examiner le véhicule. La panne qui s'était réparée toute seule pendant la nuit demeurait donc inexpliquée.

Plusieurs témoins à décharge avaient alors comparu dans le but de réfuter les propos de Locqueneux – des clients mécontents à cause de divers problèmes de fuites d'huile, de freins défaillants, de moteurs déréglés après un passage dans son garage.

Plusieurs habitués du bar Le Triskell, également convoqués, avaient rapporté les vociférations de

Kerjean le soir où il avait menacé d'expédier Killian au cimetière.

Au fil de sa lecture, Enzo se rendit compte qu'il n'existait en réalité aucune preuve tangible contre l'accusé, hormis celles qui avaient été prélevées sur la scène du crime – empreintes digitales sur la grille, empreinte de pas dans le jardin, stylo Montblanc. Des preuves balayées par l'avocat de la défense qui, sans aucune pitié, s'amusa à démontrer que le traitement de la scène de crime et l'enquête initiale avaient de quoi inspirer les scénaristes des films de *La Panthère rose* pour une nouvelle aventure de l'inspecteur Clouseau. Il avait d'ailleurs pris un malin plaisir à faire plusieurs fois des allusions à ce personnage, déclenchant évidemment les rires du public. Pas étonnant, se dit Enzo, que toute l'affaire embarrasse encore Guéguen, même si le gendarme n'était alors que stagiaire.

Tout en redescendant la rue du Port, il en vint à la conclusion que le nœud de l'affaire était directement lié à cette rencontre au fort du Grognon. Or trois personnes, seulement, savaient exactement ce qui s'était passé ce jour-là. Killian était mort. Kerjean ne lui apprendrait rien. Restait Arzhela Montin. D'après la libraire, elle vivait toujours sur l'île, à Quelhuit.

Enzo regarda sa montre. En se dépêchant, il pouvait attraper le dernier ferry. S'il arrivait à Groix un peu après dix-sept heures, il aurait le temps de se rendre à Quelhuit et de s'entretenir avec l'ex-maîtresse de Kerjean avant le dîner.

Chapitre 6

Sur la côte nord de l'île, Quelhuit était un groupe hétéroclite de petites maisons blanches rassemblées près d'une vieille église. Le jour commençait à décliner lorsqu'Enzo quitta la route de Pen Men pour engager sa jeep sur une voie étroite, sinueuse, bordée de haies et de grands chênes aux feuilles rousses. Devant lui, se dessina bientôt la silhouette du hameau sur un fond de ciel bleu foncé.

En arrivant devant l'église, il réalisa soudain qu'Arzhela Montin avait dû changer de nom, et se maudit de ne pas avoir fait une halte à la Maison de la presse pour se renseigner. Mais, comme son père adorait le répéter, si on avait une langue c'était pour s'en servir. Il se gara à côté d'un tracteur et d'une pelleteuse, descendit de voiture, et aussitôt saisi par le froid, se pencha à l'intérieur pour attraper l'écharpe de Killian.

Une fois de plus, le parfum de l'Anglais lui donna l'impression de sentir sa présence derrière son épaule – comme si son fantôme surveillait les progrès de l'enquête.

Il poussa le portillon de la maison la plus proche. Un grincement aigu brisa la sérénité du crépuscule. Les oiseaux s'étaient déjà tus ; le seul son audible étant celui du ressac, ses pas lui parurent résonner avec une intensité disproportionnée sur les graviers de l'allée qui menait à une porte bleu roi. Il frappa.

Un profond silence suivit, puis une lampe s'alluma au-dessus de sa tête, et la porte s'ouvrit sur une vieille femme qui, tout en essuyant ses mains pleines de farine sur son tablier bariolé, dévisagea Enzo :

– Oui ?

– Excusez-moi de vous déranger, madame. Je cherche la maison d'Arzhela Montin. Enfin, ex-Montin. Je ne connais pas le nom de son nouveau mari.

La vieille se pencha un peu plus en avant, plissa ses yeux bleus perçants et lança :

– Ah, c'est vous le détective. Celui dont on cause dans le journal.

– Oui.

Décidément, il était connu jusque dans les moindres recoins de l'île.

– Elle vous parlera pas, vous savez.

– Ah bon ? s'étonna-t-il. Et pourquoi ?

– Elle en a jamais parlé à personne depuis le temps qu'elle est ici. Fermée comme une porte de prison, celle-là. Se croit mieux que nous autres parce qu'elle a épousé un étranger et qu'elle a eu sa photo dans le journal. Tout ce tintouin à cause d'elle. Ah ! Eh ben, on dirait pas quand on la voit maintenant. Qu'elle ait pu déchaîner autant de… autant de passion.

Respectant ses indications, Enzo dépassa l'église, traversa une pelouse qui descendait vers la mer et tomba sur une maison blanche isolée au milieu des arbres, agrémentée d'un jardin de rocaille très bien entretenu et d'une véranda. Au loin, de l'autre côté des eaux du détroit aussi lisses et grises qu'une ardoise, les lumières du continent scintillaient dans l'atmosphère froide.

Lorsqu'elle vint lui ouvrir et alluma les lumières, Enzo comprit ce que la langue de vipère du village avait voulu dire. Arzhela Leclerc, puisque tel était son nouveau nom, ne correspondait pas du tout à l'image de la gourgandine coupable d'adultère qui avait été au centre d'un drame et d'un scandale. Enzo en fut presque déçu. Elle était petite, pas plus d'un mètre soixante ; sa silhouette autrefois longiligne s'était épaissie jusqu'à devenir ronde comme une boule ; son visage sans rides s'était affaissé, sa mâchoire disparaissait sous des bajoues, et sa bouche amère affichait une moue rébarbative.

Elle le regarda d'un air résigné, s'écarta pour le laisser entrer et dit simplement :

– Je vous attendais.

Dans cette pièce vitrée remplie de plantes grasses en pots, un canapé et des fauteuils en rotin avaient été disposés de telle sorte qu'on puisse profiter de la vue sur la mer lorsqu'on y prenait place. Après l'avoir invité à s'asseoir, Arzhela Leclerc ajouta :

– Mon mari rentrera dans une vingtaine de minutes. Je préférerais que vous ne soyez plus là à son retour. Que voulez-vous savoir ?

La voisine se trompait au moins sur une chose. L'ex-madame Montin semblait presque impatiente de parler.

– Tout.

Elle se posa lourdement sur le bord du canapé, croisa les mains sur ses genoux et, tout en les tordant doucement, contempla longuement le sol avant de relever la tête pour fixer son regard sur Enzo.

– Il y a des choses que je garde pour moi depuis près de vingt ans. Quand j'ai lu l'article écrit sur vous, dans le journal, j'ai pensé… il est temps de les dire… s'il vient, s'il me demande, je parlerai… et peut-être serai-je enfin débarrassée de tout ça.

Enzo osait à peine respirer, de peur qu'elle ne change soudain d'avis.

– Que s'est-il passé au fort du Grognon ?

– Oh, rien qui n'ait déjà été raconté dix mille fois. Sauf que c'est à ce moment-là que j'ai enfin compris qui était véritablement Thibaud Kerjean. Un homme incapable de se contrôler. Un homme violent dominé par ses pulsions sexuelles. Un homme dissimulant un démon que je ne soupçonnais pas. Et qui s'est dévoilé face à ce pauvre vieillard.

– Comment cela ?

– On aurait dit un fou, monsieur. Je n'aurais pas été surprise de le voir soudain avec l'écume aux lèvres. Il croyait sûrement que le fait d'avoir été découverts mettrait fin à notre liaison. Il avait raison. Mais pas dans le sens où il le pensait.

Les lèvres tremblantes, elle prit une profonde inspiration avant de poursuivre :

– Il était obsédé par moi. Au-delà de toute raison.

Enzo essaya d'imaginer dans la femme qu'il voyait l'objet de cette obsession et, d'accord avec elle, admit que ça dépassait la raison. Il devinait également que, aussi pénible et traumatisante fût-elle, cette expérience avait été la plus exaltante de toute sa vie. Plus jamais elle ne s'était retrouvée le centre de toutes les attentions.

– Je sentais déjà depuis un moment que ça ne pouvait plus durer. Mais je ne savais pas comment y mettre fin. Je ne pouvais pas lui dire. J'avais peur de lui, vous comprenez, peur de ce qu'il était capable de faire. Cependant, quand il s'est déchaîné contre ce pauvre M. Killian, j'ai compris que c'était maintenant ou jamais. J'avais trouvé la solution.

Elle regarda nerveusement sa montre.

– Je vous offrirais volontiers un verre, monsieur. Moi-même, je boirais bien quelque chose. Mais on n'a pas le temps.

Trop nerveuse pour rester assise, Arzhela se leva et, les bras croisés, traversa la véranda, passa entre les pots, fixant la lune qui se levait de l'autre côté du détroit. Enzo voyait la grosse femme se refléter sur la vitre comme dans un miroir. Lui aussi s'y reflétait. Si elle avait voulu, elle aurait pu lui parler les yeux dans les yeux sans se retourner. Mais son regard semblait se perdre au travers de sa propre image tandis qu'elle s'efforçait probablement d'exhumer des souvenirs enterrés depuis des années. Des souvenirs qu'elle n'avait pas envie d'affronter, mais qu'elle ne pouvait pas non plus fuir. Cette situation aurait pu faire penser à une scène de confession avec Enzo dans le rôle du confesseur et Arzhela dans celui de la pénitente en quête d'absolution.

– Comment tout cela s'est-il terminé, alors ?

Sortant de son silence, elle répondit :

– Ce n'est pas monsieur Killian qui a parlé à mon mari. C'est moi.

Puis, après un autre silence pendant lequel elle tâchait sans doute de trouver les mots justes, elle ajouta :

– Je me doutais qu'il réagirait, vous savez. Et que toute l'île serait bientôt au courant. Je savais que Thibaud penserait que M. Killian avait prévenu mon mari. Mais je n'avais pas prévu que mon mari aurait une réaction aussi cruelle. Je pensais sincèrement que nous finirions par surmonter la tempête. Nous avions deux enfants adorables, nous avions trop investi dans notre relation pour la détruire. Malheureusement, c'était compter sans son orgueil. Son orgueil obstiné, implacable. Pire, peut-être, que le caractère exécrable de Thibaud.

– Et Kerjean ?

– L'incident du fort m'offrait l'occasion idéale de rompre. M. Killian était le bouc émissaire idéal. Jamais je n'aurais pu imaginer une seule seconde que Thibaud le tuerait.

– Vous croyez qu'il l'a tué ?

Elle se tourna enfin vers lui et hocha imperceptiblement la tête.

– Oui. Et depuis vingt ans je m'en sens responsable. Je sais que c'est ma faute. Si seulement je pouvais revenir en arrière, je romprais simplement avec Thibaud et j'en subirais les conséquences, quelles qu'elles soient. De toute façon, elles ne pourraient pas être pires.

– Vous croyez que cela aurait sauvé votre mariage ?

– Non, fit-elle en secouant tristement la tête. Parce qu'il y avait autre chose, monsieur. Une chose que je n'ai jamais confiée à personne, en dehors de mon mari. Jusqu'à aujourd'hui.

Enzo la considéra un instant, dans le silence de la véranda, et comprit :

– Vous étiez enceinte.

Une lueur éclaira brièvement le regard d'Arzhela.

– C'est cela qu'il ne pouvait pas accepter. Mon mari. À cause de son orgueil démesuré. Je ne pouvais pas prétendre être enceinte de lui, nous ne faisions plus l'amour depuis des mois. Il était bien sûr hors de question que les gens le sachent – sachent que je portais l'enfant de Kerjean. Lorsque l'affaire a éclaté, tout le monde a cru que mon mari me jetait dehors. Mais, en vérité, nous avions conclu un marché. De mon côté, j'ai tenu mon engagement.

– Qui était ?

– De partir sur-le-champ et d'interrompre ma grossesse.

– Et le sien ?

– De me reprendre, ensuite, et d'essayer de s'accommoder de la situation.

– Mais il ne l'a pas fait.

De nouveau la lueur dans son regard, attisée par le souvenir de sa colère.

– Il a profité de mon absence pour empoisonner le cerveau de mes enfants, les retourner contre moi. Dès que j'ai avorté, il a demandé le divorce et chargé le juge d'interroger les enfants afin de savoir s'ils préféraient vivre avec lui ou avec moi.

– C'est lui qu'ils ont choisi.

– Oui. Ils ont quitté l'île, tous les trois, presque aussitôt après que le divorce a été prononcé. Depuis, je n'ai jamais revu mes enfants. Pas une seule fois.

À cet instant, ils entendirent une voiture approcher sur la route et s'arrêter près de l'église. Le moteur tourna encore un petit moment au ralenti avant d'être coupé, puis une portière claqua.

– Voilà mon mari ! Partez tout de suite, s'il vous plaît, implora Arzhela, soudain très angoissée.

Enzo se leva.

– Il n'est au courant de rien ?

– Seulement de ce qu'on a raconté à l'époque. Naturellement, je lui ai présenté ma propre version des faits. Mais aujourd'hui, j'ai une nouvelle vie, monsieur. Plus jamais je n'en reparlerai. Partez, je vous en prie.

Enzo hocha la tête et sortit. Dehors, la température avait baissé. En sortant du jardin de rocaille, il vit la silhouette d'un homme traverser la pelouse dans sa direction. La lumière de la lampe extérieure lui permit de distinguer un homme d'âge mûr, assez grand, au crâne un peu dégarni. Enveloppé d'un long manteau, il tenait une mallette à la main. Enzo le dépassa sans s'arrêter, croisa brièvement son regard et le salua d'un léger signe de tête. Il n'eut pas besoin de se retourner pour sentir que l'homme le suivait des yeux.

Que lui dirait-elle ? Qu'Enzo était venu frapper à leur porte dans le but de remuer les cendres du passé et qu'elle l'avait envoyé balader ? Ou bien, ayant finalement réussi à percer le furoncle qui l'empoisonnait à petit feu depuis vingt ans, lui avouerait-elle la vérité ?

Il ne le saurait jamais. Tout en contemplant les dernières lueurs rouges qui teintaient le ciel à l'horizon, il regagna sa jeep.

Chapitre 7

L'ambiance animée du Triskell, où commençaient à se rassembler les premiers fêtards masqués et déguisés, lui rappela sans ménagement que c'était Halloween en le happant dans un monde de fantômes et de vampires – expérience assez surréaliste quand on était, comme lui, plongé jusqu'au cou dans la tragédie de la vie réelle.

Les murs disparaissaient sous des étoffes noires décorées de crânes, squelettes, araignées géantes et citrouilles transformées en lanternes. De fausses toiles d'araignées pendaient du plafond. Devant les fenêtres, les radiographies de différentes parties du corps humain filtraient la lumière des spots. Sur toute sa longueur, le comptoir était orné d'une guirlande de têtes de mort, et l'on devinait la présence d'un squelette à travers la vitre fumée d'une armoire frigorifique.

En route, Enzo avait téléphoné à Jane pour la prévenir qu'il ne rentrerait pas dîner. Elle avait eu l'air tellement déçue qu'il s'était félicité de sa décision ; cela lui éviterait, au moins ce soir-là, de succomber à la tentation et de s'empêtrer dans une situation qu'il regretterait très certainement.

Une sorcière masquée coiffée d'un chapeau pointu noir lui souffla en pleine figure son haleine alcoolisée :

– Vous ne vous êtes pas déguisé pour nous ce soir, monsieur Macleod ? Vous auriez dû venir en Sherlock Holmes.

Sur ce, un couple de pirates le poussa malgré lui vers le bar.

– Qu'est-ce que tu bois, moussaillon ? Sers un whisky au monsieur, Devi. À moins qu'il ne préfère un petit verre de rhum ?

Devi, la serveuse, était une jeune femme grassouillette d'une trentaine d'années. La moustache noire peinte au-dessus de ses lèvres rubis, le chapeau melon sur ses cheveux blonds frisés, le costume noir, le gilet beaucoup trop serré, la chemise blanche et le nœud papillon faisaient immédiatement penser à Charlie Chaplin.

– Qu'est-ce que vous préférez, monsieur Macleod ?

– Un whisky, c'est parfait.

– Je peux vous proposer du Black Bush, si vous n'avez rien contre les Irlandais.

Enzo sourit.

– Pour une fois, je veux bien m'encanailler, répondit-il en cherchant de l'argent dans sa poche.

Un des pirates le retint par le bras :

– Non, non, monsieur Macleod, celui-là est pour nous.

Un grand courant d'air froid pénétra alors dans le bar, et les Trois Mousquetaires firent leur apparition.

– Tous pour un, un pour tous ! cria l'un d'eux en brandissant son épée qui se prit dans les toiles d'araignées et les fit dégringoler sur leurs têtes, au grand amusement de toute la salle.

– Hé ! Faites gaffe ! protesta Devi. J'ai passé des heures à accrocher ces machins au plafond.

Quand elle poussa le verre de Black Bush vers Enzo, celui-ci se pencha en avant et, élevant la voix par-dessus le brouhaha, demanda :

– Vous n'étiez pas ici à l'époque de l'assassinat de Killian, je suppose ?

– Non, à l'époque, je passais mon bac. C'était juste avant que je quitte l'île pour entrer à l'université.

Puis, avec un sourire ironique, elle ajouta :

– Un intermède enrichissant dans ma vie. Voyez où m'a mené mon doctorat en philosophie.

Enzo lui rendit son sourire, et répliqua :

– C'est souvent au fond d'une bouteille qu'on trouve la réponse à certaines des plus grandes questions philosophiques de ce monde.

– D'après mon expérience, la seule chose qu'on trouve au fond d'une bouteille, c'est l'oubli.

Enzo hocha la tête.

– Vous ne savez sans doute pas si certains de vos clients fréquentaient déjà cet endroit à l'époque ? Plusieurs ont témoigné au procès.

Devi haussa les épaules.

– Je sais juste que le vieux Robert Kerber vient ici depuis des années. Il est peut-être au courant.

D'un signe de tête, elle lui désigna un client assis sur un tabouret à l'autre bout du comptoir devant un verre de bière, une casquette en toile vissée sur la tête, au-dessus d'un front aux rides aussi profondes que des cicatrices. Sa veste à carreaux avait des renforts en cuir aux coudes. Ce n'était pas un déguisement. L'homme cachait mal son agacement et ne participait absolument pas à la fête. Kerber. Enzo se souvenait de son nom. C'était celui d'un des témoins.

– Merci, dit-il en prenant son whisky et en se frayant un chemin au milieu de la foule pour se rapprocher.

De nouveaux personnages arrivaient : un très gros homme déguisé en Tricoteuse, muni d'aiguilles et d'un mètre de tricot ; un barbu plus mince en Marie-Antoinette, et un zombie avec une hache plantée dans le crâne.

– Je peux vous en offrir une autre ? demanda Enzo à Kerber.

Le vieil habitué tourna vers lui un regard éteint :

– Vous pouvez. Mais ça ne vous donnera rien.

– Je n'ai besoin de rien, répondit Enzo en faisant signe à Devi de servir une autre bière.

– Non ?

– Juste quelques minutes de votre temps.

– À mon âge, chaque minute est précieuse.

– La vie est précieuse à tout âge.

– C'est juste, admit Kerber en se grattant le menton. Qu'est-ce que vous voulez ?

– Vous étiez ici le soir où Thibaud Kerjean a menacé tout haut d'envoyer Adam Killian au cimetière ?

– Oui. Et c'est ce qu'il a fait.

– Il était soûl ?

– Je ne l'ai jamais vu dans un autre état.

Pendant que Kerber buvait une gorgée de bière, Enzo observa le réseau de vaisseaux éclatés tapissant son nez et ses joues, et pensa qu'on disait probablement la même chose de lui. Mais les ivrognes se considèrent rarement eux-mêmes comme des ivrognes et celui-là ne semblait pas se rendre compte de l'ironie de ses paroles.

– Kerber… dit Enzo d'un air songeur. Kerjean… Il y a beaucoup de noms commençant par Ker sur l'île.

L'autre le regarda comme s'il avait affaire à un demeuré.

– Et en Écosse, il y a beaucoup de Mac, hein ? "Fils de", c'est ça ?

– Exact.

– Eh ben, Ker, ça veut dire "chez". Dans votre pays, on vous donne le nom de l'homme qui a engrossé votre mère. Ici, on nous donne le nom de la maison où on a grandi. Kerber, chez Pierre. Kerbol, chez Paul. Kerjean, chez Jean.

Il but une autre gorgée de bière et poursuivit :

– Qu'est-ce que vous voulez savoir d'autre ? Le nombre de tonnes de thons pêchés en 1933 ? Le nombre d'Allemands installés chez l'habitant à Groix pendant l'Occupation ?

– Non, plutôt la raison pour laquelle vous croyez Kerjean coupable de l'assassinat de Killian.

– Parce que c'est un ivrogne et une brute. Un type capable de vous flanquer son poing dans la gueule si vous le regardez de travers. Il était peut-être rond comme une queue de pelle ce soir-là, mais sa colère ne sortait pas d'une bouteille. C'était une vraie colère. Et Kerjean est un homme de parole. Tous ceux qui le connaissent savent qu'il n'hésite pas à tenir ses promesses.

***

Dehors, la température avait chuté. La nuit était claire et glacée, le ciel d'un noir d'encre piqueté d'éclats d'argent. Enzo voyait son haleine tourbillonner comme une fumée blanche autour de sa tête. De l'intérieur du bar lui parvenaient les bruits de la fête. De l'autre côté de la place, un distributeur de billets luisait sur le mur du Crédit Agricole. La maison du docteur Servat était éclairée.

Avisant une rue étroite qui s'enfonçait dans l'ombre, Enzo se dit qu'elle devait conduire directement à l'église où il avait laissé sa jeep. Il releva le col de sa veste, rejeta un pan de l'écharpe de Killian sur son épaule et plongea les mains dans les poches de son pantalon pour les tenir au chaud. Dès qu'il quitta la place, l'obscurité sembla l'avaler. Au bout de dix mètres à peine, il commença à regretter d'avoir emprunté ce raccourci. Il n'y avait pas d'éclairage public, et la lune encore basse projetait les ombres des maisons sur la chaussée. Il ralentit l'allure, progressant à pas prudents dans des ténèbres quasiment palpables. Ses doigts touchèrent un mur sur sa droite. Il le suivit et se retrouva tout à coup le nez contre une fenêtre aux volets fermés. Sans prévenir, la rue tournait brusquement à gauche. Il trébucha ensuite sur le seuil d'une porte, faillit tomber et jura dans sa barbe. L'écho de sa voix lui revint. Derrière lui, les lumières de la place se distinguaient à peine. Il fut tenté de revenir sur ses pas pour reprendre le chemin plus long qu'il avait pris à l'aller. Mais c'était idiot, l'église ne devait plus être loin maintenant. Au prochain virage, il la verrait. À coup sûr.

Soudain, il entendit tousser. Une toux brève, quelque part sur sa gauche. Il y avait quelqu'un non loin de lui. Il percevait même le frottement d'une semelle de cuir sur le macadam, le crissement des graviers, et aussi un murmure dans la nuit. Était-ce le fruit de son imagination ? Brusquement, une sensation de vulnérabilité le submergea ; la peur lui noua le ventre. Pressé de retrouver la lumière rassurante d'un réverbère, il hâta le pas, la main toujours sur le mur pour se guider. Maintenant, la rue tournait brusquement à droite. Il s'attendait à voir l'église devant lui. Mais il n'y avait rien d'autre que les ténèbres. En levant la tête, il aperçut une étroite bande de ciel constellé d'étoiles, presque étincelant à côté de la noirceur de cette rue sans fin.

Une autre toux. D'autres pas. Un murmure étouffé. Pas de doute, on le suivait. Deux personnes, ou plus. Les pas se rapprochaient. Il accéléra encore l'allure. Soudain le mur disparut, laissant place à une grille ouverte. La lueur des étoiles lui permit de distinguer de hautes herbes et des arbres que l'ombre d'une grosse maison avalait un peu plus loin.

Il se glissa dans le jardin. Les herbes gelées trempèrent son pantalon jusqu'aux genoux. Il avait l'impression d'avancer dans l'eau. Mais il devait absolument atteindre l'abri des arbres. Il pourrait s'y cacher, échapper à ses poursuivants.

– Hé ! cria une voix masculine.

Aussitôt, il se mit à courir. L'humidité glacée transperçait ses semelles, remontait le long de ses jambes, pénétrait la moelle de ses os, étreignait son cœur affolé. Ce ne pouvait être que Kerjean, peut-être accompagné de quelques copains, tous résolus à lui donner une leçon, quitte à le malmener un peu. Ou pire. Il l'avait déjà suivi en début de journée. Enzo se maudit d'avoir voulu prendre ce raccourci au lieu de rester en pleine lumière.

Quelque chose agrippa et déchira son pantalon. Il tomba sur les genoux et sentit des épines s'enfoncer dans sa chair. Sûr d'entendre Kerjean et ses amis le poursuivre à travers les hautes herbes, il se releva rapidement et fila au bout du jardin, où la maison l'ensevelirait dans son ombre.

Mais une chose froide et mouillée s'enroula soudain autour de lui. Une corde enserrait son bras, l'obligeait à pivoter, basculer en avant sans qu'il puisse s'en libérer. Il était empêtré au milieu d'une matière invisible, collante, visqueuse d'où émanait une odeur de moisissure et de pourriture. Puis il entendit un déchirement et se retrouva brusquement à plat ventre sur le sol mouillé glacé. Le choc lui coupa le souffle. Il voulut se relever, sans y parvenir comme si une toile d'araignée géante le retenait prisonnier. Des bruissements rapides dans les hautes herbes l'affolèrent. On l'avait repéré ; il entendait à présent courir et haleter. Tout à coup, des lumières l'aveuglèrent. Il leva un bras pour se protéger les yeux. Les autres riaient. Une femme. Un homme. Et peut-être un enfant.

Dans sa confusion, il aperçut, au-delà des lampes torches, une tête de mort et un visage vert taché de noir. Un squelette s'avança, arracha d'un coup son masque sinistre et dévoila le visage beaucoup moins effrayant d'une adolescente dont les yeux bleus pétillaient de malice. Des éclats de rire fusèrent dans la nuit. Il avait déjà vu ce visage, mais il lui fallut un petit moment avant de reconnaître Oanez, la fille du docteur Servat. Sa sœur, la sorcière verte, s'avança à son tour dans la lumière, et enfin leurs parents déguisés en Laurel et Hardy, joues blafardes, chapeau melon sur la tête. Alain s'était peint une petite moustache noire et enveloppé de rembourrage pour paraître plus gros. Tous les quatre se tordaient de rire.

Alain lui tendit la main pour l'aider à se relever :

– Mais à quoi jouez-vous, mon vieux ?

Enzo se rendit compte qu'il avait foncé dans un vieux hamac déchiré tendu entre deux arbres d'où Élisabeth tentait de le dégager pendant que les filles continuaient à glousser. Son soulagement laissa vite place à l'agacement :

– Je pourrais vous demander la même chose. Quelle idée de me poursuivre dans le noir !

– C'est Halloween, monsieur Macleod. Ce soir, tout le monde joue à se faire peur.

– Je suis vraiment désolée, s'excusa Élisabeth. On ne voulait pas vous effrayer. Tous les ans, à cette date, on se déguise et on emmène les filles faire le tour du village. On rentrait justement chez nous quand on vous a vu sortir du Triskell ; on pensait vous inviter à boire un verre à la maison.

– Mais vous êtes un homme vraiment insaisissable, prompt à s'éclipser dans des ruelles obscures et des jardins, plaisanta le docteur Servat, très amusé par le comportement bizarre de l'Écossais.

Dans l'espoir de retrouver un peu de dignité, Enzo balaya de la main les restes de moisissure que le hamac en décomposition avait laissés sur sa veste et son pantalon, et s'écria :

– Oh, je le fais souvent ! J'adore me rouler dans les hautes herbes gelées pour me mouiller le poil et me geler les os. C'est mon tour favori. J'ai droit à une poignée de cacahuètes pour la peine ?

Les filles s'étouffèrent de rire.

– Je suis sûre qu'il y a encore mieux, répliqua Élisabeth en glissant son bras sous le sien. Que diriez-vous d'un bon bol de soupe chaude, suivi d'un ou deux verres de whisky au coin du feu ?

– Hum. Pas facile de choisir entre un roulé-boulé dans l'herbe détrempée et un whisky au coin du feu.

– Vous avez déjà expérimenté l'un des deux, s'esclaffa Alain.

– Juste. Inutile de choisir, donc, lança Enzo qui retrouvait lentement son sens de l'humour. Va pour la soupe et le whisky.

Chapitre 8

Les murs du salon des Servat étaient bleu pâle, avec des encadrements blancs autour de la porte et des fenêtres. À environ deux mètres de hauteur, une étagère courant sur les quatre murs de la pièce supportait un nombre incroyable de *greks* traditionnelles de toutes formes, tailles et couleurs.

– Elles appartenaient à mon père, expliqua Élisabeth. La collection de toute une vie. Je n'ai pas eu le cœur de m'en débarrasser après sa mort.

– Je lui laisse le soin de les dépoussiérer, plaisanta Alain.

Les filles étant parties se coucher, les adultes avaient commencé par déguster, dans la salle à manger, une soupe fumante accompagnée de pain fait maison tartiné de beurre salé. À présent, Enzo se séchait devant un feu de bois, heureux d'avoir retrouvé sa bonne humeur et d'éprouver une telle sensation de bien-être. Il aurait été d'ailleurs difficile de ne pas se détendre au contact chaleureux du docteur et de sa femme, qu'une affection réelle semblait attacher l'un à l'autre.

Alain ouvrit les portes vitrées d'un meuble ancien qui contenait une quantité impressionnante de whiskies écossais et irlandais, et en sortit une bouteille.

– C'est une vraie passion, dit-il. Je collectionne même les bouteilles vides. Un jour, Primel et ses sœurs en hériteront, et n'auront pas le cœur de les jeter.

Élisabeth pouffa de rire.

– Ne compte pas sur les enfants pour les dépoussiérer. Je doute qu'ils se montrent aussi sentimentaux que nous. À mon avis, le contenu de la maison a de fortes chances d'échouer dans une brocante.

– Tu parles ! s'esclaffa Alain. De ce côté-là, ils ont hérité des gènes de leur mère. Ils les entasseront peut-être au grenier, mais jamais ils ne s'en sépareront.

Sur ce, il tendit à Enzo un verre largement rempli d'ambre pâle.

– Je ne sais pas si vous avez déjà goûté celui-ci. Il provient de la plus petite distillerie d'Écosse, Edradour. Je ne vous dirai pas son prix parce qu'Élisabeth nous écoute, mais je vous assure qu'il vaut son pesant d'or.

Alain échangea un sourire avec son épouse à qui il offrit un verre avant de se servir à son tour. Élisabeth s'installa sur le canapé. Alain resta debout devant le feu.

– *Slainthe mhath*, lança-t-il en levant son verre.

Surpris, Enzo haussa les sourcils.

– Vous connaissez le Gaélique écossais !

– Comment peut-on boire un bon whisky écossais sans porter le toast approprié ?

– *Slainthe* ! répondit Enzo.

Élisabeth lui fit écho et tous trois burent une gorgée. Enzo sentit la douceur se dégager lentement derrière la première attaque brûlante de l'alcool, et le riche parfum aromatique de l'orge maltée des vallons écossais enrober son palais.

– Mmmmm. Absolument délicieux.

Rayonnant de plaisir, Alain en but une autre gorgée.

– Alors, comment avance votre enquête, monsieur Macleod ?

– Pas vite, fit Enzo avec une grimace. En fait, plus j'en apprends, moins j'en sais. Je m'interroge toujours sur la culpabilité de Thibaud Kerjean.

– Vous le croyez coupable ? demanda Élisabeth.

Enzo secoua la tête :

– Franchement, je ne sais pas. À en juger par les preuves présentées au tribunal, le jury a eu raison de ne pas le condamner. En revanche, si la police avait fait son travail correctement, il serait sans doute sous les verrous aujourd'hui.

– Vous pensez donc qu'il a tué Killian ?

– Je pense qu'il y a des preuves accablantes contre lui.

Enzo avala un peu de whisky avant d'ajouter en riant :

– Qui laissent néanmoins une énorme place au doute. Voilà pourquoi je n'avance pas vite. Vous le connaissez personnellement, ce Kerjean ?

– Je l'ai rencontré une ou deux fois, répondit Alain en haussant les épaules. Je ne peux pas dire qu'il m'ait fait une très bonne impression. Le docteur Gassman l'avait depuis longtemps comme patient, mais c'est un autre médecin qui a repris son dossier quand Jacques a cessé son activité. Je l'ai très rarement vu en consultation. Et sinon, jamais.

Puis, se tournant vers sa femme, il demanda :

– Et toi, ma chérie ?

– J'ai eu l'occasion de m'occuper de lui deux ou trois fois à l'époque où je travaillais. Un homme très déplaisant.

– Ah, c'est vrai, se souvint Enzo. La réceptionniste m'a dit que vous aviez été infirmière.

– Il y a longtemps, et pendant une période assez courte, lorsque nous nous sommes mariés et qu'Alain était le petit nouveau du centre médical. J'y suis restée encore un peu après la naissance de Primel parce que ma mère pouvait s'occuper du bébé. Cependant, entre les horaires d'Alain et les miens, ce n'était vraiment pas pratique ; alors, j'ai fini par laisser tomber. Je m'étais promis de reprendre mon métier, mais les filles sont arrivées, et elles ont encore besoin de leur maman.

Alain sourit tendrement à sa femme.

– Élisabeth était plus qu'une simple infirmière, vous savez, dit-il à Enzo. Elle a un diplôme de kinésithérapeute. On serait contents de l'avoir de nouveau avec nous.

– Pourquoi pas. Une fois que les filles iront à l'université. On verra.

Alain rejeta la tête en arrière et éclata de rire.

– On verra, on verra. C'est toujours le même refrain depuis notre mariage. On verra ! Si Élisabeth dit « on verra », vous pouvez parier que ça se réalisera.

Je nous revois en train de parler, dans cette pièce, de l'éventualité d'avoir d'autres enfants. Car Primel nous donnait du fil à retordre à l'époque. Eh bien, Élisabeth s'est contentée de dire « on verra ». Comme vous pouvez le constater, nous en avons eu deux de plus. Sans avoir à en discuter, d'ailleurs.

– C'est le privilège des femmes de commencer par tergiverser pour finir par décider seules, lança Élisabeth. Sans avoir à discuter. De toute façon, ce n'est pas en discutant qu'on fait des bébés.

Elle échangea un sourire avec Alain, but une gorgée de whisky et posa son verre :

– Je ferais bien d'aller voir comment va Émile.

Lorsqu'elle eut quitté la pièce, Alain remplit le verre d'Enzo, se resservit par la même occasion, et s'installa à la place qu'elle venait d'abandonner, comme si, même en son absence, il avait besoin de sentir sa présence.

– Nous étions dans la même classe, à l'école, vous savez. Dès que je l'ai vue, elle m'a fait fantasmer.

Ce souvenir le fit rire.

– J'avais réussi à partager un pupitre avec elle. Après les cours, je la raccompagnais. Enfin, jusqu'à ce qu'elle porte des lunettes. Des trucs atroces à monture bleue. Et un appareil dentaire. Là, j'ai carrément fui. Pauvre Élisabeth. En l'espace d'un mois, le beau cygne s'était transformé en vilain petit canard, et elle ne comprenait pas pourquoi je ne voulais plus lui parler. Ce que les enfants peuvent être cruels !

Enzo eut un sourire teinté de tristesse. Même après plus de vingt ans de mariage, ces deux-là s'adoraient encore. Comme sa propre vie aurait été différente si Pascale n'était pas morte. Combien d'enfants auraient-ils eus ensemble ? Une petite pointe de jalousie empoisonna soudain ses pensées et il dut faire un effort pour s'en libérer.

– Naturellement, dit-il, le vilain petit canard a fini par laisser tomber les lunettes et l'appareil dentaire, et vous vous êtes rapprochés dès qu'il est redevenu cygne.

– Oh, pas vraiment. Notre relation a connu des hauts et des bas jusqu'au lycée. Puis, à l'approche de mon départ pour l'université, on a pris conscience que cette séparation serait permanente, et compris à quel point on avait besoin l'un de l'autre. Alors, elle est partie avec moi. On a partagé une chambre à Paris. Elle a suivi des études d'infirmière pendant que j'allais à la fac de médecine. Mais on ne s'est mariés que lorsque je suis revenu ici, occuper un poste vacant au centre médical.

– C'est uniquement pour cette raison que vous êtes revenu ? Pour travailler au centre médical ?

– Il y avait aussi nos vieux parents, monsieur Macleod. Ma mère étant décédée quelques années plus tôt, je savais que mon père aurait un jour besoin de quelqu'un pour s'occuper de lui. Celui d'Élisabeth était malade…

L'air songeur, Alain Servat but une gorgée de whisky avant de poursuivre :

– De toute façon, j'aurais fini par revenir. Cette île est un endroit merveilleux pour fonder une famille. Paris a ses attraits, sans aucun doute. Mais je ne me voyais pas élever mes enfants là-bas. L'ironie, bien sûr, c'est que les enfants se dépêchent de s'en aller dès qu'ils sont assez grands.

Au bout de quelques minutes et quelques whiskies supplémentaires, ils virent revenir Élisabeth, qui, surprise de voir la bouteille presque vide, la souleva en haussant les sourcils.

– Pas question que vous repreniez le volant, monsieur Macleod. Vous allez rester dormir ici.

Enzo compta le nombre de verres qu'il avait bus au cours des deux dernières heures. Un whisky au Triskell, trois ou quatre chez le médecin.

– Oh, c'est très gentil. Mais je préfère rentrer. Madame Killian m'attend.

– Élisabeth a raison, Macleod. Vous n'êtes pas en état de conduire. Moi non plus, d'ailleurs.

– Dans ce cas, je vous emmène, déclara Élisabeth. Je n'ai bu que la moitié d'un verre. Vous pourrez revenir en ville demain matin avec madame Killian pour récupérer votre voiture.

***

La lune, très haute à présent, baignait l'île de sa lumière d'argent. Elle brillait tellement qu'il aurait été possible de conduire sans allumer les phares. Le gros 4x4 vert d'Élisabeth paraissait énorme dans les étroites rues du Bourg, mais elle le maniait avec beaucoup de dextérité. Enzo se sentait en confiance. La tête bien calée, il se laissa aller sur le siège passager, jouissant de l'agréable sensation de pouvoir se reposer entièrement sur quelqu'un d'autre, de se dégager de toute responsabilité.

Ils dépassèrent un panneau indiquant Port-Lay.

– Un jour, si vous avez le temps, je vous emmènerai là-bas, et je vous montrerai où j'habitais. Pour moi, c'est le plus beau coin de l'île.

– Si vous m'y emmeniez tout de suite ? À condition, bien sûr, que ça ne représente pas un trop grand détour.

Elle sourit.

– Non, pas plus de cinq minutes.

Après une très brève hésitation, elle fit demi-tour et prit une autre route.

Laissant la petite agglomération derrière eux, ils s'engagèrent dans une descente étroite et sinueuse d'où, de temps en temps, Enzo apercevait la mer. Brusquement, l'océan s'ouvrit devant eux. Sa surface lisse reflétait la lune.

Une digue en pierre protégeait l'entrée du petit port et ne laissait qu'un étroit passage. Une demi-douzaine de petits bateaux étaient amarrés au quai dominé par une grande maison blanche.

– Difficile d'imaginer aujourd'hui une flotte de thoniers entrant et sortant de ce port minuscule. Pourtant, c'était le cas. Cet endroit débordait d'activité. Quand j'étais petite, je m'asseyais sur le quai en attendant mon père, et je regardais les pêcheurs décharger les poissons. Je connaissais tous leurs visages. Des visages de l'île. Rouges, burinés. La vie était réellement dure, vous savez. Aujourd'hui, on ne réalise pas la chance qu'on a.

Elle resta un instant perdue dans ses souvenirs, puis ajouta :

– Mais nous reviendrons un autre jour, et je vous montrerai ma maison si cela vous intéresse. Et aussi l'ancienne conserverie.

Elle désigna du menton un vaste bâtiment sombre construit sur la falaise, témoin d'une époque à jamais disparue.

– Volontiers.

– C'est plus beau sous le soleil.

Elle redémarra et s'engagea dans une ruelle incroyablement étroite bordée de maisons blanchies à la chaux.

Ils retraversèrent Le Bourg pour prendre la direction de l'est, le long de la côte nord. Enzo ferma les yeux, respira le parfum de la femme au volant, se laissant bercer par les vapeurs des whiskies qu'il avait absorbés. Il rouvrit les yeux lorsque la voiture s'arrêta, et se rendit compte qu'il s'était endormi.

Une mer phosphorescente recouvrait la demi-lune de sable de la plage, au pied de la maison de Killian. Élisabeth s'était garée en bordure, sous les arbres. Elle le regardait avec un sourire indulgent.

– Vous pouvez vous réveiller, monsieur. Votre limousine a atteint sa destination.

– Oh, mon Dieu ! J'espère que je n'ai pas ronflé !

– Un peu. J'ai juste été obligée de monter le volume de la radio.

Devant son air horrifié, elle éclata de rire :

– Je plaisantais, monsieur Macleod.

– Enzo, s'il vous plaît.

– Eh bien, Enzo, j'ai le plaisir de vous annoncer que le ronflement ne fait pas partie de vos vices. En revanche, vous parlez en dormant.

– C'est vrai ?

– Nous avions une conversation très intéressante. Ce n'est qu'en arrivant à Kervaillet que je me suis rendu compte que vous parliez tout seul. Et moi, dans le vide.

Enzo la regarda attentivement, en se demandant s'il devait ou non la prendre au sérieux. Puis, il remarqua l'étincelle dans ses yeux, et sourit.

– Merci pour la conduite, Élisabeth. J'ai hâte de voir Port-Lay au soleil.

Il ouvrit sa portière et demanda :

– Je ne l'ai pas rêvé, n'est-ce pas ?

– Non, Enzo, répondit-elle en riant. Vous ne l'avez pas rêvé. Bonne nuit.

Il suivit des yeux le 4x4 qui accélérait dans la côte, emportant Élisabeth vers les bras aimants qui l'attendaient. Pour la deuxième fois de la soirée, il dut éteindre la petite flamme de jalousie qui jaillissait en lui.

Dès qu'il poussa la grille, la porte d'entrée de la maison s'ouvrit ; une nappe de lumière jaune inonda le jardin et la voix étrangement aiguë et tendue de Jane lança :

– Que s'est-il passé ? Votre voiture est tombée en panne ?

– Non. J'ai trop bu. Madame Servat m'a raccompagné.

– Élisabeth Servat ?

Son ton n'exprimait pas seulement la surprise.

– J'étais chez eux. Le docteur aussi a trop bu.

Pourquoi éprouvait-il donc le besoin de se justifier ?

– C'est une femme séduisante.

– En effet.

Ils restèrent un instant très près l'un de l'autre, Jane lui tenant la porte ouverte. Il passa avec soulagement du froid glacial de la nuit à la chaleur douce du feu de bois qui brûlait à l'intérieur. Tout en se frottant les mains, il s'accroupit devant les braises rougeoyantes et remarqua le verre vide à côté du fauteuil. Jane s'approcha et lui tendit un whisky.

– Merci, mais j'ai peut-être assez bu pour ce soir.

– Allez, un de plus ne vous fera pas de mal. Moi, j'ai besoin d'un verre et je déteste boire seule.

Elle se resservit, se laissa tomber dans son fauteuil et but une gorgée tout en le regardant s'asseoir sur l'accoudoir du fauteuil placé en face.

– Nous avons eu de la visite ce soir.

– Ah bon ? Qui ?

– Je ne sais pas. Quelqu'un s'est garé un peu plus haut, sur la route, et a continué à pied de façon à ce que je n'entende pas la voiture.

Enzo sentit les vapeurs d'alcool qui lui embrumaient le cerveau se dissiper instantanément.

– Racontez-moi ça.

– Le soir, il règne un silence absolu ici. Quand j'ai entendu la grille grincer, j'ai d'abord pensé que c'était vous, sans comprendre pourquoi vous n'étiez pas descendu en jeep jusqu'à la plage. Je suis allée à la fenêtre, il n'y avait personne. Enfin, je n'ai vu personne.

Elle but une autre gorgée de whisky. Enzo remarqua alors sa pâleur.

– Je me suis rendue dans la cuisine, poursuivit-elle, sans allumer la lumière. Et, dehors, j'ai aperçu une silhouette qui traversait la pelouse. Juste une ombre parmi les arbres, une ombre en train de se diriger vers l'annexe. Persuadée que c'était vous, j'ai ouvert la porte et je vous ai appelé.

– Ce n'était pas moi, Jane.

– Je sais.

– Vous avez reconnu quelqu'un ?

D'une main légèrement tremblante, elle porta le verre à ses lèvres.

– Non. Comme vous ne répondiez pas, j'ai allumé la lampe extérieure.

– Et alors ?

– Et alors, j'ai vu quelqu'un s'éloigner à toute vitesse de l'annexe, filer entre les arbres et escalader la barrière de bambous.

– Ce quelqu'un a tenté de s'introduire dans l'annexe ?

– Je n'en sais rien. J'ai fermé les volets, verrouillé les portes, et attendu votre retour. Je ne pensais pas que vous rentreriez si tard.

Enzo vida son verre et se leva.

– Je suppose que vous n'êtes pas allée voir si la porte de l'annexe avait été forcée ?

– Non, répondit-elle avec un petit rire aigu et sans humour.

– Je ferais bien de vérifier tout de suite.

Jane se leva à son tour :

– Je vous accompagne.

Elle alla chercher un manteau, puis suivit Enzo dans la cuisine. Avant d'ouvrir la porte, elle alluma la lumière extérieure et prit une lampe torche.

Tout était calme dans le jardin où l'herbe se couvrait de gelée blanche Enzo prit la lampe des mains de Jane et éclaira la pelouse. Une première série de traces allait de la maison à la porte de l'annexe ; une seconde, aux pas plus espacés – indiquant que leur propriétaire avait couru – se dirigeait vers la barrière de bambous. Enzo s'accroupit pour les examiner de plus près, mais elles n'étaient pas très nettes et disparaissaient rapidement au fur et à mesure que le givre durcissait.

Il braqua ensuite le rayon de la lampe sur la serrure de la porte ; on ne voyait aucun signe d'effraction. À ses côtés, Jane respirait à un rythme saccadé. Avait-elle peur ou froid ? Il tourna sa clé dans la serrure, poussa la porte et, aussitôt, son œil fut attiré par un papier sur le sol. Évidemment glissé par le mystérieux visiteur. Il actionna l'interrupteur de l'entrée puis se baissa pour ramasser la feuille pliée en deux tandis que Jane refermait derrière eux.

– Qu'est-ce que c'est ? demanda-t-elle en regardant par-dessus son épaule.

Le mot était bref et énigmatique.

VOUS SAVEZ QUI JE SUIS. NOUS AVONS VU KERJEAN ENSEMBLE CE MATIN. J'AI TENU MA LANGUE ASSEZ LONGTEMPS, MONSIEUR. JE VOUS DIRAI CE QUE JE SAIS À CONDITION QUE VOUS PROMETTIEZ DE NE PAS MÊLER MON NOM À TOUT ÇA. JE NE VEUX PAS QU'ON NOUS VOIE ENSEMBLE.

RETROUVEZ-MOI DEMAIN SOIR À 19 H 30 AU TROU DE L'ENFER. IL Y A UN BLOCKHAUS SOUS L'ANCIEN POSTE DE TIR ALLEMAND. JE VOUS Y ATTENDRAI.

Jane le regarda avec des yeux remplis de curiosité :

– Avec qui étiez-vous ce matin, quand vous avez vu Kerjean ?

– La vendeuse de la Maison de la presse. Une femme mince aux cheveux gris, très courts.

– Madame Blanc ? Ce serait elle qui aurait glissé ce mot sous la porte ?

Haussant les sourcils, Enzo répondit d'un air sceptique :

– On voudrait me le faire croire, en tout cas. Qu'est-ce que c'est, ce Trou de l'enfer ?

– L'endroit le plus dangereux de l'île. Déjà périlleux en plein jour. Alors, la nuit, n'en parlons pas. C'est une énorme entaille dans la falaise de la côte sud, creusée par la mer ou née d'un bouleversement géologique, je ne sais pas trop. En tout cas, elle est très profonde, plus de vingt mètres, et ses bords sont terriblement instables. À marée haute, les jours de tempête, la mer s'engouffre à l'intérieur avec une telle violence que les embruns jaillissent à plus de cent mètres de haut. Il paraît qu'on l'entend rugir à des kilomètres à la ronde. On dit que c'est le diable qui hurle en enfer.

Enzo la vit frissonner malgré son manteau. Dans l'annexe, la température avait encore chuté depuis la veille.

– Vous grelottez, dit-il en l'entourant de ses bras pour la réchauffer.

Elle glissa aussitôt ses mains sous la veste d'Enzo, puis autour de sa taille, et se serra contre lui.

– N'y allez pas. Je m'en voudrais trop s'il vous arrivait quelque chose.

– Pourquoi m'arriverait-il quelque chose ?

– Beaucoup de gens ont trouvé la mort dans ce trou ces dernières années, Enzo. En s'approchant trop près du bord, qui a cédé sous leurs pieds. On l'a entouré de cordes, maintenant.

– Eh bien, je ne passerai pas sous les cordes, promis. Et je suis sûr que vous accepterez de me prêter votre lampe torche.

Elle leva les yeux vers lui. Son visage était très proche du sien. Il sentait son souffle sur son cou, et l'odeur du whisky qui s'en dégageait.

– Bien sûr, mais je préférerais quand même que vous n'y alliez pas.

– Qui ne risque rien n'a rien, Jane. Vous voulez que je découvre qui a tué votre beau-père, n'est-ce pas ?

– Pas si vous devez y perdre la vie. Ne prenez pas de risques inutiles, Enzo. La tournure que prennent les événements ne me plaît pas.

À Enzo non plus, elle ne plaisait pas beaucoup. Le message qu'il tenait à la main sonnait faux. Il savait pertinemment que madame Blanc ne l'avait pas rédigé. Si elle avait voulu lui dire quelque chose, elle aurait pu le faire n'importe quand. Quelqu'un cherchait évidemment à l'attirer dans un endroit isolé et dangereux ; c’était un piège grossier, mais pour découvrir qui le lui tendait, il n’avait qu’une solution : faire semblant de mordre à l’hameçon.

Chapitre 9

– Cet après-midi, j'ai apporté un radiateur dans votre chambre, dit Jane. Désolée de ne pas l'avoir fait plus tôt ; je ne me doutais pas qu'il ferait si froid. Je vais vous montrer comment il fonctionne.

Elle se dégagea des bras d'Enzo et commença à monter l'escalier.

Saisi d'une étrange appréhension, Enzo la suivit. Il était absolument certain qu'elle n'avait pas besoin de lui expliquer le fonctionnement de ce radiateur. Il se sentait troublé par le léger parfum qu'elle laissait dans son sillage, hypnotisé par le balancement de ses hanches. Bizarrement, il repensa à l'article de *Ouest-France*, où le journaliste évoquait *la très pâle et très parfumée madame Montin*. Non seulement il n'avait pas couché avec une femme depuis longtemps, mais sa tendance naturelle à faire les mauvais choix risquait fort d'être aggravée par un taux élevé d'alcool qui affaiblissait inévitablement sa résistance à la tentation.

Il continua à gravir les marches en essayant de se persuader qu'il interprétait mal ses signaux. Mais non, il ne se trompait pas ; cela faisait trois soirs qu'elle se déshabillait en pleine lumière, bien en vue, juste en face de la lucarne de la mansarde. L'appréhension d'Enzo céda lentement la place aux premiers frémissements du désir.

Il faisait déjà une douce température dans la chambre.

– Fermez la porte derrière vous pour empêcher la chaleur de s'échapper, dit Jane.

Les rideaux avaient été tirés devant la fenêtre. Pour conserver la chaleur ? Ou parce que Jane savait qu'il n'y aurait pas de show ce soir ? Elle retira son manteau, le jeta sur le lit et s'accroupit devant le petit chauffage d'appoint :

– Je l'ai placé sous la pente du toit pour que la chaleur circule mieux autour de la pièce. Vous auriez dû me dire plus tôt qu'il faisait un froid de canard ici. Les commandes se trouvent sur le côté. Il y a deux boutons et un thermostat. Je l'ai réglé sur 21 °C. Mais vous pourrez le modifier à votre guise.

Lorsqu'elle se releva, elle avait les joues rouges, les yeux brillants, luisant de désir. Enzo sentit son estomac se contracter.

Elle portait un pull collant largement décolleté en V. À la lumière de la lampe de chevet, ses boucles brunes prenaient des reflets dorés. Sans le vouloir, il laissa son regard s'attarder sur ses seins puis sur ses lèvres pleines à peine maquillées.

– Vous regardiez, n'est-ce pas ?

– Oui, murmura-t-il.

Il avait la bouche tellement sèche qu'il pouvait à peine parler.

– J'ai envie de vous.

Sans le quitter des yeux, elle s'approcha lentement d'Enzo, doucement, puis s'arrêta devant lui et glissa les mains sous sa veste pour la faire tomber de ses épaules.

– J'ai envie de vous depuis la première minute où je vous ai vu.

Dès que ses doigts déboutonnèrent sa chemise, et qu'il en sentit le contact sur sa peau, il sut qu'il était perdu.

***

Seuls les chiffres du réveil digital posé sur la table de chevet éclairaient la chambre, d'une faible lueur rouge qui approfondissait les ombres. Entre ses bras, Jane paraissait petite, fragile. Elle avait la peau douce et chaude. Pour calmer chez elle cette passion qu'il sentait dévorante, il couvrit d'abord de doux baisers son cou et ses épaules. Elle frémit, souleva les hanches pour les coller contre les siennes, s'agrippa à son dos et le tint en tenaille entre ses jambes avec une force incroyable. Puis, glissant une main sur son ventre, elle s'empara de son sexe et le guida vers elle.

Brusquement, la sonnerie du téléphone déchira le silence.

– Oublie-le, murmura-t-elle d'une voix rauque, haletante.

Mais il était difficile de se concentrer avec ce bruit strident et persistant. Quand il effleura des lèvres la pointe de ses seins, elle planta brutalement ses doigts sans sa chair. Au même moment, le répondeur se déclencha, et la voix du mort s'éleva dans la pièce :

– *Ici, Adam Killian. Merci de laisser un message après le signal sonore.*

– Quelle idiote ! Je n'ai jamais pensé à changer l'annonce.

Une voix de femme suivit celle d'Adam. Une voix étrangement familière, qu'Enzo mit cependant plusieurs secondes à reconnaître.

– *Allô, Enzo ? J'espère que je ne me trompe pas de numéro. C'est Roger qui me l'a donné. Il ignore totalement à quelle date tu rentres, et je ne peux pas attendre plus longtemps. Alors, si Mahomet ne va pas à la montagne…*

Jane s'était figée sous lui ; son étreinte mollissait.

– Qui est-ce ?

– *J'arriverai demain par le ferry de midi. Ce serait sympa que tu viennes me chercher. Au cas où tu n'aurais pas de place pour moi, est-ce que tu peux me réserver une chambre d'hôtel ? À demain.*

Et la communication fut coupée.

Dans le lit, Jane et Enzo restèrent aussi immobiles que si quelqu'un avait enfoncé un bouton « pause ». Le silence qui s'était installé entre eux sembla durer une éternité. Finalement, Enzo lâcha :

– C'est Charlotte.

– Et qui est Charlotte ? demanda Jane en s'écartant de lui, et en fixant sans le voir le plafond de la chambre.

– Une amie.

– Une maîtresse ?

Ne sachant pas trop comment répondre à cette question, il hésita.

– Ça va, j'ai compris.

– Je n'ai pas couché avec elle depuis très longtemps.

– Elle a l'air drôlement pressée de te voir.

– On s'est vus à Paris avant mon départ. Elle voulait me parler, mais je n'avais pas le temps.

– Apparemment, ça ne peut plus attendre.

– Apparemment.

– Je suppose que tu préfères qu'elle habite ici ?

– Je ne sais pas. Je n'y ai pas pensé.

– Mais tu n'as pas envie de la mettre à l'hôtel, n'est-ce pas ?

– Pas vraiment.

– Et comme la chambre d'amis de la maison principale est pleine de cartons, je ne vois que celle-ci.

– Peut-être.

Il entendit Jane rejeter les couvertures et se lever. Sa silhouette se distinguait à peine à la lueur du réveil.

– Pas la peine de salir les draps, alors. Je n'ai pas du tout envie de les changer.

Sur ce, elle alluma la lampe de chevet, traversa la pièce et ramassa ses vêtements là où elle les avait laissés tomber.

– Jane…

– Oui ?

– Tu n'es pas obligée de partir.

– Je crois que si.

Enzo reposa sa tête sur l'oreiller et ferma les yeux en l'écoutant se rhabiller. Sans ajouter un mot, elle ouvrit la porte, descendit l'escalier et sortit de l'annexe.

– Eh merde !

Son cri de frustration résonna dans la chambre. Charlotte avait beau ne pas vouloir s'engager avec lui, elle semblait toujours résolue, même de loin, à s'assurer qu'aucune autre femme ne prendrait sa place.

Chapitre 10

Enzo s'assit en plein soleil, à la terrasse du Café de la Jetée. Il y avait peu d'activité sur le port. Le jour de la Toussaint, la plupart des commerces restaient fermés ; seuls les bars, les restaurants et le cimetière étaient ouverts.

Comme d'habitude, une file de voitures attendait l'arrivée du ferry. Une quinzaine de minutes plus tôt, Enzo l'avait vu émerger de la brume qui stagnait sur les eaux lisses du détroit. Au fur et à mesure qu'il le regardait grossir, son appréhension croissait. Des triangles blancs passaient et repassaient telles des mouettes affamées autour du navire. On distinguait maintenant les visages des voyageurs du pont supérieur, les yeux fixés sur Port-Tudy, impatients d'aborder dans l'île. Un endroit à part, différent, presque exotique.

Il dut attendre que tous les passagers aient débarqué et commencent à remonter la rampe vers la jetée avant d'apercevoir Charlotte. Malgré lui, il sentit son cœur faire un bond dans sa poitrine. Elle était plus grande que la plupart de ses compagnons de voyage. Ses longs cheveux noirs voletaient derrière elle. Les pans de son manteau noir battaient sur ses jambes. Dessous, elle portait un épais pull-over en laine grise, un jean moulant et des tennis blanches. Une longue écharpe rouge était enroulée autour de son cou, une extrémité rejetée sur l'épaule. D'après la taille de son sac, Enzo conclut qu'elle n'avait pas l'intention de rester plus d'une nuit. Pourquoi était-elle donc venue ?

Il paya son verre de Perrier, se leva et s'avança vers le bout de la jetée. Depuis que Jane l'avait déposé au Bourg, où il avait récupéré sa jeep, il avait déjà bu un café et plusieurs verres d'eau gazeuse ; de sa gueule de bois ne subsistait désormais qu'un léger mal de tête. Pendant le trajet, Jane n'avait fait aucune allusion à la soirée précédente, mais la sympathie chaleureuse qu'elle lui témoignait depuis le début de leur rencontre avait été remplacée par un silence glacial.

Charlotte l'embrassa chastement sur les deux joues et lui tendit son sac. Puis elle se recula pour le regarder.

– Tu as l'air fatigué.

– Merci. Toi aussi, tu as une mine splendide.

– Tu as donc eu mon message.

– On dirait.

– J'ai appelé très tard. Je suppose que tu étais sorti.

S'il n'avait aucune envie de lui décrire la scène interrompue par son coup de téléphone, il ne voulait pas non plus mentir.

– J'ai passé la soirée chez un médecin du village qui a du très bon whisky.

Il ajouta en souriant :

– Beaucoup trop bon d'ailleurs. Sa femme a été obligée de me raccompagner.

Charlotte haussa un sourcil et, avec un regard amusé mais dépourvu de gentillesse, lança :

– Je vois que rien ne change.

Cette réflexion fit à Enzo l'effet d'être réprimandé comme un mauvais élève surpris en train de fumer derrière la cour de l'école.

– J'ai faim, ajouta-t-elle. On peut manger quelque part ?

***

Dès qu'ils eurent franchi la porte de l'Auberge du Pêcheur, Enzo comprit son erreur. La serveuse l'accueillit avec un sourire radieux :

– Monsieur Macleod, n'est-ce pas ? Vous êtes venu l'autre soir avec madame Killian.

Elle les installa à une table et s'éloigna après avoir débarrassé Charlotte de son manteau.

– Madame Killian ?

– La belle-fille de la victime du meurtre sur lequel j'enquête. Elle a hérité de la maison où le crime a eu lieu. C'est là que j'habite.

– Avec elle et son mari ?

– Elle est veuve.

– Ah. Voilà qui explique le dîner en tête à tête.

– Ça fait vingt ans qu'il est mort.

– Je vois. Une veuve pleine d'expérience, donc. Tu veux bien me parler de cette affaire ?

– Elle t'intéresse ?

– Oui.

Enzo lui raconta alors le coup de téléphone de Killian à Jane le soir du meurtre, le bureau laissé exactement dans le même état depuis sa mort, les messages sans queue ni tête à l'intention de son fils. Puis il lui décrivit l'homme que tout le monde croyait coupable, jugé et acquitté. Charlotte l'écoutait attentivement ; ses yeux sombres brillant d'intelligence absorbaient chaque détail pour le disséquer en silence. Jamais il n'avait rencontré quelqu'un doué d'un tel esprit d'analyse. La première question qu'elle posa fut naturellement celle qui le troublait depuis le commencement :

– Pourquoi se donner la peine de tuer un mourant ?

– Et si l'assassin ne savait pas que Killian était mourant ?

– Peut-être, mais d'après ce que tu m'as dit, il n'en avait plus que pour quelques semaines. Ça devait bien se voir sur son visage. Même son assassin l'aurait remarqué.

Enzo hocha la tête.

– Voilà bien ce qui m'ennuie. Je ne vois donc qu'une seule raison…

– Le faire taire, l'interrompit Charlotte. Quand il appelle sa belle-fille, il n'a pas peur de mourir, il a peur que quelque chose meure avec lui.

– Alors, il laisse des messages codés à son fils.

– Des messages que personne n'est capable de déchiffrer. Je pourrai les voir ?

– Bien sûr.

– Et ce Kerjean ? Qu'est-ce que Killian aurait pu savoir à son sujet et qui ne devait être révélé à aucun prix ?

– Rien, pour autant que je sache. Le seul secret que Killian est le premier à avoir découvert, c'est sa liaison avec la femme de l'adjoint au maire. Mais quand le crime a été commis, toute l'île était déjà au courant depuis plusieurs jours. La police a invoqué la vengeance comme mobile.

– Il lui suffisait d'attendre quelques semaines pour être vengé.

– La mort naturelle n'est pas une vengeance, Charlotte. En outre, il était peut-être ivre, ou simplement hors de lui quand il a proféré ses menaces. Kerjean a la réputation d'avoir un tempérament violent.

– Tu le crois coupable ?

– En fait…

Enzo réfléchit un instant, heureux de pouvoir dialoguer avec quelqu'un qui l'obligeait à cristalliser ses pensées.

– … non. Mais il y a chez lui des trucs qui sonnent faux.

Pour la première fois, Charlotte sourit et sembla se détendre un peu.

– C'est un cas intéressant. Peut-être que, cette fois, tu seras forcé de faire appel à la raison plus qu'à la science.

– Ou aux deux.

– Ou aux deux, acquiesça-t-elle en inclinant la tête.

La serveuse apporta l'ardoise du menu, la cala sur une chaise et annonça le plat du jour – rôti de lotte –, avant de les laisser.

Tout en lisant la longue liste des plats proposés, Charlotte demanda :

– Où est-ce que je vais dormir ?

– Le bureau de Killian se trouve dans l'annexe de la maison. Ma chambre est juste au-dessus.

– Avec un seul lit ?

– Ça te pose un problème ?

– Non. Je n'ai pas l'intention de rester longtemps.

– C'est ce que j'ai cru comprendre, dit-il en désignant du menton le sac posé par terre. Dis-moi… pourquoi es-tu venue ici ?

De nouveau tendue, elle secoua la tête :

– Plus tard. Je crois que je vais me décider pour le plat du jour.

***

Les rayons du soleil perdaient de leur force ; ils éclairaient l'océan en biais, cédant du terrain face au flux froid anticyclonique descendu de l'Arctique. Par la vitre de la jeep, Charlotte regardait les champs en jachère et les arbres dont les feuilles tombaient.

– Qu'est-ce qu'on peut faire dans un endroit pareil ?

– La même chose qu'ailleurs. Travailler à l'extérieur ou rester chez soi. Comme toi. Tu as beau vivre à Paris, tu mets rarement le nez dehors.

– Ce qui signifie ? fit-elle sur un ton glacial.

– Que tu mets rarement le nez dehors. Tu vis, travailles, manges et dors au même endroit. Tu pourrais aussi bien habiter sur la Lune, ça ne ferait aucune différence.

– Sauf que les habitants de la Lune sont trop équilibrés pour avoir besoin d'un psy.

Enzo sourit. Il retrouvait la Charlotte qu'il connaissait.

– Juste. Je suppose que tu as besoin d'habiter une ville comme Paris pour alimenter ta clientèle en paranoïaques et en psychotiques.

– Oh, je suis sûre qu'ici aussi, il doit y en avoir quelques-uns.

– Peut-être, mais pas assez pour en vivre.

Au bout de la longue ligne droite, la route plongea vers la plage de Port-Mélite. Enzo gara la jeep sous les arbres ; quand Charlotte en descendit et s'avança vers le croissant de sable, le vent de la mer souleva ses cheveux et dégagea son visage. Il admira le modelé délicat de ses traits, la courbe interrogative de ses lèvres, tout en se souvenant de la première fois où il l'avait vue, et trouvée si belle.

– Pas mal, comme endroit, dit-elle.

Puis, tournée vers la maison blanche aux volets bleus, elle demanda :

– C'est là ?

– Oui.

– Il serait peut-être plus poli de me présenter à madame Killian avant de m'embarquer dans ta chambre ?

***

Jane vint ouvrir la porte et les invita à entrer. Son attitude avait quelque chose de raide, d'étrangement guindé.

– Entrez. Asseyez-vous. Voulez-vous du thé ? Du café ? demanda-t-elle avec un sourire crispé.

– Non, merci, répondit Charlotte.

Elle prit place dans le fauteuil que Jane lui désignait, croisa les jambes et se cala contre le dossier, comme si elle venait rendre visite à une vieille amie.

Enzo surprit le regard échangé entre les deux femmes ; chacune évaluait l'autre. Deux femelles rivales soupesant leurs chances d'emporter le seul mâle disponible.

– Charlotte est psychologue, dit-il dans l'espoir de les détourner de cet affrontement rituel. Elle a étudié la psychologie médico-légale aux États-Unis, et monté son propre cabinet à Paris. La police fait parfois appel à ses services.

– Seulement en dernier recours, précisa Charlotte. À Dieu ne plaise que la police française phallocrate sollicite l'aide d'une femme.

Le sourire de Jane se réchauffa immédiatement, à croire qu'elle avait trouvé en Charlotte une alliée contre un ennemi commun. L'homme. Mal à l'aise, Enzo se tortilla sur son siège puis se leva.

– Bref, j'ai promis à Charlotte de lui montrer le bureau d'Adam, si cela ne vous ennuie pas. Elle a un coup d'œil infaillible.

– Bien sûr que non.

Se levant à son tour, elle tendit la main à Charlotte.

– Je suis ravie de vous avoir rencontrée. Si vous avez besoin de quoi que ce soit, n'hésitez pas à me le demander.

– Merci. Je n'y manquerai pas.

Tandis qu'ils traversaient la pelouse en direction de l'annexe, Charlotte dit à Enzo :

– C'est une femme séduisante.

– Oui.

– J'imagine que vous dînez ensemble tous les soirs.

– Non, ce n'est arrivé que deux fois.

Au moment où ils arrivaient devant la porte, le chat noir apparut à l'angle du mur, passa devant Enzo d'un air conquérant, la queue dressée, et se frotta contre les jambes de Charlotte, miaula doucement et commença même à ronronner.

Quand Charlotte le caressa, il arqua le dos de plaisir sous sa main.

– Il s'appelle comment ?

– Aucune idée, répondit Enzo en jetant un regard noir à l'animal.

Il se souvenait encore de la sensation cuisante des griffes sur son cuir chevelu quand il lui avait sauté sur la tête. Et aussi de la peur qu'il avait éprouvée quand il l'avait entendu se déplacer dans l'ombre des arbres, l'autre nuit.

– C'est celui de Jane ?

– Je n'en sais strictement rien.

Le ton sur lequel il dit ça surprit Charlotte, qui leva sur lui un regard étonné :

– J'ignorais que tu n'aimais pas les chats. Pourtant, tu supportes Zeke, n'est-ce pas ?

– Zeke n'est pas un chat comme les autres.

Effectivement, avec son poil ras couleur crème, son corps décharné et sa grosse tête aux yeux larges comme des soucoupes, le chat de Charlotte ressemblait plutôt à un extraterrestre.

– Celui-là m'obsède. Il rôde partout. Il a même réussi à entrer un soir. Je ne sais pas comment.

Elle se redressa en riant.

– C'est peut-être le fantôme d'Adam Killian !

Enzo ne rit pas. La même idée lui avait traversé l'esprit. Une idée saugrenue, évidemment. Mais il y avait pensé, comme Charlotte. Il sentit un léger frisson le parcourir de la tête aux pieds et se demanda si c'était seulement à cause du froid.

Cette fois, il prit garde de tenir le chat à l'écart avec le pied pendant qu'il ouvrait et refermait la porte. Après avoir allumé les lumières, il guida Charlotte vers le bureau de Killian. Dès qu'elle franchit le seuil, elle s'immobilisa et promena son regard sur les murs, les bibliothèques, les tables, les traces de sang sur le plancher.

– Oh, mon Dieu. On sent sa présence.

– Effectivement.

– Elle envahit cette pièce. Restée en l'état depuis vingt ans ?

– Oui.

– C'est exactement comme s'il était encore vivant. Chaque facette de sa personnalité s'y trouve représentée. Cette pièce est l'incarnation de son esprit. Un lieu que son âme n'a pas quitté, en fait.

Les yeux brillants, elle se tourna vers Enzo :

– Il nous parle, Enzo. Il nous parle de lui. À nous de savoir l'écouter, maintenant. Montre-moi les messages.

Enzo lui fit faire le tour de tous les mots codés laissés par Killian à son fils : la liste de courses ; le Post-it sur la porte du frigo ; la note dans l'agenda ; le Post-it collé à l'abat-jour de la lampe ; le poème à l'envers sur le mur. Perplexe, elle secoua la tête.

– Tous écrits en anglais, dit-elle. Si tu ne les comprends pas, je ne vois pas comment je le pourrais.

Elle se rapprocha de la bibliothèque, examina les centaines de titres.

– Quelle était sa profession ?

– Il travaillait à l'Université de Londres. Expert en génétique médicale tropicale.

– Hum. Oui. Il n'était pas anglais, cependant ?

Surpris, Enzo haussa les sourcils.

– Comment le sais-tu ?

Elle glissa un doigt le long d'une série de livres rangés sur l'étagère du milieu.

– Pourquoi un Anglais aurait-il besoin d'autant de livres de grammaire et de vocabulaire ? À moins d'enseigner l'anglais, bien sûr.

– Bien vu. Tu as peut-être aussi deviné sa nationalité ?

– Polonaise.

– Qu'est-ce qui te fait dire ça ? s'étonna-t-il.

Charlotte désigna une autre rangée de livres sur une étagère élevée.

– Son intérêt pour la politique paraît se limiter à deux pays. L'Angleterre et la Pologne. Son pays adoptif et son pays d'origine. Enfin, ce n'est qu'une supposition, bien sûr.

– Félicitations, mademoiselle Roux, vous gagnez un coffret de six couteaux à steak et un voyage pour deux à Varsovie.

La plaisanterie d'Enzo la fit sourire, mais très vite elle reprit son observation minutieuse de la pièce et se dirigea vers la table à tréteaux devant laquelle elle resta un long moment sans toucher à rien. Ensuite, elle ouvrit le meuble classeur où étaient suspendus les dossiers rangés par ordre alphabétique. A, B, C… effleurant du doigt les étiquettes comme si cela pouvait lui apporter une information quelconque. Puis, elle s'intéressa aux tiroirs du bureau, qu'elle ouvrit l'un après l'autre, se contentant cette fois de regarder leur contenu. Après quoi elle resta immobile, bras croisés, sa longue écharpe dénouée lui effleurant les genoux ; elle balaya des yeux la pièce, s'arrêta sur chacun des cadres soigneusement disposés sur le mur, les uns au-dessus des autres.

Enzo l'observait. Dès la première minute où il avait vu Charlotte, elle lui avait plu physiquement. Mais, très vite, son esprit l'avait séduit. Malheureusement, les moments où il se sentait en parfaite harmonie avec elle étaient trop rares. Sa fâcheuse habitude de le tenir à distance le rendait fou. Alors qu'il était prêt à se donner à elle corps et âme, Charlotte privilégiait son indépendance par-dessus tout, et lui avait clairement fait comprendre qu'elle ne voulait pas la lui sacrifier. Détournant son regard, il le promena une fois de plus autour de la pièce.

– Killian avait le sens de l'ordre, dit-il.

– Plutôt une obsession pour l'ordre, Enzo. C'était un véritable maniaque. Chaque chose devait être à sa place. Une place qu'il lui avait attribuée. Et regarde ces cadres, au mur. Il a dû mesurer au millimètre près l'espace qui les sépare du plafond et l'intervalle entre chacun. Il me donne l'image d'un homme dévoré par un besoin de routine, le besoin d'accomplir chaque jour les mêmes choses. Le besoin d'introduire de l'ordre dans le chaos de sa vie.

Elle s'approcha des cadres renfermant les insectes épinglés sur du carton immaculé.

– Un homme attiré par les insectes. Des créatures qui ne vivent pas longtemps, jouissent d'une vie sans entrave, mais une vie organisée autour du rite et de la routine. Pense à l'abeille, à ses danses rituelles, à l'ordre des ruches ; au talent d'organisation de la fourmi ; au caractère apparemment aléatoire du papillon – son existence brève l'oblige à voler sans arrêt d'une fleur à l'autre. La vie des insectes devait lui paraître extraordinaire. Fascinante, mais contradictoire. Libre, mais organisée. Courte, mais intense.

– Et qu'est-ce que tout cela t'apprend sur lui ?

– À mon avis, cet homme a dû passer un certain temps en prison, dit-elle d'un air songeur.

De toutes les conclusions qu'elle aurait pu tirer de ses observations, Enzo ne s'attendait pas à celle-là.

– Pourquoi ?

– Les gens qui perdent leur liberté s'attachent à des choses susceptibles de donner un sens à leur vie, une raison d'exister. Ordre, routine, rite, des choses qui rythment le passage du temps, le concrétisent. Je me trompe ?

– Aucune idée. S'il a fait de la prison en Angleterre, ou en Pologne, Jane ne le sait pas, ou ne m'en a rien dit.

– Tu ferais bien de lui poser la question, alors. À l'occasion de l'un de vos dîners.

Puis, avec un geste dédaigneux, elle sembla renvoyer Adam Killian à sa tombe, comme s'il n'avait aucune importance. Elle en avait terminé avec lui.

– Maintenant, tu peux me montrer l'endroit où je vais passer la nuit, ajouta-t-elle.

Enzo prit le sac posé sur une chaise et guida Charlotte vers l'escalier. De la fenêtre de la mansarde, elle regarda les longs rais jaunes dessinés sur la pelouse par les derniers rayons du soleil. Puis tournant le dos à la lumière, elle jeta un regard plein de curiosité à la petite chambre, et enfin au lit défait.

Distrait, Enzo ne remarqua pas le nuage qui assombrit soudain son visage. Il était presque sept heures du soir ; il lui fallait bien une trentaine de minutes pour se rendre au Trou de l'enfer, au rendez-vous fixé par l'auteur du mystérieux message.

– Je vais être obligé de t'abandonner un moment, annonça-t-il. Je dois voir quelqu'un dans une demi-heure.

– Tu couches avec elle depuis longtemps ?

Cette question tombée du ciel le prit complètement au dépourvu.

– Quoi ?

– Tu n'as passé que quatre nuits ici. Alors, soit tu vas vite en besogne, soit tu la connaissais déjà.

Tout en rougissant, Enzo se demanda pourquoi il devrait se sentir coupable.

– Mais qu'est-ce que tu racontes, Charlotte ?

Du menton, elle désigna le lit :

– Deux personnes ont couché là hier soir. On voit nettement les empreintes laissées sur chaque oreiller.

Enzo jeta un coup d'œil aux draps froissés et remarqua effectivement un creux sur l'oreiller de gauche. Lui-même avait passé la nuit roulé en boule, seul, sur le côté droit. Il n'allait quand même pas se justifier ! Et pourtant, c'est ce qu'il fit :

– On ne s'est jamais promis fidélité, Charlotte. D'ailleurs, c'est toi qui as instauré cette règle dès le début.

– Les hommes cèdent facilement à l'amour. Ou, tout du moins, au sexe. Ils confondent presque toujours les deux. Je ne crois pas que j'aurai envie de dormir dans un lit où, la veille, tu as fait l'amour avec une autre femme.

Exaspéré, il soupira :

– Il ne s'est rien passé. J'aurais pu, oui. Mais ton message a tout stoppé net. Tu veux l'écouter ? Il est encore sur la bande. Aussi efficace qu'un seau d'eau glacée.

Son doigt allait enfoncer le bouton du répondeur quand elle l'arrêta :

– Non !

– Qu'est-ce que tu veux à la fin ? Jane Killian ne signifie rien pour moi. Mais je ne suis pas de bois. Et toi, tu n'es jamais là.

Brusquement, il se tut en voyant des larmes silencieuses rouler sur les joues de Charlotte, visiblement bouleversée.

– Qu'est-ce que tu as ? demanda-t-il en s'approchant d'elle, une main tendue pour lui caresser le visage.

Elle la repoussa et s'assit au bord du lit, les mains repliées sur les genoux. Soudain, elle paraissait fragile, accablée.

– Je suis enceinte.

Trois simples mots, presque chuchotés, qui changeraient la vie d'Enzo à jamais. Le choc le laissa sans voix. Il entendait son sang battre à ses oreilles. Enfin, il réussit à articuler :

– Comment ça ?

À peine sa question avait-elle franchi ses lèvres qu'il se rendit compte de son absurdité.

– La loi de la nature, Enzo. Quand tu baises sans protection avec une femme, il y a de fortes chances pour que ton sperme fertilise un de ses ovules.

– Je croyais que tu prenais tes précautions ! lança-t-il.

– On n'est jamais à l'abri d'un accident, répliqua-t-elle en essuyant ses larmes avec le dos de la main.

Puis, essayant de reprendre le contrôle de ses émotions, elle passa un doigt sous chaque œil pour effacer les traces de mascara.

– Depuis quand ?

– Trois mois. Tu te rappelles quand tu es venu à Paris pour cette conférence ? On a dîné ensemble. Tu avais commandé une bouteille de Saint-Julien…

– Château Lalande-Borie 2004.

– Oui. Ensuite, on est allés chez moi. On a bu de l'armagnac et on a fait l'amour.

Enzo s'en souvenait très bien. Ça avait été une longue nuit de passion. Charlotte s'était montrée tendre, affectueuse, heureuse de passer du temps avec lui, et presque frénétique dans leurs ébats amoureux.

– Tu es sûre que c'est moi ?

Elle tourna vers lui un regard glacial qui aurait pu le transformer en pierre.

– Je ne suis pas comme toi, Enzo.

– On ne s'est pas revus depuis trois mois, protesta-t-il, furieux de se faire réprimander. Tu n'as répondu à aucun de mes messages. Et tout à coup tu débarques ici pour m'apprendre que tu attends un enfant – *mon* enfant !

– Il n'y a pas d'autre homme dans ma vie.

– Il n'y aurait pas d'autre femme dans la mienne si tu avais accepté de la partager avec moi !

– J'ai passé une échographie. C'est un garçon.

Enzo ferma les yeux. Il avait deux filles magnifiques. Et n'avait jamais éprouvé le désir d'avoir d'autres enfants. Pourtant, s'il était vraiment sincère, il devait reconnaître qu'un fils l'aurait comblé.

– Je voulais te le dire à Paris. Mais pas dans un café, et pas entre deux trains.

Alors même qu'elle évoquait ce rendez-vous raté, il se maudit de devoir l'interrompre :

– Charlotte… est-ce qu'on peut en discuter plus tard ?

Elle le dévisagea d'un air incrédule :

– Pourquoi pas maintenant ?

– Je t'ai dit que je devais partir. J'ai un rendez-vous dans vingt minutes. Je suis déjà en retard.

– Eh bien, annule-le.

– Impossible.

Il se rappelait chaque mot du message glissé sous la porte. *J'ai tenu ma langue assez longtemps, monsieur. Je vous dirai ce que je sais à condition que vous promettiez de ne pas mêler mon nom à tout ça. Je ne veux pas qu'on nous voie ensemble. Retrouvez-moi demain soir à 19 h 30 au Trou de l'enfer. Il y a un blockhaus sous l'ancien poste de tir allemand. Je vous y attendrai.*

– Que peut-il y avoir de plus important ?

L'accusation qu'il lisait dans son regard lui étant insupportable, il détourna les yeux.

– Rien, Charlotte. Crois-moi. Mais si je rate cette occasion de recueillir une information sur le meurtre de Killian, je n'en retrouverai peut-être jamais une autre. Alors que nous avons toute la vie devant nous pour parler de notre enfant.

Elle le fixa un long moment, sans un seul battement de paupière.

– Très bien. Ainsi, aucun doute possible sur tes priorités. Tu ferais mieux de partir.

Il lui retourna un regard chargé d'émotions contradictoires avant de se diriger vers la porte.

– Mais mets-toi bien ceci dans la tête, Enzo : c'est *mon* enfant. Pas le *nôtre*. Et toute décision concernant son avenir m'appartient. À moi seule !

Chapitre 11

Enzo traversa à la tombée du jour les petites agglomérations de Créhal et Kerigant, et arriva enfin au bosquet de grands pins sylvestre au pied desquels un parking avait été aménagé. Sitôt les phares de la jeep éteints, les alentours lui parurent plongés dans les ténèbres. Il décida d'attendre un moment avant de sortir, le temps que ses yeux s'habituent au manque de clarté. Les mains serrées sur le volant, il repensait à ce que Charlotte venait de lui annoncer, et surtout à sa dernière remarque. Si elle l'avait lancée dans le but de le déstabiliser, c'était réussi.

Puis son attention se recentra sur son rendez-vous. Soudain saisi d'inquiétude, il prit la lampe torche de Jane dans la boîte à gants et l'alluma tout en descendant de voiture. Le froid vif lui piqua le visage, une odeur de végétation humide en putréfaction l'assaillit. Au loin, on entendait le grondement des vagues qui se brisaient contre les rochers. Malgré l'écharpe de Killian nouée autour du cou, sa veste boutonnée pardessus, les épais gants de laine qui lui protégeaient les mains, le froid le transperçait jusqu'aux os. Il balaya l'espace du parking avec le faisceau de sa lampe et repéra le départ du sentier qui, au milieu d'un enchevêtrement de ronces et d'ajoncs, menait au chemin côtier, en haut des falaises.

Aucun autre véhicule n'était visible. Conscient de se jeter délibérément dans la gueule du loup, il fut un instant tenté d'agir en homme raisonnable, de retourner auprès de Charlotte et de reprendre leur conversation. Cependant, le fait de ne pas avoir progressé dans son enquête sur le meurtre de Killian le perturbait ; il ne pouvait pas se permettre de laisser passer la moindre chance de saisir un fil qui l'aiderait à remonter jusqu'à l'assassin.

Relevant son col, il suivit le sentier et se retrouva bientôt sur une étendue d'herbe parsemée de rochers que longeait une allée de gravier. Au bout de cette allée, il y avait un portail en bois fermé, mais non verrouillé. À côté, une pancarte interdisait aux voitures de franchir cette limite.

Il faisait un peu plus clair dans cet espace dégagé. À l'horizon, les dernières lueurs du jour s'éteignaient tandis que la lune entamait son ascension dans le ciel de novembre. Enzo éteignit sa lampe, devenue inutile, franchit le portail, avança à grandes enjambées sur la piste boueuse menant au bord des falaises, et atteignit un vaste promontoire qui s'avançait sur l'océan. Cent mètres plus bas, la surface agitée de la mer scintillait au rythme des vagues dont le claquement paraissait de plus en plus sonore. Enfin, il aperçut sur sa droite la large crevasse noire qui entaillait la falaise.

À intervalles réguliers en sortait un souffle ressemblant au bruit du vent dans les arbres, suivi d'un énorme soupir étranglé. Un son étrange, presque humain, quasi surnaturel. Avisant un panneau, Enzo alluma sa lampe. C'était une mise en garde contre le caractère dangereux des lieux – un père et ses deux enfants y avaient récemment perdu la vie. Il fut choqué de constater que ce panneau était troué en trois endroits – vraisemblablement par des balles de fusil. Il n'y avait donc pas que les falaises dont il fallait se méfier.

Fixée sur des piquets à une quinzaine de centimètres du sol, une corde entourait le Trou – afin de sécuriser le passage vers l'ancien poste de tir. Aux yeux d'Enzo, elle représentait plutôt un piège, juste à la hauteur idéale pour se prendre les pieds dedans. Partout des pancartes interdisaient de la franchir.

En se rapprochant du bord, il constata que la faille s'enfonçait d'une bonne centaine de mètres à l'intérieur des terres. Dans le noir, on ne pouvait pas se rendre compte de sa profondeur, mais, amplifié par sa forme en entonnoir, le rugissement de l'eau qui s'engouffrait dedans était assourdissant.

Enzo se retourna, balaya le sol devant lui avec le faisceau de sa lampe et poursuivit son chemin, entre les cordes.

Il distingua bientôt une plateforme de béton entourée d'un muret à moitié en ruine. Au-delà, au ras du sol, une autre dalle devait être le toit du blockhaus où les soldats allemands avaient passé des jours et des nuits à s'abriter des éléments. Tout autour, le sol était jonché de cailloux et de pièces de canon rouillées. À pas prudents, il se fraya un chemin jusqu'aux marches cassées, envahies d'herbes, qui descendaient vers l'entrée du bunker, éclaira l'intérieur, mais ne vit rien d'autre que des canettes de bière vides et des détritus de pique-nique. Une forte odeur d'urine lui fit plisser le nez.

Il s'immobilisa, l'oreille tendue, à l'affût d'un bruit. Seuls lui parvenaient les sons du vent et de la mer.

– Hé ho ! cria-t-il.

Sa voix s'envola aussitôt dans les airs. Alors, son appréhension se transforma bientôt en peur. Jamais il n'aurait dû venir.

Il regarda par-dessus son épaule, en direction du parking. La lune éclairait maintenant tout le paysage. Il n'y avait personne. Pas un bruit. Et s'il reprenait simplement sa voiture, retournait à Port-Mélite pour retrouver Charlotte, lui demander ce qu'elle entendait par « c'est *mon* enfant, pas le *nôtre* » ? Au diable Adam Killian et ses foutus messages secrets ! Après tout, il s'en fichait pas mal.

Pourtant, le faisceau de sa lampe toujours braqué vers l'intérieur du blockhaus, il ne bougea pas. Maudissant tout bas son indécrottable stupidité, il commença à descendre vers l'ouverture béante, autrefois protégée par une porte en acier. La porte avait depuis longtemps disparu, de même que la vitre et le châssis de la fenêtre percée à côté. Quand son pied heurta une canette de bière qui valdingua avec fracas dans le noir, il se figea, écouta de nouveau, sa lampe braquée devant lui. Il vit une ombre traverser le faisceau, entendit un souffle d'air et sentit une chose molle lui frôler le visage. Puis un cri résonna au loin. Mais, très vite, il réalisa que c'était lui qui l'avait poussé. En levant le bras pour se protéger, il faillit lâcher la lampe. La chose semblait déjà avoir disparu dans la nuit. Il ne voyait plus rien. Il n'entendait plus que les battements de son cœur et la respiration rauque qui s'échappait de sa gorge. Était-ce une chauve-souris ? Un oiseau ? Il n'en savait rien. Entre les murs couverts de graffitis et le sol jonché d'excréments, le blockhaus était vide.

Il remonta rapidement les marches. Dès qu'il émergea à l'air libre, il sentit que le vent avait forci, mais s'était réchauffé. Le temps changeait. Un air plus doux venu du sud-ouest apportait avec lui des bancs de nuages sombres qu'il voyait filer au-dessus de sa tête. Pendant un moment, la lune se cacha et le paysage se retrouva brusquement plongé dans les ténèbres comme si quelqu'un avait appuyé sur un interrupteur. Puis la lumière accourant de la mer baigna de nouveau les falaises et la terre.

Enzo grimpa sur la plateforme défoncée de l'ancien poste de tir et regarda autour de lui. Personne. Il était venu pour rien. On l'avait mené en bateau. Une mauvaise blague, sans doute. Que son auteur, quel qu'il soit, aille se faire foutre !

Lorsque la lune disparut de nouveau derrière un banc de nuages, il sentit, plus qu'il ne l'entendit, un mouvement dans son dos. Son sixième sens le poussa à se retourner juste au moment où une ombre se levait derrière lui. Sa tête fut aussitôt traversée d'un éclair suivi d'une douleur intense ; ses jambes se dérobèrent sous lui, et il s'affala de tout son poids sur la surface impitoyablement dure du béton. La lampe sauta de sa main ; ses poumons se vidèrent de l'air qu'ils contenaient. Paniqué, il crut que plus jamais il n'arriverait à respirer, avant d'entendre finalement sa propre voix émettre dans sa gorge un long gémissement éraillé. Le raclement d'une semelle en cuir sur le béton, derrière lui, le fit se retourner. Il vit alors une silhouette se pencher sur lui, les bras levés, prêts à frapper encore.

Une décharge d'adrénaline lui donna la force de se relever à moitié et de tituber vers le muret de la plateforme par-dessus lequel il bascula. Cette deuxième chute lui coupa de nouveau le souffle. Malgré tout, il réussit à se remettre sur ses pieds et, les jambes flageolantes, à s'éloigner le plus vite possible. Mais, un regard en arrière lui révéla, profilée sur l'horizon, la silhouette de son agresseur qui paraissait se rapprocher à une vitesse dangereuse.

À cet instant, la lune sortit de derrière les nuages dont les ombres le poursuivaient tandis qu'il courait vers la ligne sombre des arbres et le parking. Il cessa de jeter des regards derrière lui, se contentant de courir. Respirer lui déchirait les poumons ; son corps manquait d'oxygène pour produire ce pénible effort aussi soudain qu'inattendu.

Les pas de son agresseur se rapprochaient. De plus en plus près. Lui aussi courait. Enzo sentit la panique l'envahir quand le ciel s'obscurcit, plongeant une fois de plus la terre dans les ténèbres. Il courait dans le noir, sans voir où il allait, espérant seulement que le portail et la pancarte trouée à coups de fusil se situaient bien devant lui.

Brusquement, quelque chose lui cingla la cheville et le projeta la tête la première dans les airs. Cette foutue corde tendue autour du trou pour protéger les touristes ! Il savait bien qu'elle était plus dangereuse que protectrice. Pour la troisième fois, il heurta violemment le sol, s'étala de tout son long au milieu des pierres. Une douleur cuisante lui transperça le genou droit qui faillit céder sous son poids lorsqu'il se releva. Sans savoir exactement dans quelle direction aller, Enzo repartit en boitillant.

La mer rugissait dans les profondeurs du Trou de l'enfer, trente mètres plus bas. Mais le grondement semblait se répercuter tout autour d'Enzo, sonné, désorienté, qui avait trop peur de se faire encore agresser pour s'arrêter et tenter de se repérer. Il n'envisageait pas d'autre solution que de se diriger à l'aveuglette vers l'endroit où il pensait trouver le portail. Soudain, le vent s'engouffra sous sa veste, la lumière chevaucha les falaises, et il vit, juste devant lui, la faille béante du Trou. Presque au même moment, le sol se déroba sous ses pieds. Une cascade de boue gelée et de pierres dégringola dans les ténèbres ; il se sentit tomber dans le vide, précipité vers le fond de cette crevasse qui communiquait avec l'enfer. Le cri du diable emplit ses oreilles. Il comprit immédiatement que sa vie s'achevait là ; quelle que fût la signification des derniers mots de Charlotte, cela n'avait plus aucune importance. Son fils à naître ne connaîtrait jamais son père.

Pour la quatrième fois, un coup de massue vida ses poumons de tout l'air qu'ils contenaient et son corps ne fut plus que douleur. Bras, jambes, tête, poitrine, dos. Mais sa chute s'était interrompue. Maintenant, il gisait, prostré, tordu dans une étrange position, fouetté par le vent, les oreilles pleines du bruit de la mer évacuant sa colère sur les roches impassibles. À la lumière de la lune, il la voyait en contrebas, écumante, phosphorescente, furieuse qu'il lui ait échappé.

Haletant, plissant les yeux de douleur, il n'osait pas bouger, effrayé par l'idée d'en être désormais incapable, de rester paralysé à vie. Finalement, il ôta un gant, porta la main à son visage, sentit du sang chaud sur sa tempe. Puis il se redressa avec précaution sur un coude, plia les genoux. Miraculeusement, il semblait n'avoir aucune fracture. Il leva la tête. Le rebord du gouffre, ligne noire sinistre en travers du ciel, se trouvait au moins à quatre mètres. Et il n'avait aucun moyen de remonter jusque-là. Tout autour de lui, le sol était bien trop friable pour supporter son poids.

Une étroite corniche avait stoppé sa chute. Laissant retomber sa tête en arrière, il demeura encore quelques minutes immobile, le temps que sa respiration reprenne un rythme normal. S'il restait là trop longtemps, il mourrait d'hypothermie. S'il essayait de grimper, il avait toutes les chances de mourir d'une chute vertigineuse.

Soudain, la ligne noire du rebord fut rompue par une ombre qui se penchait au-dessus du vide. Enzo était certainement très visible, tordu sur sa corniche ;

il se demanda pourquoi son agresseur se risquait si près du bord. Pour s'assurer qu'il était mort ? Pour en finir avec lui s'il ne l'était pas ? Parfaitement immobile, il fixa la silhouette qui le regardait et tous deux restèrent ainsi un moment jusqu'à ce qu'Enzo n'en puisse plus et, bien qu'il ne se fît aucune illusion sur les intentions de l'autre, se mette à hurler :

– Au secours ! Aidez-moi !

Presque immédiatement, la silhouette disparut. Enzo fixait le ciel vide, et la lune qui jouait à cache-cache avec les nuages. Il ferma les yeux, écouta le rugissement des vagues, conscient de la succession d'ombre et de lumière qui passait sur lui ; il respirait plus lentement et sentait son corps meurtri, blessé se raidir avec le froid.

Finalement, il décida que la mort par hypothermie était préférable à une chute fatale ; s'il survivait jusqu'à l'aube, quelqu'un passerait peut-être par là et l'entendrait appeler à l'aide. Cependant, en réfléchissant, il réalisa qu'il était fort peu probable qu'un promeneur passe de si bonne heure au bord des falaises. Si, en été, des dizaines de randonneurs arpentaient le chemin côtier, au mois de novembre, les touristes étaient rares. Il sentit aussitôt le désespoir l'envelopper comme un linceul tandis que les ténèbres le recouvraient de nouveau.

Frissonnant, plongé dans un état semi-comateux, il ne savait plus depuis combien de temps il était là quand des bruits, évoquant des coups de marteau, lui parvinrent aux oreilles. Des claquements répétés de métal contre métal. Des sons réguliers, assez puissants pour surmonter le vacarme incessant de l'océan. Ils venaient d'en haut, d'un endroit proche.

– Hé ho ! cria-t-il dans la nuit. Il y a quelqu'un ?

Les coups de marteau cessèrent.

Il retint sa respiration. Rien. Pas de réponse. Les coups ne reprenaient pas, comme si ses cris les avaient chassés. De nouveau, le désespoir l'envahit. Il les avait peut-être imaginés. Il tendit l'oreille pendant plusieurs minutes, mais rien ne se passa.

Puis, brusquement, sentant tomber sur lui une masse lourde et rugueuse, il poussa un cri de terreur et de surprise. Se soulevant sur un coude, il essaya de comprendre de quoi il s'agissait. Quand ses doigts se refermèrent sur une texture grossière, épaisse, il comprit que c'était une corde. On lui avait lancé une corde d'en haut ! Une corde assez longue dont l'extrémité libre s'était d'abord enroulée sur lui, sur la corniche, avant de pendre dans le vide.

Des deux mains, il la tira pour tester sa résistance. Elle n'était pas élastique et semblait fermement ancrée quelque part, sur le sommet de la falaise. Mais s'il devait l'utiliser pour se hisser, il devait pouvoir totalement compter sur sa solidité. Un frisson d'appréhension le parcourut en s'imaginant, presque arrivé en haut, précipité dans le gouffre vers une mort certaine parce que la corde aurait cédé sous son poids.

Qui lui avait jeté cette corde ? Et, pourquoi ? Pourquoi l'autre ne s'était-il pas montré ? Pourquoi n'avait-il pas appelé Enzo pour lui demander s'il était blessé ?

– Hé ! cria-t-il dans la nuit. Mais qui est là, bon Dieu ?

Seul le vent lui répondit en gémissant à travers les anfractuosités des rochers et en l'enveloppant de ses doigts glacés qui l'affaiblissaient. En admettant qu'il décide de faire confiance à cette corde, aurait-il la force de se hisser ? Rien n'était moins certain.

Lentement, il réussit à se mettre debout, en équilibre précaire, obligé désormais de s'en remettre à ce morceau de chanvre. Il tira encore dessus à plusieurs reprises, sans qu'il cède d'un pouce. Dents serrées, paupières closes, il resta ainsi plusieurs minutes à rassembler son courage et son énergie.

Enfin, il ramena à lui l'extrémité libre qu'il enroula plusieurs fois autour de sa taille avant de la nouer solidement. S'il tombait, et si la corde tenait le coup, il survivrait. Si elle se rompait, il mourrait. Il leva ses mains gantées le plus haut possible, cala les pieds contre la roche et se repoussa en arrière. Les dés en étaient jetés. Son sort reposait désormais entre les mains de celui qui avait arrimé l'autre extrémité. Il n'était même plus question de confiance, mais d'abandon aveugle.

Centimètre par centimètre, Enzo escalada la falaise, cherchant des prises avec les pieds pour pouvoir y reposer le poids de son corps pendant que, l'une après l'autre, ses mains agrippaient la corde de plus en plus haut. Ses bras le faisaient souffrir, ses jambes tremblaient, ses forces déclinaient, peu à peu mais inexorablement. Un désespoir glacé lui serrait le cœur. Tout en grinçant des dents de douleur, il continua à progresser sans jamais regarder en l'air, jusqu'au dernier moment quand, sentant ses doigts se coincer entre la corde et la roche, il comprit qu'il était presque arrivé au bout. Des pierres et de la terre dégringolaient autour de lui, projetant des avalanches de petits débris dans les ténèbres. Il tendit un bras à plat sur le sommet de la falaise et utilisa ses dernières forces pour se hisser et poser à son tour sur le sol un genou replié qui lui assura un appui supplémentaire.

Lorsqu'il eut enfin réussi à allonger son corps entier, il roula plusieurs fois sur lui-même pour s'éloigner du bord du précipice, salué par l'ombre et la lumière qui continuaient à se poursuivre dans le ciel.

Alors, allongé sur le dos, bras et jambes écartés, il contempla la lune. Très vite, son immense soulagement fut suivi d'une irrépressible envie de pleurer. Fermant les yeux, il se força à respirer profondément et régulièrement avant de se relever péniblement, les membres endoloris, et de détacher la corde enroulée autour de sa taille. Il s'aperçut, en regardant autour de lui, qu'elle était nouée à un gros levier en métal coincé dans une fissure du rocher. Aucune fixation n'aurait pu être plus sûre.

Tremblant de la tête aux pieds, battu par les tourbillons du vent, il scruta d'abord la ligne des falaises, puis celle des arbres. Il n'y avait personne. Son agresseur et son sauveur ne feraient-ils qu'un ? Et pourquoi ? Il n'en savait rien, il ne comprenait rien. En tout cas, il était certain d'une chose : qu'il soit encore en vie tenait du miracle.

Enjambant la corde destinée à délimiter la zone de sécurité, il retourna d'une démarche raide vers le parking.

***

Enzo se glissa au volant de la jeep et ferma la portière avec un profond sentiment de délivrance. Après quoi, il mit le contact, poussa le chauffage à fond, appuya la tête au dossier et ferma les yeux. Chaque muscle de son corps le faisait souffrir. Il attendit que la chaleur envahisse l'habitacle avant de passer la marche arrière. Quand il accéléra pour reculer, le véhicule vibra puis faillit caler. Il passa alors la première et essaya d'avancer. Même chose.

Il ouvrit la portière, sauta à terre pour voir ce qui l'empêchait de bouger, et constata que le pneu avant gauche était dégonflé. Il jura en levant les yeux au ciel. Changer un pneu maintenant après tout ce qu'il avait subi, c'était la goutte d'eau qui faisait déborder le vase. Accablé, il contourna la jeep pour aller détacher la roue de secours fixée sur le hayon, et remarqua que le pneu arrière gauche était lui aussi dégonflé. Ainsi que l'arrière droit. Mais l'accablement céda le pas à la rage lorsque, revenant vers l'avant, il comprit que les quatre pneus avaient été crevés. En s'accroupissant devant le dernier pour le regarder de plus près, il vit qu'une profonde entaille en déchirait le flanc.

Ainsi, non content de l'avoir presque tué, son persécuteur avait décidé de lui faire traverser l'île à pied dans le noir, jusqu'au Bourg ! Les dents serrées, bouillonnant intérieurement d'une colère noire qui ne demandait qu'à exploser, Enzo se redressa lentement, et posa les mains à plat sur le toit de la jeep.

Il se vengerait.

Chapitre 12

Plusieurs fenêtres de la maison du docteur Servat étaient éclairées lorsqu'Enzo poussa la grille et traversa la jungle du petit jardin pour aller frapper à la porte. Le coup résonna dans l'allée. Au bout d'un moment, il entendit des pas s'approcher, et Oanez, la fille aînée, lui ouvrit.

Pétrifiée par le choc ou l'incrédulité, elle le regarda d'abord sans rien dire avant de pousser un hurlement qui faillit lui transpercer les tympans et le surprit à tel point qu'il bondit d'un mètre en arrière. Alertée par le cri de sa fille, Élisabeth se précipita dans l'entrée, Alain sur ses talons.

– Nom d'un chien ! s'écria ce dernier. Qu'est-ce qui vous est arrivé, mon vieux ?

Ce n'est qu'après avoir aperçu son reflet dans le miroir du vestibule qu'Enzo comprit la réaction d'Oanez. Il avait du sang séché sur la figure ; sa queue-de-cheval s'était dénouée ; les mèches de cheveux que le sang ne collait pas en paquets sur son crâne pendaient en bataille sur ses épaules ; ses vêtements étaient maculés de sang, déchirés, la jambe droite de son pantalon, fendue au genou, à moitié arrachée. Il avait le teint livide et grelottait de froid. Élisabeth s'empressa de le prendre par le bras pour le conduire à la cuisine.

– Entrez vite, pour l'amour du ciel !

Elle le fit asseoir sur une chaise tandis que son mari et ses deux filles se regroupaient autour de lui pour l'écouter raconter l'agression dont il avait été victime, et sa chute dans le Trou de l'enfer.

Pendant qu'il parlait, Alain fit bouillir de l'eau, y versa un antiseptique, et entreprit de nettoyer méthodiquement les plaies qu'il avait au crâne et au visage, tout en l'empêchant de bouger dès qu'il tressaillait de douleur. Enzo ne précisa pas qui devait le rencontrer, ni pourquoi ; il dit simplement que ce rendez-vous avait un rapport avec son enquête sur le meurtre de Killian.

– Vous avez pu voir qui vous a fait ça ? demanda Élisabeth.

– Il faisait trop sombre.

Alain pencha la tête et tamponna délicatement une entaille sur sa tempe droite :

– Mais vous avez une petite idée ?

– Oui.

– Et alors ?

– Ça ne peut être que Kerjean.

– Vous en êtes sûr ? intervint Élisabeth.

– Non, je n'en suis pas sûr. Mais si ce n'est pas Kerjean, et si Kerjean n'est pas le meurtrier de Killian, alors c'est le vrai coupable qui m'a attaqué là-bas.

– Vous pensez à quelqu'un ? lança Alain tout en posant un pansement sur la blessure.

Enzo poussa un soupir de frustration.

– Hélas non.

Le médecin se redressa et le regarda avec un petit sourire :

– Demain, monsieur Macleod, votre visage aura viré au noir et bleu. Vous offrirez un joli spectacle.

Puis il se baissa pour examiner son genou.

– Oh, la vilaine blessure. Il va falloir retirer votre pantalon. Je suis obligé de vous recoudre.

Les filles furent renvoyées de la cuisine pendant qu'Enzo se déshabillait avec difficulté. Une fois rassis, il ferma les yeux pendant que le docteur Servat nettoyait la plaie, y injectait un anesthésique local, la refermait par quatre points de suture puis l'enduisait de pommade désinfectante avant de la recouvrir d'un pansement.

En rouvrant les yeux, Enzo vit qu'Élisabeth lui tendait un verre. Immédiatement, l'odeur du whisky le réconforta.

– Un bon remède contre la douleur, dit-elle en souriant.

Les doigts tremblants, il saisit le verre et but une gorgée de nectar ambré qu'il laissa glisser lentement sur sa langue et lui brûler délicieusement la gorge.

– Je ne sais pas comment vous remercier tous les deux. Pendant ma traversée de l'île à pied, la seule chose qui m'a donné du courage, c'est la perspective de m'arrêter chez vous. Je n'aurais jamais réussi à atteindre Port-Mélite.

– Eh bien, je suis contente que vous soyez venu ici. Tenez, j'ai recousu votre pantalon.

Sur ce, elle ajouta en souriant à son mari :

– Plus soigneusement qu'Alain ne l'a fait avec votre genou.

– Ne l'écoutez pas, monsieur Macleod. Je vous ai fait une couture superbe. La cicatrice ne se verra même pas. En revanche, vous pourrez vous acheter un nouveau pantalon.

Soutenu par ses hôtes, Enzo se rhabilla, puis se laissa retomber sur la chaise pour finir son whisky.

– On ferait bien d'appeler la police maintenant, décréta Alain.

– Non !

Élisabeth jeta à Enzo un regard perplexe.

– Mais un individu a essayé de vous tuer !

– Je ne crois pas. S'il avait voulu me tuer, je serais mort à l'heure qu'il est, ou toujours coincé sur ma corniche. L'ironie de la chose, c'est qu'il m'a sauvé la vie, en réalité. Quelles qu'aient été ses intentions, me supprimer n'en faisait pas partie.

– Il vous a quand même attaqué, frappé ! Il a crevé les pneus de votre voiture ! Tout cela est du ressort de la police.

Enzo secoua la tête :

– Non. C'est entre lui et moi. Mais si vous voulez bien me reconduire chez Jane Killian, je vous en serai très reconnaissant.

***

Alain arrêta le 4x4 devant la grille de la maison aux volets bleus et aida Enzo à en descendre. Ce dernier pouvait à peine bouger maintenant que tous ses muscles s'étaient refroidis. En outre, l'anesthésique ayant cessé d'agir, son genou lui faisait un mal de chien.

– Vous voulez que je vous accompagne ?

– Non, ça ira. Merci beaucoup. Je vous dois une fière chandelle.

– Vous ne me devez rien du tout. Surveillez vos blessures, qu'elles ne s'infectent pas. Revenez me voir si vous trouvez que ça ne cicatrise pas bien.

– Entendu.

Le temps qu'Enzo atteigne la maison, Alain avait reculé jusqu'au parking et effectué un demi-tour. Les phares disparaissaient déjà au loin quand la porte s'ouvrit.

– Mon Dieu ! s'écria Jane. Que vous est-il arrivé ?

Sa froideur avait laissé place à une inquiétude sincère.

– C'est une longue histoire.

Elle le prit par le bras pour le faire entrer dans le salon où il découvrit Charlotte, blottie dans un fauteuil. Des assiettes vides traînaient par terre et un verre de vin rouge était posé sur chacune des deux petites tables basses.

– On avait faim, on ne t'a pas attendu, lança-t-elle sans se retourner.

Puis, dès qu'elle vit le visage d'Enzo, elle bondit sur ses pieds :

– Bon sang, Enzo ! Tu vas bien ?

– Non, pas vraiment. Ce rendez-vous s'est révélé être un piège.

– Que s'est-il passé ?

Il s'affala dans le canapé, la tête sur le dossier.

– Avec un verre dans la main, j'aurai peut-être la force de tout raconter.

– Je ferais mieux d'ouvrir une nouvelle bouteille, alors, dit Jane. Et de vous faire réchauffer les restes du dîner.

***

Une heure plus tard, Charlotte aida Enzo à traverser la pelouse vers l'annexe. Ils entendirent le chat avant de le voir. L'animal émergea de l'ombre en miaulant pour venir se frotter contre les jambes de Charlotte, comme il l'avait fait plus tôt. Mais rapidement chassé par Enzo, il s'enfuit et s'en retourna dans les ténèbres.

– Pauvre petit minet, dit Charlotte.

Dès qu'Enzo ouvrit la porte, ils sentirent le froid les assaillir. Dans la mansarde, Enzo tourna le bouton du radiateur à fond et regarda par la fenêtre. Les volets de la chambre de Jane étaient fermés ; ils le resteraient sans doute jusqu'à ce qu'il parte. Il se sentit soulagé. Puis, en se retournant, il vit que Charlotte l'observait. Elle avait les joues rouges d'avoir bu trop de vin et le regard légèrement vitreux.

– Tu ne devrais pas boire.

– Pourquoi ?

– Tu es enceinte.

– Je ne vois pas en quoi cela te concerne. C'est moi qui le porte, pas toi. Et encore, peut-être pas pour très longtemps.

Choqué, il la dévisagea.

– Qu'est-ce que tu veux dire ?

– Je n'ai pas encore décidé si je le gardais ou non.

Enzo reçut ces mots comme une gifle en pleine figure.

– Tu ne vas…

– Cet enfant mérite mieux que nous, Enzo. Quelle espèce de père ferais-tu ? Réfléchis. Tu crois que ton fils pourrait t'admirer ? Deux fois marié, assez vieux pour être son grand-père. Échouant dans le lit de toutes les femmes qu'il rencontre, buvant trop.

Elle marqua une pause, pour l'emphase, avant d'ajouter :

– Faisant passer son travail avant sa famille et ses amis.

– C'est injuste !

– Vraiment ? Regarde-toi bien, Enzo.

Les paroles du poète écossais Robert Burns lui revinrent alors en mémoire. *Ah, si quelque puissance nous accordait le don de nous voir comme les autres nous voient*. Il ferma les yeux. Après ces trop nombreuses années de séparation, Kirsty avait fini par se rapprocher de lui. Sophie, il le savait, l'adorait. À sa carrière d'expert en science médico-légale avait succédé celle de professeur de biologie et de science médico-légale à l'université de Toulouse. Finalement, il ne s'était pas si mal débrouillé. Mais après la mort de Pascale, il avait essayé, en vain, de retrouver l'amour.

– Et puis, quel genre de mère serais-je ? continua-t-elle. Célibataire. Égocentrique. Beaucoup trop indépendante. Je ne me fais pas de cadeau non plus, Enzo. Serais-je prête à abandonner mon travail, ma liberté, ma vie ? Je ne l'ai jamais fait, pour aucun homme. Si je le faisais pour un enfant, ma vie telle que je la conçois serait finie. Le temps que je la retrouve, tu aurais soixante-dix ans. Que pourrais-je espérer alors ? À part le privilège de veiller sur tes vieux jours ?

– Si c'est ainsi que tu vois les choses… je veux dire si tu envisages sérieusement d'interrompre ta grossesse, je ne vois pas pourquoi tu m'en as parlé. Pourquoi es-tu venue ici ?

Elle tourna vers lui un regard farouche :

– J'espérais que tu me donnerais une bonne raison de ne pas le faire.

Un long silence s'installa entre eux avant qu'elle ne reprenne :

– Mais qu'est-ce que je découvre en arrivant ici ? Que tu as tellement picolé la veille que si je n'avais pas téléphoné à ce moment précis, tu faisais l'amour avec une autre femme. Après ça, tu trouves en plus le moyen d'aller te bagarrer en pleine nuit, et de tomber d'une falaise. Ce serait vraiment risible si ce n'était pas aussi grave.

Enzo soutint son regard et dit d'une voix calme et basse :

– Je vais te donner une excellente raison de ne pas te faire avorter.

– Ah oui ?

– Nous avons conçu une vie ensemble, Charlotte. Nous n'avons aucun droit d'y mettre fin.

Exaspérée, elle se détourna.

– J'ignorais que tu étais devenu bigot en vieillissant.

– Je ne suis pas bigot. Mais j'ai passé ma vie à coincer des gens qui ôtent la vie aux autres. Je ne peux pas concevoir de supprimer moi-même une vie parce que ça t'arrange.

Elle fit volte-face et darda sur lui des yeux étincelants de colère :

– Ce n'est pas toi qui portes cet enfant, Enzo. Ce n'est pas toi qui en accoucheras. Et où seras-tu pendant qu'il grandira ?

– Avec toi. Partageant les responsabilités.

– Ah oui ? Comme pour Kirsty ?

De toutes les blessures qui lui avaient été infligées en cette nuit de novembre, celle-là était la plus profonde, la plus douloureuse. Surtout parce qu'elle était injuste.

– Je n'ai jamais tourné le dos à Kirsty. Jamais. C'est sa mère qui a baissé un rideau de fer entre nous. Qui a utilisé sa propre fille comme une arme pour me blesser.

Mais il aurait beau se répéter des milliers de fois cette simple vérité, jamais il ne pourrait se débarrasser du sentiment de culpabilité qui l'accablait.

***

Allongés dans le noir, sans se toucher, ils restèrent longtemps éveillés. Les yeux ouverts, Enzo fixait le plafond. Tout ce qui venait de lui arriver était d'une certaine façon éclipsé par l'état de Charlotte. Pour la première fois de sa vie, il aurait souhaité avoir vingt ans de moins ; il regrettait les années perdues et le passage du temps. Le temps jouait contre lui. Charlotte avait raison ; quand son fils atteindrait l'âge adulte, lui, Enzo, aurait soixante-dix ans. Cette constatation le sidéra. Il se voyait encore comme le jeune homme qu'il était trente ans plus tôt. La perspective d'atteindre les soixante-dix ans dans un avenir relativement proche lui asséna un coup terrible. Soixante-dix ans ! Comment était-ce possible ? Qu'avait-il fait de sa vie ? Pourtant, il le savait, cette manière de penser revenait à écarter d'office toutes les bonnes années encore à venir, à endosser le rôle d'un vieillard, à jeter sa jeunesse aux orties, comme une peau usée.

Il n'eut pas conscience de sombrer dans un sommeil agité, mais quand il se réveilla en sursaut d'un rêve désagréable, le réveil digital indiquait 2 h 43. Il resta quelques minutes immobile, à écouter sa respiration, avant de se rendre compte que Charlotte n'était plus à côté de lui. En tournant la tête, il aperçut sous la porte un rayon de lumière provenant de l'escalier. À contrecœur, il quitta la chaleur des draps pour enfiler son peignoir et ses pantoufles.

Charlotte était assise au bureau de Killian, avec le chat noir lové sur ses genoux, qui ronronnait de bonheur d'être caressé.

– Je l'ai entendu miauler dehors. Alors, je l'ai fait entrer. J'espère que ça ne te dérange pas.

– Et si ça me dérangeait ?

– Ce serait pareil, répondit-elle en souriant. Je n'arrivais pas à dormir.

Enzo hocha la tête.

– J'ai jeté un coup d'œil aux notes de Killian, ajouta-t-elle.

– Et alors ?

– Leur sens m'échappe complètement.

Il referma la porte derrière lui et vint s'asseoir en face d'elle.

– De quoi avez-vous parlé, Jane et toi, ce soir ?

– Oh, de toutes sortes de choses. C'est un être triste.

– Comment ça ?

– Ses parents se sont séparés quand elle était toute petite et elle n'a jamais vraiment tissé de lien avec l'un ou l'autre. C'est l'une des raisons pour lesquelles Peter l'a attiré. À cause de sa relation étroite avec son père. D'après ce qu'elle m'a raconté, j'ai compris que c'était la première vraie famille qu'elle rencontrait. Avec eux, elle a eu l'impression de faire partie de quelque chose d'unique. À mon avis, elle était aussi amoureuse d'Adam que de Peter.

– Mon Dieu, fit Enzo en secouant la tête, tu ne peux jamais arrêter de jouer les psychologues, hein ?

– Je ne joue pas, Enzo. C'est mon métier. Les gens me parlent facilement. Toi aussi tu me parlais, avant.

– Ne rejette pas la faute sur moi, s'il te plaît. C'est toi qui ne parles jamais, qui ne me dis jamais ce que tu as dans la tête. Moi, je suis un putain de livre ouvert.

Ignorant le sarcasme d'Enzo, elle gratta le menton du chat qui, les yeux fermés, allongea le cou.

– Killian aurait été un patient intéressant. L'immigrant considérant l'héritage du passé comme une tache sur sa nouvelle nationalité. Un Polonais voulant devenir plus anglais que les Anglais et qui, ne pouvant plus le réaliser lui-même, investit tout son temps et ses efforts sur son fils. Faisant de Peter l'archétype de l'Anglais, baptisé à l'église anglicane, pensionnaire dans un collège privé.

– Étudiant dans une université écossaise, gloussa Enzo.

– Je ne pense pas qu'Adam Killian voyait la différence. Seuls les Écossais se sentent différents des Anglais. Pour le reste du monde, Britanniques, Anglais, Écossais, tout ça revient au même.

Elle haussa un sourcil et pencha la tête, prête à riposter. Comme rien ne venait, elle se contenta de hausser les épaules.

– En tout cas, Adam s'est assuré que personne ne pourrait jamais deviner que les origines de Peter ne remontaient pas à la conquête normande. Il s'amusait à jouer avec les mots quand Peter était petit. À inventer toutes sortes de jeux destinés à élargir le vocabulaire de son fils, à lui donner une parfaite maîtrise de la langue, à le mouler dans la peau de l'Anglais qu'Adam avait toujours rêvé de devenir lui-même.

Les yeux perdus dans le vague, elle poursuivit :

– La tragédie de Jane a été de les perdre tous les deux en l'espace de quelques jours. À peine avait-elle trouvé une famille qu'elle la perdait. Un peu comme toi, j'imagine, avec Pascale.

Enzo hocha la tête. La similitude ne lui avait pas échappé.

Le chat s'étira, se dressa sur ses pattes, puis sauta avec grâce sur le bureau tout en regardant Enzo d'un air méfiant.

– Et pourquoi, tout ça ? Cette quête d'identité, de nationalité. Avec leur mort, la lignée de la famille s'est arrêtée. Tout comme la mienne s'achèvera avec moi, à moins que j'aie un enfant. Je crois que le fait d'être la fille de parents adoptifs est un problème. Sans aucun lien familial connu, je me sens une certaine responsabilité. Une espèce de réticence à être le dernier maillon d'une histoire. Mais cette décision reste à prendre. Pour toi, c'est différent, bien sûr. Avec deux filles connues, et Dieu sait combien de descendants inconnus.

Enzo poussa un soupir exaspéré.

– Tu es vraiment injuste, Charlotte. J'ai commis des erreurs dans ma vie, bien sûr. Qui n'en a pas commis ? Mais ce n'est pas moi qui t'ai tenue à distance. Et je ne vais certainement pas me défiler devant mes responsabilités vis-à-vis de notre enfant.

Charlotte posa sa paume sur la tête du chat et la fit glisser sur son dos, jusqu'à la queue.

– Peut-être. Mais je vais te dire une chose, Enzo. La décision d'avoir ou non ce bébé m'appartient, à moi seule.

Chapitre 13

Le lendemain matin, le paysage dans lequel Enzo s'était traîné au milieu des ténèbres offrait un aspect très différent. Des nuages de carte postale, semblables à de grosses boules de coton, jouaient à cache-cache dans le ciel bleu pâle avec un timide soleil de novembre qui parvenait à peine à réchauffer l'atmosphère.

L'employé de chez Coconut's n'ouvrit quasiment pas la bouche pendant le trajet. Avant de quitter le garage, tout en observant d'un air songeur le visage abîmé d'Enzo, il avait écouté avec un certain scepticisme ce dernier lui relater l'acte de vandalisme dont il disait avoir été la victime. Qu'il le crût ou non, il avait juste marmonné quelques jurons et imprécations avant de balancer quatre roues de secours à l'arrière de sa Land Rover.

Il voulait déposer une plainte à la gendarmerie. L'assurance d'Enzo prendrait les frais de dépannage en charge.

Sur le parking du Trou de l'enfer, le mécanicien examina chaque pneu, l'un après l'autre, et secoua la tête.

– Incroyable ! Jamais vu ça. Pas ici, en tout cas, pas sur l'île. Ça ne peut être qu'un étranger qui a fait une chose pareille.

– Vous vivez ici depuis longtemps ?

– Depuis toujours.

– Vous avez toujours travaillé chez Coconut's ?

– Oh non, m'sieur, répondit-il avec un rire amer. J'avais un garage à moi, à Port-Tudy. Dépannage et réparations. Une affaire qui marchait bien. Jusqu'à ce putain de procès.

Il ouvrit sa caisse à outils et commença à lever la jeep à l'aide d'un cric.

Enzo fronça les sourcils.

– Le procès Kerjean ?

– Ce putain d'avocat de la défense a ruiné ma réputation. Et ces putains de clients qui ont témoigné, et prétendu que je bossais comme un pied ? Salopards de menteurs ! Uniquement par intérêt personnel. Mais c'est trop dur de continuer à faire tourner un garage dans un petit bled quand on raconte ce genre de bobards sur vous. C'était dans tous les journaux, même à la télé.

Enzo réalisa alors que le mécanicien n'était autre que Michel Locqueneux, le garagiste qui avait révisé la voiture de Kerjean la veille du meurtre.

– Qu'est-ce que vous en avez réellement pensé de l'histoire de Kerjean et de sa voiture en panne ?

Locqueneux quitta un instant des yeux les boulons qu'il était en train de desserrer pour jeter un regard noir à Enzo.

– Putain de menteur ! Elle marchait sa bagnole ! Pourquoi il m'a pas appelé si elle avait un problème ?

Kerjean n'est pas du genre à laisser passer un truc comme ça.

– Il prétend l'avoir réparée lui-même.

– Ah ! Lui ? Il serait même pas capable de changer la roue d'un modèle réduit ! Je mettrais ma main à couper qu'il a jamais soulevé le capot d'une voiture de sa vie. Sauf pour remplir le réservoir du lave-glace. Il est peut-être fortiche en paroles, mais il y connaît que dalle en mécanique.

Il retira la roue avant gauche, qui roula sur un mètre ou deux avant de tomber sur le flanc.

– Vous n'en avez pas parlé au tribunal.

– Personne me l'a demandé. Le procureur était un imbécile, et l'avocat de la défense trop occupé à essayer de me faire passer pour un con.

Enzo n'ajouta rien. Il regarda, en silence, Michel Locqueneux changer les quatre roues en ruminant ses malheurs, et attendit qu'il ait terminé avant de poser la question qui le démangeait :

– Kerjean vit toujours à Locmaria, n'est-ce pas ?

– Ouais, malheureusement. Tout le monde, sur l'île, aurait bien aimé le voir décamper il y a dix-huit ans.

– Tout le monde sauf certaines…

Locqueneux plissa les lèvres de dégoût.

– On se demande bien pourquoi. Faut croire qu'elles aiment les bêtes sauvages. Parce que c'est exactement ce qu'il est, m'sieur. Une bête sauvage.

***

Le hameau de pêcheurs de Locmaria avait été bâti au bord d'une baie sablonneuse, au sud-est de l'île. Enzo se gara en face du Bateau Ivre. Derrière les fenêtres de la taverne étaient suspendues des marionnettes étranges en papier mâché figurant des personnages de contes – le capitaine Crochet, le Chat botté, et d'autres. À l'intérieur, un jeune homme faisait le ménage. Enzo poussa la porte vitrée, qui grinça et vibra en même temps qu'une clochette tintinnabulait.

– Désolé, monsieur, on est fermés.

– Je cherche la maison de Thibaud Kerjean.

Le jeune homme s'arrêta de balayer et dévisagea Enzo. S'il le reconnaissait, il n'en montra rien.

– Qu'est-ce que vous pouvez bien chercher chez un mec pareil ?

– Une petite conversation.

– Pffff. Vous allez vous en prendre plein la gueule, oui.

– C'est ici qu'il vient s'abreuver j'imagine ?

– Non. Ici, il est interdit de séjour. Il va picoler au Bourg.

– Et où se trouve sa maison ?

– Suivez la route qui longe la baie vers l'est. Vous verrez une rangée de maisons face à la mer. Il habite celle qui a une façade en pierre et un puits dans le jardin.

Un grand nombre de petits voiliers et de bateaux de pêche étaient ancrés dans l'anse dont les eaux calmes scintillaient au soleil. Enzo dépassa plusieurs maisons avant de tomber sur celle que lui avait décrite le garçon de la taverne. Un mur en pierres sèches entourait une cour pavée au milieu de laquelle trônait un puits. Une vieille camionnette Citroën Jumper verte était garée à côté. Des volets blancs ouverts encadraient les fenêtres et les deux portes-fenêtres. Sur le toit, ceux des trois lucarnes étaient fermés. Une ancre noire pendait au mur.

Enzo s'avança jusqu'à la porte, respira à fond, et tira la corde d'une vieille cloche de bateau fixée sur l'encadrement de pierre. Le son se répercuta dans toute la baie, effrayant une bande de mouettes posées sur le parapet du quai. Ne percevant aucun signe de vie à l'intérieur de la maison, Enzo tira encore plus fort sur la corde. Kerjean était peut-être encore en train de cuver l'alcool ingurgité la veille.

Finalement, un mouvement derrière la vitre attira son regard, puis Kerjean vint ouvrir. Sous la froide lumière du jour, il avait une sale mine, le teint gris, de profonds cernes sous les yeux. Un chaume argenté recouvrait ses joues et son menton, et ses cheveux gras étaient complètement emmêlés. Pieds nus, enveloppé d'une robe de chambre en pilou, il lança un regard méfiant à Enzo, entre ses paupières bouffies.

– Qu'est-ce que vous me voulez, putain ?

– Deux mots, fit Enzo d'une voix tendue.

Kerjean le dévisagea un long moment, comme s'il engageait un débat interne, puis finit par dire :

– Vous avez une drôle de gueule !

– Vous ne vous êtes pas regardé !

Pour la première fois, Enzo vit un sourire éclairer le visage de Kerjean. L'homme que tout le monde soupçonnait d'avoir tué Killian ouvrit la porte en grand et, sans un mot, tourna les talons. Enzo le suivit dans une grande cuisine carrée. Près de la porte, une fenêtre devait laisser pénétrer la lumière rose du couchant. En face, une porte vitrée donnait sur une terrasse orientée à l'est. Une longue table jonchée d'une demi-douzaine de cadavres de bouteilles de bière et des restes du dîner occupait le centre de la pièce. Installée contre le mur nord, une cuisinière à bois Rayburn diffusait une douce chaleur ; des placards blancs et des étagères encombrées de pots, de verres et de vaisselle complétaient l'ameublement.

Enzo referma la porte derrière lui. Kerjean prit un paquet de cigarettes et en alluma une avant de se tourner vers son visiteur :

– Alors, ces deux mots ?

– Putain de salopard ! lança Enzo incapable de dissimuler sa fureur.

Impassible, Kerjean ricana :

– Ça en fait trois et je les ai déjà entendus.

– Vous avez failli me tuer hier soir !

– J'ai sauvé votre putain de vie, oui.

– Vous ne niez même pas, hein ?

– Nier quoi ? Il n'y a que vous et moi ici. C'est votre parole contre la mienne.

– Pourquoi avez-vous fait ça ?

– Pourquoi j'ai fait quoi ?

– Me sauver la vie ?

– Contrairement à l'opinion générale, m'sieur, je ne suis pas un assassin. Mais malgré tous mes avertissements, vous continuez à fouiner partout en posant des questions sur moi, sur le passé. Alors, je me suis dit qu'il était temps de vous flanquer une bonne rouste pour vous inciter à balader vos fesses ailleurs.

Il gloussa et ajouta :

– Je ne pensais pas que vous alliez les balancer dans le Trou de l'enfer.

La rage s'empara d'Enzo, une rage terrible, incontrôlable. Kerjean ne vit même pas l'énorme poing qui le frappa à la tempe et l'envoya valdinguer contre la table de la cuisine. Ses jambes se dérobèrent sous lui ; il s'écroula sur une chaise et roula par terre.

Enzo entendit sa tête heurter le sol en pierre avec un bruit sonore ; sur le moment, la douleur qu'il ressentit dans la main l'inquiéta davantage. Une douleur à couper le souffle, aussi vive qu'un coup de poignard. Il laissa échapper un cri, secoua violemment le bras en serrant et desserrant les doigts, comme s'il pouvait faire s'envoler la souffrance. Après avoir cru un instant qu'il s'était brisé plusieurs os, il se rendit compte que ses doigts bougeaient normalement, et frotta contre sa paume gauche ses jointures qui commençaient déjà à enfler.

Sonné, Kerjean se mit d'abord à genoux, avant de se redresser en prenant appui sur la table. Du sang coulait de sa pommette fendue et d'une entaille sur la tempe opposée. Il secoua la tête en grondant. Un grondement profond, féroce, sorti de son ventre. Michel Locqueneux avait raison : il ressemblait à une bête sauvage.

Kerjean lança à Enzo un regard meurtrier. Ce dernier le toisa sans broncher ; il avait le souffle court, le cœur battant, et un mal de chien à la main, mais il se sentait prêt à frapper de nouveau, malgré la douleur. Peut-être l'autre perçut-il dans son regard une détermination implacable qui modéra son ardeur. Il avait dix ans de moins qu'Enzo et était encore en forme malgré l'abus d'alcool. S'il avait choisi de se bagarrer, il aurait certainement eu le dessus. Au lieu de ça, toute tension soudain relâchée, il se pencha pour ramasser la cigarette qui était tombée par terre.

– J'imagine que je l'ai mérité, se contenta-t-il de dire en tirant une longue bouffée.

Il se toucha la joue du bout des doigts, sentit le sang couler et les regarda.

Constatant le changement qui venait de s'opérer chez son adversaire, Enzo se détendit un peu.

– Mais, bon Dieu, pourquoi ne voulez-vous pas me dire simplement où vous étiez le soir du meurtre ?

– Vous connaissez l'histoire, non ? lança Kerjean d'un air maussade.

– Seulement celle que vous avez racontée au procès. Or votre voiture marchait parfaitement bien, Kerjean, et vous n'y connaissez rien en mécanique. Alors, pourquoi ne se trouvait-elle pas devant chez vous le soir où Killian a été tué ?

Kerjean inclina la tête. Puis, les yeux baissés vers le sol, il tira de nouveau sur sa cigarette avant d'aller prendre une bouteille de whisky sur une étagère. Il posa bruyamment deux verres sur la table, les remplit, en souleva un et le tendit à Enzo.

Enzo hésita. Il avait beau apprécier un bon malt d'Islay, il n'était guère plus de dix heures du matin, et cela risquait de lui gâcher le reste de sa journée.

Cependant, il se sentait soudain sur le point de réaliser une avancée décisive dans son enquête ; il ne pouvait pas laisser filer cette occasion. Levant son verre, il lança :

– *Slainthe*.

– *Yec'hed mat*.

Les deux hommes sirotèrent en silence le liquide pâle.

Kerjean passa la langue sur ses lèvres sèches, savourant le parfum du whisky.

– J'adore le goût de tourbe fumé des whiskies d'Islay. On a l'impression de boire la terre. Ça rapproche du sol qui nous nourrit.

Enzo hocha la tête, sans rien dire ; il attendait que Kerjean parle. En le regardant, il le trouva, pour la première fois, différent de l'image que tout le monde avait de lui. Ses yeux avaient quelque chose de très charmeur, de même que la ligne de sa mâchoire. Même son attitude n'était pas dénuée de séduction. Il possédait une espèce de dignité que l'alcool n'avait pas encore réussi à miner entièrement.

– J'étais avec quelqu'un qui n'aurait pas dû se trouver avec moi, finit-il par articuler d'une voix légèrement rauque, comme à contrecœur.

– Une femme ?

– À votre avis ?

– Vous veniez de rompre avec Arzhela Montin.

Kerjean but une gorgée de whisky qu'il fit tourner dans sa bouche.

– Je ne peux pas empêcher les femmes de me trouver à leur goût. Enfin, je ne pouvais pas les en empêcher. Quand j'étais plus jeune. Et plus sobre. Arzhela était déjà partie.

– Pourquoi ne l'avez-vous pas dit à la police ?

Kerjean avala encore quelques gorgées de whisky, suivies de quelques bouffées supplémentaires de tabac, puis il tourna des yeux éteints vers son visiteur :

– J'ai peut-être beaucoup de défauts, m'sieur, mais pas celui de trahir la confiance d'une femme.

– Même au risque d'aller en prison ?

– Même au risque d'aller en prison.

Il soutint le regard d'Enzo, défiant presque l'Écossais de le contredire.

– Alors, il est vraiment dommage que les femmes n'aient pas fait preuve de la même loyauté envers vous.

Kerjean fronça les sourcils.

– Qu'est-ce que vous voulez dire ?

– Vous avez toujours cru que c'était Killian qui avait révélé votre liaison à Montin. Ce n'est pas vrai.

Au cours des soixante secondes de silence qui suivirent, Enzo prit soudain conscience du lent tic-tac d'une vieille horloge de grand-mère, debout dans un angle de la pièce.

– Comment le savez-vous ?

– Parce que je sais qui le lui a dit.

– Qui ?

Enzo but une gorgée de whisky avant de répondre :

– Je vous propose un marché, monsieur Kerjean. Vous me dites avec qui vous étiez ce soir-là, et je vous dis qui vous a mouchardé auprès de Montin.

Kerjean vida son verre, le posa sur la table, le remplit, et tendit la bouteille à Enzo.

– Un autre ?

Enzo en avait à peine bu la moitié. Il secoua la tête.

Kerjean porta son verre à ses lèvres, en avala une grande rasade, puis regarda Enzo dans les yeux.

– Non.

C'était simple, définitif.

Enzo reposa son verre sur la table.

– Dans ce cas, pour moi, vous demeurez suspect du meurtre de Killian, Kerjean. Jusqu'à preuve du contraire.

Chapitre 14

La maison du docteur Jacques Gassman se trouvait au bout d'une longue route étroite et défoncée courant à travers les ajoncs et les genêts qui tapissaient la lande entre Quéhello et la mer. Ses murs fraîchement blanchis à la chaux tranchaient sur le bleu profond de l'océan. Enzo vit de la fumée s'échapper de la cheminée, vite chassée par le vent soufflant de la mer.

Dès qu'il descendit de voiture, il sentit une odeur de feu de bois – un parfum de chêne, doux-amer, assez semblable à celui de la tourbe qu'on brûle dans le nord-ouest de l'Écosse.

Une grille verte branlante fermait le petit jardin. Il la poussa, puis frappa à la porte de la maison. Pas de réponse. Lorsqu'il essaya de nouveau, il avisa la Range Rover du médecin garée sous un appentis. Le vieil homme devait donc être chez lui. Il fit jouer la poignée ; la porte, qui n'était pas verrouillée, s'ouvrit sur une grande pièce sombre empestant le chien mouillé et la soupe, ou le ragoût. En se penchant vers l'intérieur, il aperçut une petite cuisine éclairée par le soleil.

– Hé ho ! appela-t-il.

Silence. Seul s'entendait le tic-tac d'une horloge. Dans la cheminée, des braises rougeoyaient.

– Docteur Gassman ?

Toujours pas de réponse.

Enzo referma la porte et traversa le petit jardin aux plates-bandes envahies de mauvaises herbes. À quatre-vingt-dix ans, le jardinage passait sans doute au second plan des priorités.

Puis, au loin, il aperçut la tache rouge d'une écharpe et entendit en même temps, des aboiements portés par le vent. Il reconnut alors la casquette bleue du docteur Gassman, juste au-dessus de la ligne des fourrés. Le vieux médecin était sans doute en train de promener son chien. Enzo avança dans sa direction et le rejoignit une centaine de mètres plus loin.

Le vieil homme l'accueillit avec un grand sourire qui découvrit ses dents trop blanches et trop régulières.

– Comment allez-vous, monsieur Macleod ?

Le labrador jaune était vieux, lui aussi, et se déplaçait avec raideur, comme son maître. Levant vers Enzo de grands yeux tristes, il s'assit patiemment en attendant que les deux hommes aient fini de discuter.

– Bon sang, qu'est-ce qui vous est arrivé ?

Instinctivement, Enzo porta la main à sa joue.

– Une mauvaise chute.

Gassman le considéra un moment d'un air songeur, puis lâcha :

– Belle matinée, n'est-ce pas ?

– Oui.

– Oscar adore m'emmener en promenade par un matin comme celui-ci, dit-il en frottant la tête de son chien. Pas vrai, mon vieux ? C'est grâce à lui que je suis encore en vie.

– Oh, vraiment ?

– La marche, monsieur Macleod. Il n'y a que ça. Tous les jours, par tous les temps. Quatre ou cinq kilomètres. Je le prescrirais à n'importe quel cœur vacillant désireux de vivre longtemps.

Il sourit.

– La marche… plus un verre de whisky de temps en temps.

D'un accord tacite, les deux hommes reprirent le chemin de la maison. Le chien les suivit.

– Vous n'étiez jamais passé par là, avant ?

– Non.

– Vous ne connaissez donc pas le monument érigé en l'honneur de vos compatriotes.

Surpris, Enzo regarda autour de lui, mais ne vit que la lande déserte.

– Un monument ?

Le vieux Gassman sourit.

– Enfin… un mémorial. Mais bien entretenu. On ne les oublie pas, ces hommes qui sont venus mourir ici.

Le monument se résumait à deux plaques bleu foncé fixées l'une au-dessus de l'autre sur un rocher, au milieu d'une petite clairière. Un sentier y menait depuis le chemin. Sur la première, on voyait un bimoteur aux couleurs de la *RAF* avec une inscription en blanc : *12 août 1943 - ils ont vu Groix pour la dernière fois* ; sur l'autre, les noms de cinq aviateurs britanniques âgés de vingt-deux à vingt-cinq ans, morts dans le crash de leur avion.

– Tant de jeunes vies gâchées, soupira Gassman. Même si ce sont les Anglais qui ont bombardé Lorient, les gens les préféraient aux Allemands. Il faut longtemps à une nation pour oublier l'humiliation d'une occupation. On continuait à détester les Allemands ici quand je suis arrivé dans les années soixante.

Il gloussa avant d'ajouter :

– J'en sais quelque chose. Certains habitants m'ont pris pour un Boche au début.

– Pourquoi ?

– À cause de mon accent. Et de mon nom. Il a une consonance germanique.

– D'où venez-vous ?

– D'Alsace – c'est-à-dire d'une région qui a été aussi longtemps allemande que française. Rien d'étonnant à ce que mon accent ressemble à celui des Allemands. Il faut dire qu'il ne s'était écoulé qu'une quinzaine d'années depuis la Libération. Les mauvais souvenirs ont la vie dure.

– Vous avez eu du mal à vous faire accepter en tant qu'étranger à l'île ?

– Oh, non. Un médecin s'intègre très vite dans n'importe quelle communauté, monsieur Macleod. À partir du moment où vous soulagez les douleurs des gens, ils ne se soucient plus de savoir d'où vous venez.

Ils retournèrent sur le chemin qui menait à la maison.

– Bon, qu'est-ce qui vous amène ? Je me doute que ce n'est pas le plaisir de partager ma compagnie !

Enzo sourit.

– J'aurais une ou deux questions à vous poser, docteur. Au sujet de l'un de vos anciens patients.

Le vieux médecin lui lança un regard perçant et répliqua :

– Je suis toujours lié par le serment d'Hippocrate, vous savez.

– Je comprends parfaitement. Loin de moi l'idée de vous demander de le violer.

– Bien. De toute façon, j'aurais refusé. De quel patient s'agit-il ?

– Thibaud Kerjean.

– Ahhhh, j'aurais dû m'en douter, dit-il en secouant la tête. En tant que médecin, je n'ai pas grand-chose à vous apprendre. Tout le monde connaît son problème d'alcoolisme. Il n'est jamais venu me voir que pour se faire recoudre après une bagarre dans un bar.

Sur ce, il scruta ostensiblement le visage tuméfié d'Enzo.

– J'imagine qu'en tant que médecin, vous saviez qu'Adam Killian était condamné ?

– Oui, en effet. Mais je ne vois pas le rapport.

– Je me demandais juste si Kerjean pouvait avoir été au courant, lui aussi.

– Bah ! fit le vieil homme en levant la main, ce qui eut l'air d'intriguer le labrador. En tout cas, ce n'est certainement pas de ma bouche qu'il aurait pu l'apprendre. À vrai dire, je n'ai jamais échangé plus de deux mots avec cet individu. Alors, ce qu'il savait ou pas…

– Ah bon.

Enzo n'était pas vraiment surpris. Mais, ça valait la peine de tenter le coup. Parfois, les médecins en savent plus que n'importe qui sur leurs patients. À Groix, cependant, personne ne semblait avoir entretenu de liens étroits avec Kerjean, en dehors de quelques femmes.

– Et si vous demandiez à Élisabeth ? De nous tous, c'est elle qui a passé le plus de temps avec lui.

– Élisabeth Servat ? s'étonna Enzo.

– Elle était infirmière quand Alain a commencé à travailler au centre médical.

– Ah oui, c'est vrai.

– Spécialisée en kinésithérapie. Je me rappelle qu'en faisant une mauvaise chute sur son bateau, Kerjean s'est fracturé la jambe en deux endroits. C'est Élisabeth qui a pris sa rééducation en charge ; elle allait chez lui deux fois par semaine, à Locmaria. Elle s'est occupée de lui pendant deux mois avant qu'il parvienne à remarcher normalement.

Gloussant de nouveau, il ajouta :

– Quand on passe deux ou trois heures par semaine avec un patient, même si ce n'est pas un grand bavard, on doit bien parler de quelque chose.

***

Enzo s'arrêta au Bourg pour déjeuner et ne retourna à Port-Mélite qu'en début d'après-midi. Pendant toute la matinée, il n'avait cessé de penser à Charlotte et au bébé ; cela l'obsédait au point de l'empêcher de se concentrer sur autre chose, comme un mal de dos ou de dent qui ne vous lâche jamais. Il fallait absolument qu'il ait une conversation avec elle.

La voiture de Jane Killian était garée, comme d'habitude, sous les arbres, au-dessus de la plage. En descendant de la jeep, il entendit le cliquetis de son moteur qui refroidissait sous le capot. Elle ne devait donc pas être revenue depuis longtemps.

Il avait traversé la moitié de la pelouse en direction de l'annexe lorsqu'il l'entendit crier depuis la maison principale :

– Si vous cherchez Charlotte, elle n'est pas là !

– Ah bon ? Elle est chez vous ?

– Non, Enzo. Elle est partie.

– Partie où ?

– Partie de l'île. Je l'ai déposée au ferry en fin de matinée.

Enzo sentit ses joues s'empourprer et sa peau le brûler comme s'il avait reçu une gifle. Il soupçonna Jane de s'en réjouir secrètement.

– Très bien. Merci.

Sans ajouter un mot de plus, il poursuivit son chemin. Une fois dans sa chambre, une sensation de vide l'assaillit. Les draps froissés, témoins de la nuit chaste qu'ils avaient passée côte à côte, semblaient se moquer de lui – un gouffre le séparait maintenant de Charlotte. Qu'ils aient dormi dans le même lit sans se toucher ni s'embrasser, murés dans leur conflit silencieux, lui paraissait invraisemblable.

Ne supportant plus cette pièce qui le rendait tout à coup claustrophobe, il dévala l'escalier pour ressortir dans le jardin. Étendu de tout son long sur une branche basse, le chat noir l'observait avec une indifférence feinte. Enzo fit demi-tour et gagna la grille en passant derrière la maison. Il n'avait aucune envie de retomber sur Jane.

À l'autre extrémité du parking, trois maisons et une chaumière surplombaient la plage ; il se demanda quel effet cela faisait de vivre aussi près de la mer. De sentir ses changements d'humeur, supporter ses colères, entendre constamment sa respiration. Le même effet, sans doute, que de vivre avec une maîtresse imprévisible.

Les mains enfoncées dans ses poches, il descendit sur le sable. La petite baie était protégée des intempéries par des falaises basses et des bancs de rochers noirs luisants qui ressemblaient à des doigts tendus vers le large. Un groupe de mouettes batifolait sur l'eau. Le sable était ferme, compact. Seule tache sur ce croissant d'argent pur, la ligne sombre des algues laissées par la mer en se retirant.

Le visage offert au vent, respirant à pleins poumons l'air iodé, Enzo longea le bord de l'eau. Mais cela ne suffit pas à chasser sa dépression. À son âge, il aurait dû s'occuper de ses petits-enfants. Et non pas devenir encore père. Pourtant, ce désir le tenaillait au plus profond de lui, il ressentait une irrépressible envie d'essayer à nouveau. Pour tout faire bien cette fois. Pour être le père qu'il avait toujours rêvé d'être.

L'enfant qu'ils avaient conçu, leur fils, lui offrait cette nouvelle chance. La dernière, sans doute. Il existait certainement un moyen de faire pression sur Charlotte pour l'empêcher de commettre l'irréparable.

TROISIÈME PARTIE

Chapitre 1

Se sentant incapable de supporter une soirée en tête à tête avec Jane, Enzo avait d'abord passé l'après-midi à se balader en voiture autour de l'île, puis à pied dans la crique de Port-Saint-Nicolas et sur la plage déserte des Grands Sables avant d'aller dîner au Bourg d'un plateau de fruits de mer arrosé de chardonnay bien frais.

Il faisait nuit lorsqu'il revint à la maison aux volets bleus. Les lumières étaient allumées, mais il préféra la contourner pour gagner directement l'annexe. Cette fois, Jane n'ouvrit pas la porte. Peut-être était-elle, comme lui, impatiente de faire ses valises et de quitter Groix. Enzo piétinait lamentablement dans son enquête ; il n'était pas plus avancé que le jour de son arrivée – si ce n'est qu'il doutait maintenant que Kerjean ait tué Killian.

Kerjean avait beau être un ivrogne, un incorrigible bagarreur, un séducteur qui attirait les femmes comme la merde attire les mouches, il possédait une probité, un sens de l'honneur qui n'avaient pas échappé à Enzo lors de leur brève et brutale rencontre. Il était temps de refaire le point.

Dans sa chambre, il posa son ordinateur portable sur le lit et releva ses e-mails. Il avait reçu un message de Sophie. Quelques simples mots qui lui allèrent droit au cœur : *Tu me manques, papa. Je t'aime.*

Après les avoir contemplés un moment sans bouger, il regarda par la fenêtre. Les volets de Jane étaient fermés. Se levant alors avec lassitude, il descendit au rez-de-chaussée. Dès qu'il alluma la lumière du bureau, il se souvint des paroles de Charlotte : *Il nous parle. Il nous parle de lui. À nous de savoir l'écouter, maintenant.* Debout au milieu de la pièce, il écouta, tout en parcourant des yeux ces objets qui lui étaient devenus si familiers. Les livres bien alignés sur les étagères, le plateau de la table à tréteaux soigneusement rangé. L'agenda ouvert sur le bureau. La porte du frigo avec ses aimants, sa liste de courses, ses photos, et son Post-it bizarrement collé de travers. Les taches de sang sur le sol, les impacts des balles dans le mur.

Il se rappela avoir demandé à Guéguen une copie du rapport d'autopsie, ainsi qu'une douille. Puisqu'il n'en avait plus entendu parler, il était fort probable qu'il n'obtiendrait ni l'une ni l'autre. Ce qui le contrariait beaucoup. Décidément, tout allait de travers.

Pendant qu'il continuait à regarder autour de lui, il s'interrogea sur son incapacité à comprendre ce que Killian disait. Il ferma les yeux. Et trouva le silence assourdissant.

Un frisson le parcourut de la tête aux pieds. Les mains dans les poches, il s'avança vers la table à tréteaux et le poème accroché à l'envers. Il essaya de le lire à nouveau en penchant la tête sur le côté, mais c'était impossible. Il décrocha donc le cadre pour le poser à l'endroit contre le mur.

Ce jour-là, dans sa compassion Dieu
A placé entre mes mains
Une chose extraordinaire ; Dieu
Soit loué. Sur son ordre,

Tâchant de comprendre ses desseins secrets,
Dans les larmes et l'épuisement
J'ai trouvé tes germes sournois,
Ô responsable de millions de morts.

Je sais que cette petite chose
Sauvera d'innombrables vies.
Ô mort, où est ta victoire ?
Ô mort, où est ton aiguillon ?

Qu'est-ce que ça signifiait ? Qui était Ronald Ross ? Certain que Killian devait posséder une encyclopédie, Enzo se dirigea vers la bibliothèque. Il repéra la série des douze gros volumes vert foncé de l'*Everyman's Encyclopedia*. Les livres paraissaient assez vieux. Il en prit un au hasard, regarda la date de parution. 1957. Complètement dépassés, donc. Mais on ne savait jamais… Il chercha le tome RAG à SPI où Ronald Ross avait une chance d'être référencé.

Comme il ne le voyait pas, Enzo fronça les sourcils. À sa place, se trouvait le premier des douze volumes, de A à BAL. Que Killian ne les ait pas rangés dans l'ordre semblait presque inconcevable. Enzo revint au début de la rangée et découvrit le tome RAG à SPI en tête. Ils avaient été intervertis. Par qui ? Killian ? S'il en était le responsable, ce ne pouvait pas être un accident. Alors, pour la première fois, Enzo ressentit l'excitation annonçant la découverte d'un détail important ; il apercevait enfin une lueur au bout du tunnel ; il captait peut-être un écho lointain de la voix de Killian.

Il posa les deux livres sur le bureau et s'assit dans le fauteuil du mort dont il essayait de suivre les pas invisibles.

Le premier tome qu'il ouvrit fut celui de RAG à SPI. En le feuilletant à la recherche du nom de Ronald Ross, il tomba à sa grande surprise sur un Post-it jaune qui lui facilita la tâche. Sur la page marquée, le nom de Ross avait été surligné en jaune. *Ross, Sir Ronald (1857-1932) médecin et poète britannique.*

Ross, fils de général, était né en Inde. Il avait étudié la médecine, puis exploré en collaboration avec un autre scientifique, Patrick Manson, la théorie selon laquelle la malaria était transmise à l'homme par un moustique. Après des années de perfectionnement d'une technique permettant de disséquer l'estomac de cet insecte, il avait abouti à la découverte qui lui avait valu le prix Nobel. Le 20 août 1897, il découvrait en effet, sur les parois de l'estomac d'un moustique disséqué, le *Plasmodium* identifié depuis longtemps comme cause de la malaria dans le sang des malades atteint de paludisme. Le jour du 20 août devait devenir par la suite la Journée mondiale de la lutte contre les moustiques.

Perplexe, Enzo lut et relut l'article sans découvrir la moindre connexion, même lointaine, avec ce qui s'était passé sur cette minuscule île bretonne. Certes, la passion de Killian pour les insectes pouvait à la rigueur expliquer l'intérêt qu'il portait à Ross et son poème. Mais cela suffisait-il ?

Tout en pensant à autre chose, il ouvrit le deuxième tome, *A* à *BAL*, qu'il entreprit de feuilleter sans vraiment le regarder. Soudain, un éclat jaune capta son attention. Il venait de dépasser un autre Post-it ! Revenant en arrière, il le trouva collé sur une page de gauche. Une main appliquée y avait écrit en lettres capitales : *IL N'EST PAS MORT*. N'ayant encore jamais été exposée à la lumière, l'encre bleue paraissait aussi fraîche que le jour où elle avait été couchée sur le papier.

Enzo fixait cette note en s'interrogeant sur l'identité de l'homme dont parlait Killian quand son œil fut attiré, sur la page opposée, par une entrée surlignée en jaune. *Agadir*. De nouveau, il fronça les sourcils. Agadir, le port le plus méridional du Maroc, considéré autrefois comme la capitale mondiale de la sardine. La majeure partie de l'article concernait un incident diplomatique et militaire ayant eu lieu entre la France et l'Allemagne en 1911.

Enzo ne comprenait rien. Quel rapport cela pouvait-il avoir avec le meurtre de Killian ? Pourtant, cette phrase, *IL N'EST PAS MORT*, le tarabustait, comme si un rayon laser l'avait gravée dans son esprit.

Il referma les deux volumes et les observa. Il devait forcément y avoir une connexion entre le tremblement de terre et le poème de Ronald Ross. Mais s'il existait un lien, il avait du mal à imaginer lequel. Il posa les doigts à plat sur les livres, comme s'il espérait que, par ce simple contact, ils lui transmettent quelque chose. Puis il se dit qu'un article plus récent sur Agadir pourrait lui apporter davantage d'informations. Il se livra à une nouvelle recherche dans la bibliothèque, en quête d'une encyclopédie plus moderne. En vain. Il était sur le point d'abandonner lorsqu'il pensa à Internet.

Après avoir descendu son ordinateur de sa chambre, il repoussa l'agenda de Killian de côté afin de pouvoir l'installer juste devant lui, brancha sa clé *USB* et se connecta à Internet à l'aide de son téléphone portable. Une fois la page d'accueil de Google à l'écran, il tapa *AGADIR*. Un nombre impressionnant de liens s'offrit à lui, dont le premier était l'article de Wikipédia.

En le lisant, il ne releva rien de particulièrement significatif. Située au pied de l'Atlas, au nord de l'endroit où l'oued Souss se jette dans l'océan Atlantique, Agadir était toujours considéré comme le premier port sardinier du monde. C'était également un important port commercial et un site très touristique, avec son immense plage de sable. Ce n'est qu'en atteignant la rubrique Histoire qu'Enzo découvrit une information essentielle :

À minuit moins le quart, le 29 février 1960, la ville d'Agadir a été presque entièrement ravagée par un tremblement de terre qui a duré 15 secondes et fait des milliers de victimes. On estime à 15 000 le nombre de morts. Ce séisme a détruit l'ancienne casbah.

Évidemment, cette édition de l'*Everyman's Encyclopedia* était parue trois ans avant la catastrophe. Si Killian en avait possédé une plus récente, aurait-il surligné le passage sur le tremblement de terre ? Quinze mille personnes avaient péri. Or Killian avait écrit : *IL N'EST PAS MORT*. Un homme que l'on croyait disparu sous les décombres du séisme aurait survécu ?

Il passa encore un moment à consulter différents articles sur ce tremblement de terre. Certains évoquaient plus de 16 000 victimes, d'autres situaient l'heure de la secousse entre quinze et vingt minutes avant minuit. Ce qui paraissait certain, en tout cas, c'était que la plupart des gens se trouvaient chez eux et que les bâtiments, malheureusement incapables de résister à la plus petite secousse, s'étaient effondrés sur leurs occupants. En fait, un tiers de la population de la ville avait péri en quinze secondes.

Il y avait des sites dédiés aux photos du désastre. Des images d'une ville transformée en champ de ruines. Maisons tordues, broyées dont les toits pendaient en équilibre à quelques centimètres du sol. Une vue aérienne de la casbah, entourée de murs à l'origine, complètement dévastée, montrait une poignée de bâtiments miraculeusement debout. Des corps ensevelis sous des tonnes de gravats n'avaient jamais été retrouvés, et la casbah jamais reconstruite. Enzo avait du mal à concevoir qu'une telle catastrophe ait causé un désastre de cette ampleur en si peu de temps.

Finalement, terrassé par la fatigue, il éteignit son ordinateur et remonta d'un pas lourd dans sa chambre. Allongé entre les draps glacés, plus conscient que jamais du vide de son lit, il comprit qu'il venait de faire une découverte capitale. Cependant, la voix de Killian était encore trop faible. Il ne l'entendait pas assez clairement, il ne comprenait pas le sens de ses paroles.

***

Il était un peu plus de quatre heures du matin quand Enzo se réveilla brusquement, en sueur, la peau brûlante. Ses cinq heures de sommeil lui paraissaient avoir duré cinq secondes. Son inconscient n'avait cessé de le trimballer dans un voyage épuisant à travers les ruines d'Agadir, après l'ombre insaisissable d'Adam Killian, sa voix lointaine, ses paroles qui se perdaient dans le fracas des murs écroulés, le vacarme des cris de quinze mille mourants.

Au milieu de tout cela, une idée fixe l'obsédait : il n'avait pas vérifié si d'autres tomes de l'encyclopédie avaient été déplacés. Il se maudit à voix haute et entendit l'écho de sa voix s'évanouir dans la nuit. La fatigue, le manque de concentration en étaient la cause. Il aurait dû y penser, pourtant !

Balançant les jambes hors du lit, il enfila ses pantoufles et son peignoir. Puis il alluma la lampe de chevet, dont l'éclat soudain l'obligea à plisser les paupières, et descendit au rez-de-chaussée.

Le bureau semblait l'attendre. Son silence, au plus profond de la nuit, était si dense qu'il en était palpable. Enzo eut soudain une étrange prémonition : il allait mettre la main sur quelque chose qui lui échappait jusque-là. Il ne savait pas trop ce qui lui donnait la chair de poule, cet étrange sentiment ou le froid. Les traces de sang au sol étaient plus foncées ; les trous du mur venaient juste d'être faits par des balles ; dans l'air flottaient encore la poussière de plâtre et une odeur de cordite.

Il savait que c'était le fruit de son imagination et pourtant, il aurait juré qu'il n'était pas seul dans la pièce. Killian était là et lui demandait d'écouter, d'entendre sa voix.

Planté devant la bibliothèque, il examina la rangée des douze tomes vert foncé de l'*Everyman's Encyclopedia*.

– Bon Dieu !

Sa voix brisa le silence de la nuit. Deux autres volumes avaient été intervertis. *NYA* à *RAG* et *SPI* à *ZYM*. Si seulement il avait pris la peine de vérifier, la veille, il l'aurait immédiatement remarqué. Il les descendit de l'étagère, les posa sur le bureau, et s'assit dans le fauteuil de Killian.

Soudain, un miaulement rauque, profond, se fit entendre dans le jardin. Un son inquiétant, pénétrant, à donner la chair de poule. Il se leva et ouvrit la fenêtre. Dès qu'il repoussa les volets, la lumière de la pièce se déversa sur la pelouse ; dans l'ombre des arbres, il distingua le chat noir en train de tourner en rond tout en lançant ses vocalises à la nuit. Surpris, l'animal s'immobilisa et tourna vers Enzo ses yeux luisants.

Pendant quelques secondes, ce dernier eut l'impression d'être un lapin pris dans les phares d'une voiture ; il referma la fenêtre et se rappela la remarque amusée de Charlotte comparant le chat au fantôme de Killian. Absurde, bien sûr, et pourtant il ne pouvait se débarrasser de la sensation d'une autre présence dans la pièce, d'une paire d'yeux épiant ses mouvements, d'une voix chuchotant des encouragements silencieux qu'il ne pouvait entendre.

Il retourna au bureau et, les doigts tremblants, feuilleta le volume *NYA* à *RAG*, jusqu'à ce que son regard capte l'éclat jaune qu'il espérait. Le Post-it était vierge, mais, sur la page opposée, l'entrée *Paris* avait été surlignée en jaune. L'article occupait cinq pages, qu'il survola lentement à la recherche d'un passage marqué susceptible de lui fournir une information plus spécifique. Il n'y avait rien. Le mot *Paris* était-il lui-même l'indice ? La ville. Le lieu. Et pourquoi ?

Il reposa *NYA* à *RAG* et prit *SPI* à *ZYM*. Cette fois, il trouva un Post-it à la lettre *W*, en face de la rubrique *Simon Wiesenthal*, surlignée en jaune. Un picotement à la racine des cheveux lui fit lever la tête, et il vit son propre reflet dans la vitre : le peignoir noir aux dragons rouges, les cheveux striés d'une mèche blanche retombant en bataille sur les épaules. Puis, soudain, il sursauta ; le chat noir, qui venait de bondir sur le rebord de la fenêtre, le regardait fixement.

Il baissa de nouveau les yeux sur la page ouverte. Wiesenthal, l'un des plus célèbres chasseurs de nazis de l'après-guerre grâce à qui des dizaines de fugitifs avaient pu être localisés et jugés pour crimes contre l'humanité. L'article de 1957 n'était plus à jour depuis longtemps mais Enzo le lut tout de même.

Simon Wiesenthal, ingénieur-architecte autrichien né dans une famille juive, était un survivant de la Shoah. Il avait passé quatre ans et demi dans les camps de concentration de Janowska, Plaszow et Mauthausen. Après la guerre, il avait commencé à rassembler pour l'armée américaine des informations permettant d'étayer les accusations contre les criminels de guerre nazis jugés à Nuremberg. Puis, en 1947, avec trente autres bénévoles, il avait fondé le Centre de documentation et d'histoire juive de Linz, en Autriche, destiné à rassembler des informations en vue de futurs procès.

De la même manière qu'il avait supposé l'existence d'un lien entre Ronald Ross et Agadir, Enzo sentait à présent qu'il devait y avoir une connexion entre Wiesenthal et Paris. Mais laquelle ? Rien dans l'article n'offrait le moindre indice.

Curieux d'en savoir plus, il ralluma son ordinateur et se reconnecta à Internet. Pendant quelques secondes, il contempla le dessus du bureau de Killian. L'ordinateur posé de travers, les quatre livres ouverts, l'agenda repoussé sur le côté. De quoi faire retourner dans sa tombe cet amoureux de l'ordre. Lorsque la page d'accueil de Google apparut à l'écran, il tapa le nom de Simon Wiesenthal, et tomba sur plus d'un demi-million de résultats. De nouveau, il choisit d'ouvrir Wikipédia.

Wiesenthal avait écrit trois livres relatant ses expériences, et fondé des centres dans le monde entier avant de mourir à l'âge de quatre-vingt-seize ans, en 2005. Enzo ne voyait toujours pas le rapport avec Paris. Il cliqua sur le lien du siège du Centre Simon-Wiesenthal de Los Angeles, et y lut que c'était *une organisation juive internationale de défense des droits de l'homme visant à réparer le monde pas à pas*. Lourde tâche, pensa-t-il.

Revenant à l'article de Wikipédia, il apprit, à la rubrique *bureaux internationaux*, qu'il existait en fait six bureaux Simon-Wiesenthal. À New York, Miami, Toronto, Jérusalem, Buenos Aires. Et Paris. Enzo retint son souffle. Peut-être s'agissait-il du lien qu'il cherchait ?

Il retourna sur Google, tapa Centre Simon-Wiesenthal Paris, obtint plus de quatre cent mille résultats. Mais le troisième le conduisit directement sur le site Web du centre européen de l'organisation. Le bureau, situé rue Laugier, dans le dix-septième arrondissement, avait été fondé en 1988. Avant la mort de Killian, donc. Ce dernier avait-il pris contact avec eux pour une raison quelconque ? Si c'était le cas, ils en auraient une trace.

Enzo déroula la page d'accueil jusqu'en bas. Il y avait une adresse e-mail et un lien qui ouvrit sa messagerie. Dans la fenêtre « objet », il inscrivit *CONTACT KILLIAN*, avant de rédiger un texte bref.

Messieurs,

Je mène actuellement une enquête autour du meurtre d'un citoyen britannique commis sur le sol français en

1990. J'ai des raisons de croire qu'il a pu entrer en contact avec vous juste avant. Il s'appelait Adam Killian. Je vous serais très reconnaissant de bien vouloir me dire si vous avez gardé une trace de ce contact. Vous pouvez consulter mes références en suivant le lien ci-dessous vers la page du site de l'université Paul-Sabatier de Toulouse, où je dirige le département de science médico-légale.

Avec mes meilleures salutations

Professeur Enzo Macleod

Après avoir envoyé son mail, il resta un long moment à fixer l'écran, jusqu'à en avoir mal aux yeux. Les coudes appuyés sur le bureau, il se frotta les paupières, puis tourna la tête vers la fenêtre. Le chat était toujours là. Collé contre la vitre, il continuait à le surveiller.

***

Pour la deuxième fois de la nuit, Enzo se réveilla en sursaut. C'était le soleil, à présent, qui le tirait de son sommeil en pénétrant à flots dans le bureau. À un moment ou un autre de ses élucubrations, il avait dégagé un espace entre les livres et l'ordinateur, croisé les bras devant lui et posé la tête sur cet oreiller de fortune. Il voulait fermer les yeux un instant, sans cesser de réfléchir. Trois heures plus tard, toujours dans la même position, il se sentait raide et frigorifié.

Après s'être redressé avec une certaine difficulté, il étira les bras au-dessus de sa tête et bâilla. Le chat avait disparu, en même temps que le silence de la nuit. Enzo frissonna, se leva et tapa plusieurs fois des pieds par terre pour se désengourdir les jambes.

Ensuite, il passa en revue tout ce qu'il avait découvert, toutes les informations désormais en sa possession. Sur Ronald Ross et son poème autour du moustique. Sur le tremblement de terre d'Agadir et l'homme qui n'était pas mort. Sur le Centre Simon-Wiesenthal de Paris. Plus que jamais il était convaincu que tout cela n'avait aucun rapport avec Thibaud Kerjean. Depuis le début, ce type n'avait été qu'une fausse piste. Toute l'attention des enquêteurs s'était focalisée sur lui alors que les indices étaient dans les bouquins.

Enzo se pétrifia brusquement. Les indices dans les bouquins.

Au moment même où il formulait ces mots dans sa tête, il eut une révélation. Les yeux au ciel, il se mit à hurler :

– Nom de Dieu de nom de Dieu !

Son cri se répercuta sur tous les murs de la pièce. Pourquoi ne l'avait-il pas vu tout de suite ? C'était d'une simplicité enfantine ! Oui, mais n'est-ce pas souvent ce qui crève les yeux qui passe le mieux inaperçu ?

Chapitre 2

Traversées par des rayons de soleil obliques évoquant de longs doigts diaphanes, des écharpes de brume s'attardaient entre les arbres. Sous la lumière matinale, l'herbe imprégnée de rosée scintillait.

Enzo la sentit qui imprégnait aussi les semelles de ses pantoufles quand il traversa la pelouse en direction de la maison principale. Tout en resserrant son peignoir autour de lui, il cogna à la porte de la cuisine. Il savait que Jane était déjà levée puisqu'il avait vu de la fumée s'échapper paresseusement de la cheminée du pignon est. Échevelée, l'air encore un peu endormi, elle entrebâilla la porte et parut très surprise de le voir :

– Oh ! Je ne suis pas du tout présentable.

– Moi non plus.

– Je vois.

Incapable de contenir son impatience, il lança :

– Écoutez Jane, peu importe que nous soyons présentables ou non. J'ai fait une découverte très importante.

Oubliant son apparence, elle ouvrit aussitôt la porte en grand. La froide lumière du jour et l'absence de maquillage la faisaient paraître plus âgée.

– Au sujet du meurtre de Papa ?

– Oui.

Il se gratta la tête, et poursuivit :

– Vous avez bien dit à Charlotte que lorsque Peter était petit, son père inventait pour lui des jeux avec les mots pour enrichir son vocabulaire ?

– C'est vrai.

– Quel genre de jeux ?

– Peter ne me l'a jamais dit, je n'en sais rien.

Enzo lui attrapa les mains :

– Je crois avoir deviné. Venez.

– Hé ! Mais on gèle dehors !

– Je ne vous le fais pas dire.

Il la tira derrière lui et lui fit traverser la pelouse presque en courant. Arrivés dans le bureau, ils laissèrent des empreintes humides sur le sol. Jane regarda d'abord les livres ouverts, puis Enzo :

– Qu'avez-vous découvert ?

– Des messages. Laissés dans différents tomes de l'encyclopédie. Des pages marquées par des Post-it et des entrées surlignées en jaune.

– Des messages ?

– Pour l'instant, leur signification m'échappe. Mais ça viendra, j'en suis sûr. Maintenant, réfléchissez. Où étaient les indices ?

Elle le regarda sans comprendre.

– Où ai-je trouvé les indices ? insista Enzo en agitant la main vers le dessus du bureau.

– Dans les livres, j'imagine.

– Exactement.

Sur ce, il l'entraîna dans la petite cuisine, arracha la liste de courses collée sur la porte du frigo et la lui tendit :

– Tenez. Lisez-la à haute voix.

Exaspérée, Jane lut :

– *Lessive, infusions, dissolvant, dentiste, laitue, boudin, quinquina.*

Il attendait que la lumière jaillisse, mais rien ne vint.

– Maintenant, concentrez-vous uniquement sur la première syllabe de chaque mot.

– *Les, in, dis, den, lai, bou, quin*. Mon Dieu !

Elle se pencha alors vers le Post-it fixé de travers :

– *Samson trahira le monstre*. Qu'est-ce qu'il signifie, celui-là ?

– Je ne sais pas encore, mais on trouvera. Venez voir les autres.

Ils se dirigèrent vers le bureau, où Jane décrocha de la lampe celui sur lequel Killian avait écrit : *P, un jour il faudra que tu fasses friser le chauffeur. N'oublie pas !*

L'air perplexe, Jane regarda Enzo :

– Friser le chauffeur ?

Il lui répondit par une grimace et tira à lui l'agenda :

– *J'espérais voir la lumière, mais je n'ai plus le temps, seuls restent les mots, les mots mentent et ne mentent pas.*

Les sourcils froncés, Jane réfléchit et suggéra :

– Il espérait aboutir à quelque chose qu'il n'a pas eu le temps d'atteindre ? Il a laissé des messages qui ont l'air de dire n'importe quoi mais qui ont une signification réelle ? Est-ce qu'il tentait de dévoiler un secret concernant Kerjean ?

– Non, je ne pense pas que Kerjean soit en cause, fit Enzo en secouant la tête.

– Qui alors ?

Enzo baissa les yeux vers les volumes de l'encyclopédie ouverts devant lui, avec leurs Post-it, leurs entrées surlignées en jaune. Wiesenthal, Agadir, Ronald Ross, Paris. Killian avait compliqué les choses à plaisir. Il devait redouter par-dessus tout que son assassin découvre une preuve qui l'accablerait, et la détruise après sa mort. Il comptait sur son fils pour redonner du sens à ses messages. *Les mots mentent et ne mentent pas*. Peter, habitué par son père à jouer avec les mots dès son plus jeune âge, n'aurait eu aucun mal à se mettre dans la tête de ce dernier pour résoudre ces énigmes.

Il ne restait plus à Enzo qu'à faire la même chose – se mettre dans la tête de Killian.

Chapitre 3

Désormais habillé, et réchauffé par le petit déjeuner anglais que Jane lui avait préparé, Enzo partit sur la plage, refaire la même balade que la veille. La trace de ses pas avait été effacée par la marée. Mais les traces que Killian avait laissées derrière lui n'avaient pas disparu. Elles étaient simplement cachées. Et, une par une, Enzo les dégageait, à la manière d'un archéologue qui brosse la poussière du temps. Sans savoir où elles le mèneraient.

Comment se mettre dans la tête de Killian ? C'était le problème. Quelque chose lui échappait, il le savait – une clé qui débloquerait tout. Il se concentra de nouveau sur les indices. Ronald Ross et ses moustiques. Agadir et l'homme qui n'était pas mort. Le Centre Simon-Wiesenthal de Paris. Les messages. Quelle lumière Killian espérait-il atteindre ? Qu'entendait-il par *friser le chauffeur* ? Qui n'était pas mort à Agadir ? Son assassin ? Il repensa au coup de téléphone que Jane avait reçu le soir du meurtre. Killian aurait-il dit quelque chose qu'Enzo n'avait pas relevé ?

Il se retourna et contempla la petite baie. Les dernières feuilles des grands châtaigniers tombaient autour des bancs de pierre qui surplombaient la plage. Face au soleil levant, les maisons carrées, trapues se tenaient coude à coude comme des amis venus accueillir le jour. De l'autre côté des eaux étincelantes du détroit, la côte bretonne brouillait l'horizon. C'était un endroit magique. Abrité, secret. Un endroit intime que le meurtre d'un homme était venu abîmer – note discordante dans une symphonie de rêve. Enzo retourna d'un pas vif à la maison aux volets bleus.

De nouveau il s'installa dans le fauteuil de Killian, et examina les indices étalés devant lui. La liste de courses et le Post-it collés sur la porte du frigo, le Post-it de la lampe, l'agenda ; les encyclopédies ouvertes aux pages marquées, le poème de Ronald Ross sur les moustiques calé contre le pied de la lampe. Ses yeux furent alors attirés par un vers dont le sens lui parut plus clair maintenant qu'il connaissait la découverte de Ross. Quelque part dans un coin de son cerveau, ses neurones en ébullition établissaient des connexions subliminales. *J'ai trouvé tes germes sournois, Ô responsable de millions de morts.* Le *Plasmodium* identifié dans l'estomac du moustique, bien sûr. Mais, vu le penchant de Killian pour jouer avec les mots, cette phrase ne possédait-elle pas un sens caché ? *Ô mort, où est ton aiguillon ? Ô tombe, où est ta victoire ?*

Pour l'instant, les connexions réalisées dans les profondeurs de son subconscient se dérobaient à sa conscience. Pour se distraire, il vérifia sa messagerie ; il avait reçu un e-mail envoyé par un certain Gérard Cohen.

Professeur Macleod,

Votre courrier m'a été transmis ce matin par le Centre Simon-Wiesenthal. Je suis actuellement à la retraite, mais j'ai travaillé là-bas, comme enquêteur, de la fin des années 1980 au début des années 1990. Je peux vous confirmer que j'ai entretenu une correspondance avec Adam Killian au printemps 1990. Je suis désolé d'apprendre qu'il a été assassiné. Cela a dû se produire peu de temps après notre rencontre à Paris en juillet de cette même année. Je serais curieux d'en savoir plus.

Gérard Cohen

Enzo sentit une décharge d'adrénaline lui parcourir le corps. Immédiatement, il rédigea une réponse :

Cher monsieur Cohen,

Merci d'avoir répondu aussi vite. J'accepterai naturellement avec plaisir de vous communiquer tout ce que je sais au sujet du meurtre de M. Killian. Cependant, je vous serais très reconnaissant de bien vouloir me dire de quoi vous avez discuté ensemble.

Je vous en remercie à l'avance,

Enzo Macleod

Quelques minutes plus tard, Enzo entendit le signal l'avertissant qu'un nouveau message venait d'arriver. Gérard Cohen était certainement resté devant son ordinateur en attendant sa réponse.

Professeur Macleod,

Je regrette de vous informer que le sujet de ma correspondance avec M. Killian, puis de l'entrevue qui s'est ensuivie, est confidentiel. Je ne peux prendre la liberté de livrer certains détails par e-mail à un correspondant invisible et inconnu de moi. Cependant, si vous acceptiez de venir à Paris pour me rencontrer, je pourrais alors juger des informations qu'il me serait possible de vous communiquer.

Avec mes meilleures salutations,

Gérard Cohen

Tout en tapotant le bord du bureau de son index droit, Enzo réfléchit pendant plusieurs secondes avant de prendre une décision. Puis il se décida et proposa à Cohen un rendez-vous le lendemain après-midi. La réponse de ce dernier fut presque immédiate. Il l'attendrait à 16 heures, devant la porte du Centre Simon-Wiesenthal.

Aussitôt, Enzo se connecta au site de la SNCF et réserva un billet Lorient-Paris pour le lendemain matin. Ensuite, le regard fixé sur l'écran, il resta un instant perdu dans ses pensées. Des idées vagues commençaient à prendre forme, à se coaguler dans sa conscience. En 1990, la correspondance entre Killian et Cohen avait dû transiter par courrier traditionnel. Qu'est-ce que Killian avait fait des lettres qu'il avait reçues ? Jane n'en avait jamais parlé. Si elle les avait trouvées, elle les aurait certainement mentionnées.

Ses pensées furent brusquement interrompues par la sonnerie de son téléphone mobile, qu'il alla repêcher au fond de sa poche.

– Allô ?

– Bonjour Enzo, Élisabeth Servat à l'appareil. Vous vous êtes bien remis de votre mésaventure de l'autre soir ?

À vrai dire, Enzo l'avait complètement oubliée. Il se mit à rire.

– Parfaitement bien ! Grâce à vous et à votre mari.

– Tant mieux. En voyant qu'il faisait si beau ce matin, j'ai pensé que ce serait un jour idéal pour vous emmener à Port-Lay puisque vous aviez émis le désir de le voir sous le soleil ?

Enzo hésita juste une seconde avant de déclarer :

– J'en serais ravi.

– Formidable. Les filles viennent de partir à l'école et Alain passe la matinée à son cabinet. Donc, je suis libre comme l'air. Voulez-vous que je passe vous prendre à Port-Mélite ?

– Bonne idée.

– Ensuite, nous pourrons aller à Port-Tudy et y retrouver Alain. Nous déjeunons souvent ensemble, là-bas, au Café de la Jetée quand les filles restent à l'école. Vous êtes d'accord ?

– Ça me va tout à fait, Élisabeth.

– Génial ! s'exclama-t-elle d'une voix ravie. Je serai là dans une demi-heure, environ.

Après avoir raccroché, Enzo réfléchit longtemps, sans bouger. Puis, il se leva, sortit de l'annexe et traversa la pelouse en direction de la maison principale. Assis au pied d'un arbre, le chat noir, qui faisait sa toilette, s'interrompit, une patte derrière l'oreille droite, et le regarda frapper à la porte de la cuisine. Jane ouvrit. Elle s'était habillée et maquillée.

– À qui est ce chat ? lui demanda-t-il.

Elle jeta un coup d'œil dans le jardin et haussa les épaules :

– Aucune idée. Je ne l'avais jamais vu avant. Vous avez du nouveau ?

– Oui. Demain, je vais à Paris, voir quelqu'un du Centre Simon-Wiesenthal. Apparemment, votre beau-père a entretenu une correspondance avec lui au printemps 1990, et ils se sont même rencontrés au mois de juillet.

Surprise, Jane haussa les sourcils.

– Ah bon ? Il ne nous en a jamais parlé.

– Vous n'avez pas trouvé de lettres dans ses affaires ?

– Non, aucune. S'il y en avait eu, je les aurais remarquées. Un café ?

– Oui, merci.

Il s'assit à la table de la cuisine pendant qu'elle remplissait les tasses.

– Jane, j'aimerais que vous repensiez au coup de téléphone qu'Adam vous a donné le soir de sa mort.

– Pourquoi ?

– Racontez-moi encore une fois comment il s'est déroulé.

Elle posa les tasses sur la table, s'assit, et se replongea pendant quelques secondes dans ses souvenirs lointains.

– Il est toujours très présent à mon esprit. Même au bout de toutes ces années. J'entends presque encore sa voix.

– Que vous a-t-il dit ?

– Il ne voulait pas que je parle. Il voulait que je l'écoute. Il a dit qu'il savait que Peter ne rentrerait pas d'Afrique avant le mois d'octobre, et que si quelque chose lui arrivait avant, Peter devait venir directement ici.

– Et il a expliqué pourquoi.

– Oui. Il a dit qu'il avait laissé un message pour lui dans son bureau, et que s'il mourait avant son retour, je devais m'assurer que personne ne toucherait à rien dans la pièce. Il a bien insisté sur ce point.

– Lui avez-vous demandé de quel genre de message il s'agissait ?

– Oui. Mais il a simplement répondu que seul Peter pouvait le comprendre. Et qu'il était ironique que ce soit lui qui termine.

– Peter ?

– Oui.

– Termine quoi ?

– Il n'a pas précisé. Il a dit…

Elle réfléchit intensément pour se souvenir de ses paroles exactes :

– …*quelle ironie que ce soit au fils d'achever le travail*.

Elle soupira.

– Quand je lui ai demandé pourquoi il ne pouvait pas me le dire, il a répondu que ce serait un fardeau trop lourd pour les épaules d'une jeune femme, et que Peter saurait ce qu'il faut faire.

Mais Enzo ne l'écoutait plus. Les connexions établies dans son inconscient par ses neurones commençaient à frissonner, comme des bulles remontant à la surface de sa conscience. Et il savait que ce n'était pas à la science qu'il devait ces connexions. Mais à l'intuition. Ce serait cependant à la science de fournir la preuve qui, finalement, conduirait peut-être à la vérité.

Chapitre 4

Après le froid des derniers jours, la chaleur paraissait extraordinaire, pareille à celle d'une fin d'été ou d'un début d'automne. Le soleil inondait de sa lumière jaune pâle les eaux lisses du détroit et découpait des ombres profondes sur le port minuscule. Les bateaux amarrés au quai se balançaient en grinçant au rythme de la houle légère. Assis sur le parapet, un vieil homme somnolait, sa canne à pêche à la main. Aucun poisson ne semblait vouloir troubler sa tranquillité en mordant à l'hameçon. Il n'y avait personne d'autre aux alentours.

Enzo et Élisabeth contemplaient Port-Lay d'en haut. Ils étaient passés devant la conserverie désaffectée avant de laisser la voiture sur le terrain envahi de mauvaises herbes ayant autrefois servi de parking. Des petites maisons blanchies à la chaux, aux volets bleus ou roses, et aux toits d'ardoise, escaladaient la colline entre les arbres dont les feuilles jaunies refusaient de tomber. À l'entrée du port, la mer semblait respirer, et les cris plaintifs des mouettes, pleurer un mode de vie depuis longtemps disparu.

– Voilà ma maison, là-haut.

Élisabeth désignait un pavillon au toit pentu qui dominait le port. Elle rit.

– Enfin, la maison où j'ai grandi. Ma mère y vit toujours.

Enzo essaya d'imaginer la scène qu'Élisabeth lui avait décrite l'autre jour, le va-et-vient des thoniers aux voiles déployées dans ce port minuscule, le quai débordant d'activité, les pêcheurs débarquant leurs prises, les mouettes agglutinées autour des caisses de poissons alignées par terre. Mais c'était une vision presque impossible à évoquer quand on regardait cette crique si paisible. Elle n'existait plus que sur des photos ou dans la mémoire de ceux qui avaient connu ce temps-là. S'il avait pu voir à travers les yeux d'Élisabeth, il s'en serait sans doute fait une image très différente.

Son visage reflétait une grande tendresse tandis qu'elle se remémorait son enfance.

– Vous avez eu de la chance de grandir dans un endroit pareil.

Elle sourit.

– Oh oui. Évidemment, comme toutes les filles de l'île, je rêvais d'épouser un homme du continent pour pouvoir m'échapper. Tant qu'on est enfant, l'île constitue un monde où tout est possible. Mais en grandissant, on commence à se sentir prisonnier de cette eau qui nous entoure. L'île rétrécit, devient étouffante ; on finit par s'y sentir piégé. Et un jour, on la quitte.

– Mais vous êtes revenue.

– Seulement parce que j'ai été assez bête pour épouser un *Grek* ! s'esclaffa-t-elle. Alain n'est pas vraiment un pur produit de Groix. La famille de son père venait de Paris. Mais sa mère était une fille de l'île, comme moi. Alors il a quand même du sang groisillon dans les veines.

Son sourire s'évanouit subitement :

– Nos trois enfants finiront par quitter l'île eux aussi, et il n'y aura personne pour s'occuper de nous comme nous l'avons fait pour nos parents.

Ils se turent un moment, admirant la vue, profitant du soleil, du calme, des sons rassurants de l'océan. Dans sa tête, Enzo se préparait en silence à changer de sujet :

– Je voulais vous demander quelque chose, Élisabeth… vous avez beaucoup vu Kerjean à la fin de l'été 1990, après sa fracture à la jambe, quand vous alliez le faire travailler…

Elle ne bougea pas. Son expression ne changea pas. Mais son visage devint livide et un voile obscurcit son regard.

– Vous savez donc, dit-elle enfin.

Ce n'était pas une question. Elle avait prononcé ces mots d'une petite voix aussitôt soufflée par la brise marine qui leur caressait le visage. Enzo retint sa respiration. Sa demande était innocente, or elle y avait perçu beaucoup plus de choses qu'il ne l'avait prévu.

– Je redoute ça depuis vingt ans. C'est Thibaud qui vous l'a dit ?

Elle tourna vers lui un regard inquisiteur où se lisait la peur. Et la consternation. Elle secoua la tête.

– Pourquoi maintenant, au bout de tant d'années ? À l'époque il était prêt à se laisser enfermer en prison pour me protéger.

Les rouages du cerveau d'Enzo s'activaient à plein régime, mais il n'en laissa rien voir et sa voix demeura calme.

– Mais, bon sang, Élisabeth, qu'est-ce que vous lui trouviez ?

Elle avait détourné la tête et regardait d'un air affligé la maison où elle avait grandi, souhaitant peut-être revenir d'un coup de baguette magique à l'innocence de son enfance.

– Avec Alain, on traversait une passe difficile. Primel venait de naître. Après la joie des premiers jours, je suis tombée dans la plus terrible des dépressions post-partum. J'étais au bord du suicide, Enzo. Le bébé m'empêchait de dormir la nuit. Il n'arrêtait pas de pleurer, pleurer, pleurer. J'avais les nerfs à vif. Alain parvenait à faire face à la situation beaucoup mieux que moi, mais entre nous les choses se dégradaient sérieusement. C'était devenu atroce. Pendant que je travaillais au centre médical, le jour, ma mère s'occupait de Primel. Alain pensait que cela me ferait du bien de sortir de la maison, de m'éloigner du bébé.

Elle prit une profonde inspiration, tremblante et poursuivit :

– C'est à ce moment-là que j'ai rencontré Thibaud. Le docteur Gassman m'a demandé de prendre en charge ses séances de rééducation, pour sa jambe. Je ne peux pas vous expliquer ce qui m'a attiré en lui. Je le comprends à peine moi-même. Tout le monde savait que c'était un dragueur. Il avait une réputation épouvantable. La première fois que je suis allée chez lui, j'étais vraiment très nerveuse.

Elle ferma les yeux à l'évocation de ce souvenir lointain.

– Mais il dégageait quelque chose de particulier. Je… je n'ai jamais vu devant moi l'homme dont parlaient les autres. Je n'ai jamais assisté à l'une des colères terribles décrites au tribunal par cette femme. Il était doux, sensible. Et incroyablement intelligent. Et…

Elle chercha ses mots avant d'ajouter :

– Il me donnait quelque chose dont j'avais besoin. Quelque chose que je n'obtenais pas d'Alain. Je ne saurais pas vous décrire exactement ce que c'était, Enzo. Peut-être tout simplement de la compréhension, du réconfort.

Les yeux baissés, elle se tordait les mains de désespoir, incapable de regarder Enzo en face.

– Ça n'a pas duré longtemps. Mais ça a été réellement intense. Très passionné.

– Et le soir du meurtre ?

– Nous étions ensemble. Ma mère gardait le bébé à Port-Lay. J'ai téléphoné à Alain pour le prévenir que je restais chez elle. Pour lui, c'est là que j'ai passé la nuit. En réalité, j'étais avec Thibaud. Dans une maison de vacances de Parisiens dont il s'occupait. C'était toujours là qu'on se retrouvait. À la pointe, près de Kervedan. Sans voisins.

Elle soupira de nouveau et secoua la tête.

– Quand on a commencé à soupçonner Thibaud du meurtre de Killian, j'ai paniqué. Vous ne pouvez pas vous imaginer à quel point j'ai paniqué. J'étais son seul alibi.

Des larmes silencieuses roulèrent sur ses joues.

– Je savais que si je parlais, ce serait la fin de mon mariage. J'étais prête à le faire, Enzo. Vraiment prête. Mais Thibaud m'en a empêchée. Il a refusé, point final. Dieu merci, il a été acquitté. Ça redonne un peu confiance en la justice.

– Et s'il avait été condamné ?

Essuyant ses larmes, elle se tourna vers lui.

– Je ne l'aurais jamais laissé aller en prison. Même s'il acceptait de se laisser enfermer sans rien dire. Je n'aurais pas pu supporter de me regarder dans un miroir. J'aurais parlé.

Enzo pensa à tout ce qu'il avait lu et entendu sur Thibaud Kerjean. Un ivrogne, un bagarreur, un dragueur qui battait ses femmes. Capable de piquer des colères de dément. Pas une seule personne n'avait dit du bien de lui. Il était difficile de concilier ces travers avec le portrait qu'Élisabeth en dressait. Un homme intègre, un homme d'honneur qui avait choisi de sacrifier sa propre liberté pour sauver la réputation et le mariage d'une femme. Enzo n'avait-il pas eu la même impression ? Celle d'entrapercevoir un visage humain derrière un masque de fauve ?

Kerjean l'avait agressé, blessé. Mais il lui avait aussi sauvé la vie. Il n'était pas plus un meurtrier qu'Enzo ou Élisabeth. Juste un homme bourré de défauts, profondément perturbé.

Comme si elle lisait dans ses pensées, Élisabeth dit :

– Quand je le rencontre parfois dans la rue, je suis choquée de voir à quel point l'alcool l'a détruit. Il n'est plus que l'ombre de lui-même. Il fait mine de ne pas me reconnaître. Il évite de croiser mon regard. À mon avis, il se rend compte de ce qu'il est devenu, et il en a honte.

– Où en est votre relation avec Alain, maintenant ?

Elle lui lança un regard triste, plein de regret.

– Au mieux. J'aime Alain. Je l'ai toujours aimé. Ce qui s'est passé avec Thibaud était… une aberration. J'avais perdu la tête, et je l'ai retrouvée. Jamais je n'ai souhaité vivre avec un autre homme qu'Alain.

Soudain pleine d'appréhension, elle demanda :

– Vous allez lui dire ?

Enzo secoua la tête.

– Non. Rassurez-vous, Élisabeth. Votre secret sera bien gardé. Vous avez ma parole. Je n'ai jamais vraiment cru Kerjean coupable du meurtre de Killian.

Puis, tout en contemplant l'océan d'un air songeur, il ajouta :

– Mais il y a du nouveau. J'oriente mes recherches dans une autre direction maintenant.

Chapitre 5

Élisabeth déposa Enzo à Port-Mélite, où il reprit sa jeep. Appréhendant sans doute le déjeuner au Café de la Jetée, elle avait très peu parlé pendant le trajet. De son côté, Enzo se demandait comment ils allaient réussir à se comporter naturellement avec Alain après les révélations qu'elle venait de lui faire. Il faillit renoncer à se joindre à eux, mais cela aurait paru trop bizarre.

– À tout à l'heure, lança-t-elle.

Il la suivit des yeux tandis qu'elle accélérait dans la côte, en direction du Bourg. Au moment où il montait dans sa voiture, il entendit Jane l'appeler. Il se retourna, et la vit approcher de la grille du jardin, une grande enveloppe de papier kraft à la main.

– Vous avez raté l'adjudant Guéguen de quelques minutes ! Il a laissé ça pour vous ; il voudrait que vous le rappeliez.

Quand Enzo la rejoignit, elle ajouta :

– Vous me semblez très intime avec la femme du docteur, ces derniers temps.

– C'est une femme charmante. Très heureuse en ménage.

Elle hocha la tête, avec un soupçon de regret dans ses yeux verts.

– Quand vous reviendrez de Paris, je serai sans doute déjà partie. Gardez les clés. Faites comme chez vous. Au fait, il y a du nouveau ?

– Je ne peux vous affirmer qu'une chose, répondit Enzo après une seconde d'hésitation. Ce n'est pas Thibaud Kerjean le coupable.

– Vous pensez à quelqu'un d'autre ?

– Oui. Mais je ne sais pas encore exactement pourquoi.

***

Il attendit que Jane soit rentrée chez elle avant de s'asseoir au volant de la jeep et d'ouvrir l'enveloppe. Celle-ci contenait un document d'une dizaine de pages agrafées ensemble. Il le retourna pour lire l'en-tête et comprit qu'il s'agissait de la copie du rapport d'autopsie d'Adam Killian. Attachée par un trombone, une note rédigée à la main disait :

Voici le rapport d'autopsie que vous m'avez demandé. Ne le montrez à personne, s'il vous plaît. J'espère pouvoir vous donner une douille demain.

RG

Enzo sourit et se retint de brandir le poing en signe de victoire. Guéguen avait dû prendre de sacrés risques ; mais il se doutait que la douille pouvait fournir une preuve cruciale. Il jeta un coup d'œil à sa montre. Parcourir le rapport ne lui prendrait pas plus de cinq minutes, et ne le ferait pas arriver trop en retard à son rendez-vous avec le docteur Servat et sa femme.

Il sauta tout de suite à la conclusion du médecin légiste. Rien d'inattendu. Killian était décédé de trois blessures par balle en pleine poitrine ; l'une d'elles avait fait éclater le cœur en traversant le corps, une autre s'était logée dans la colonne vertébrale et avait sectionné la moelle épinière, la troisième, ressortie par le dos avait perforé le poumon droit.

Il revint ensuite en arrière, survola l'examen initial et lut le reste en diagonale, depuis l'ouverture de la cage thoracique jusqu'à la dissection des organes. Une fois sa lecture terminée, il fronça les sourcils, réfléchit, revint une fois de plus en arrière, à la recherche d'un détail qu'il ne trouvait pas. Finalement, il reposa le rapport et contempla la plage vide qui s'étalait devant lui, tout en éprouvant un mélange de confusion, de consternation et d'effroi.

***

Lorsqu'il arriva au Café de la Jetée, où Alain et Élisabeth étaient installés en terrasse en compagnie du vieux Jacques Gassman, il se confondit en excuses.

– J'ai été retenu à la maison, où des messages m'attendaient.

– Je me demande si nous pouvons vous pardonner ! Vous nous avez obligés à boire en vous attendant ! plaisanta Alain, qui lui donna une poignée de main vigoureuse.

Enzo rit et salua le docteur Gassman :

– Content de vous revoir, docteur.

Au passage, il remarqua le sourire un peu crispé d'Élisabeth.

– Permettez-moi de vous offrir un autre verre, lança-t-il.

Gassman se leva avec difficulté et refusa.

– Non merci, pas pour moi. Je dois m'en aller. Je ne voudrais pas gâcher votre déjeuner, jeunes gens.

– Oh, arrêtez de faire l'idiot, le gronda Élisabeth.

Mais le vieux docteur leva une main, sourit, et traversa le quai de sa démarche traînante en direction de sa Range Rover.

– La même chose ? demanda Enzo en ramassant les verres.

– Oui, merci. Nous avons tous les deux commencé au vin rouge, répondit Élisabeth.

Dès qu'il franchit la porte du bar, il jeta un rapide coup d'œil par-dessus son épaule : les Servat lui tournaient le dos, le vieux Gassman démarrait sa Range Rover. La barmaid, occupée à verser une mesure de pastis pour un autre client, ne le regardant pas, il posa délicatement les trois verres sur le comptoir, en reprit un par le pied, et le glissa subrepticement dans sa sacoche.

Lorsqu'il releva la tête, il vit qu'un habitué le fixait d'un air absent. L'homme, pas rasé, une casquette de marin repoussée en arrière sur son front, avait forcément remarqué son manège. Enzo en rougit presque ; c'était bien la première fois qu'il se faisait pincer en train de voler un verre dans un café. Mais il retrouva vite son sang-froid, adressa un clin d'œil à l'homme et posa un doigt sur ses lèvres.

Quand la jeune fille se retourna, il prit son air le plus aimable et le plus innocent et demanda :

– Trois verres de vin rouge pour la table en terrasse, s'il vous plaît, et une nouvelle tournée pour mon copain du bout du bar.

– Et un cognac en plus, dit-elle, en resservant aussitôt l'habitué. Je vous apporte les vins rouges dehors, monsieur.

Un léger sourire étira les lèvres de l'homme à la casquette, qui leva son verre plein vers Enzo et but une gorgée.

En revenant s'asseoir à la table des Servat, Enzo sentit la chaleur du soleil sur sa nuque.

– C'est un véritable été indien qui nous arrive tout à coup !

Alain hocha la tête :

– Ça se produit de temps à autre. Juste pour nous bercer d'illusions avant que l'hiver ne nous tombe dessus par surprise.

– Dommage que je ne puisse pas en profiter.

– Vous nous quittez ? s'étonna Élisabeth.

– Demain, je vais à Paris. Je ne sais pas combien de temps j'y resterai.

– Pour votre enquête ? demanda Alain.

– Oui.

Il se rendit compte qu'il venait d'éveiller l'intérêt du couple. Cependant, au lieu de donner de plus amples informations, il préféra changer complètement de sujet :

– Dites-moi, docteur, avez-vous une idée de la date à laquelle Jacques Gassman est arrivé sur l'île ?

Alain haussa les épaules.

– J'étais encore enfant. Au début des années soixante, je dirais.

– Vous ne vous souvenez pas de la date exacte ?

– Non, je regrette, répondit le docteur Servat, légèrement étonné.

– Vous pourriez demander à la mairie, suggéra Élisabeth. Ils doivent l'avoir enregistré quand il s'est installé dans la commune.

– Ah, mais oui, bien sûr ! C'est ce que je vais faire.

La jeune fille arriva avec leurs verres, qu'ils entrechoquèrent pour trinquer avant de déguster la première gorgée d'un vin riche en fruit et en tannin.

– Alors… commença Alain Servat. Et Kerjean ? Toujours dans le collimateur ?

Enzo secoua la tête.

– Non. Plus du tout. S'il y a quelqu'un dont je suis certain qu'il n'a pas tué Killian, c'est bien Thibaud Kerjean.

– Vous avez un autre suspect en vue ? insista le docteur, les yeux agrandis par la curiosité.

– Peut-être. Rien de sûr encore. Je continue à chercher le mobile. Et j'espère bien le découvrir à Paris.

Chapitre 6

La mairie était installée dans une vieille maison à un étage, place Joseph-Yvon, en face de l'église. Enzo grimpa la volée de marches qui menait à la porte d'entrée et pénétra dans un hall au sol carrelé. À travers des vitres dépolies, il aperçut un escalier, puis, sur sa droite, le bureau d'accueil.

Une jolie jeune femme assise derrière un comptoir leva les yeux vers lui et sourit d'un air interrogateur. Elle l'avait reconnu, évidemment.

– Je peux vous aider, monsieur ?

– Oui.

Il lui adressa à son tour un grand sourire charmeur auquel elle ne parut pas insensible. Content de son effet, il s'appuya au comptoir, pencha la tête en avant, et vit ses yeux s'agrandir de curiosité.

– Je me demandais si vous pourriez me renseigner sur la date d'arrivée de certaines personnes dans l'île, dit-il.

Hochant lentement la tête, elle répondit avec fierté :

– Mais, certainement.

Enzo baissa alors la voix pour ajouter sur un ton confidentiel :

– Je voudrais être certain de pouvoir compter sur votre discrétion absolue.

– N'ayez aucune crainte, monsieur Macleod, répondit-elle en baissant elle-même la voix. Toute information échangée entre nous restera strictement confidentielle.

***

Si le vent avait forci pendant l'après-midi, la température restait très douce. Enzo contempla, au sud, les eaux étincelantes du golfe de Gascogne et vit que la fumée s'échappant de la cheminée de Jacques Gassman était aussitôt rabattue. La maison blanchie à la chaux, vieille d'un siècle et demi ou deux, avait survécu aux assauts des tempêtes hivernales ; elle en affronterait d'autres. Vieille, mais inébranlable.

Il laissa sa jeep puis, l'enveloppe kraft à la main, contourna la maison. À sa grande déception, la Range Rover n'était pas sous son abri. Ou le docteur Gassman n'était pas encore rentré, ou il était revenu et reparti. Enzo décida d'attendre son retour.

Il s'approcha de la porte qui, comme la fois précédente, n'était pas fermée à clé. Il entra. Étendu devant le feu, le labrador leva la tête pour regarder dans sa direction. Quelques reniflements suffirent à le rassurer ; il reconnaissait cette odeur, elle avait sa place parmi toutes les odeurs enregistrées dans un compartiment de sa mémoire.

Enzo traversa la pièce et s'accroupit pour caresser la tête et les oreilles du vieux chien, afin de le rassurer un peu plus si nécessaire. Mais Oscar, qui avait déjà refermé les yeux, se contenta de pousser un petit soupir de reconnaissance. Enzo se releva et regarda sa montre.

L'endroit sentait le vieux. La cuisine rance. Le chien. La transpiration. Il se percha quelques minutes sur l'accoudoir du fauteuil le plus proche de l'âtre où se consumaient lentement quelques bûches. Puis, rongé par l'impatience et la curiosité, il se mit à faire le tour de la pièce, en tripotant les bibelots, les livres, une paire de lunettes de lecture, la photo encadrée d'une belle jeune femme. Un portrait en noir et blanc, datée du début ou du milieu du vingtième siècle à en juger par la coiffure et le maquillage du modèle. Étrange, pensa-t-il, comme les photographies d'une époque où le monde était en guerre, où des millions de gens mouraient, semblaient innocentes. C'était sans doute l'épouse de Jacques Gassman, alors à peine sortie de l'adolescence.

La porte de la cuisine était entrebâillée. La suivante, fermée. Enzo resta un instant immobile, l'oreille aux aguets, certain qu'il ne manquerait pas d'entendre la Range Rover de loin dès qu'elle approcherait. Alors, il se décida, l'ouvrit et se retrouva dans une pièce minuscule encombrée de meubles classeurs, de bibliothèques, d'un antique secrétaire à cylindre et d'une petite table croulant sous les livres et les magazines. Un autre portrait accroché au mur montrait la même jeune femme un peu plus âgée, mais toujours aussi jolie, avec son regard étincelant, joyeux, et ses cheveux blonds où se reflétait la lumière qui l'éclairait de biais.

Enzo observa ce bureau exigu en éprouvant un certain malaise à s'introduire en douce dans le monde intime d'un autre. Le dessus relevé du secrétaire laissait voir des étagères et des casiers contenant du papier à lettres, des enveloppes, des stylos, des trombones. Un compartiment ouvert, en haut à gauche, attira son regard ; une pile de carnets de notes maintenus ensemble par un élastique y était rangée. En se penchant en avant, il s'aperçut que ce n'étaient pas de simples carnets car, sur la couverture bordeaux du premier de la pile, s'étalait l'emblème doré de la République française et, dessous, le mot passeport.

Pourquoi Gassman en possédait-il autant ? Intrigué, Enzo prit le paquet et ôta l'élastique. En les feuilletant, il comprit que le vieux docteur les gardait tous depuis les années 1950. Un coup d'œil aux photos lui fit remonter le temps. Mais c'est le passeport datant du début des années soixante qui l'intéressa le plus. Il en feuilleta les pages pour examiner les visas et les tampons d'immigration ; l'homme avait beaucoup voyagé dans son jeune temps. Et ce qu'il vit confirma à la fois les informations des archives de la mairie, et ses pires craintes.

Un bruit de moteur se fit alors entendre ; un coup d'œil à la fenêtre confirma que la Range Rover remontait le chemin. Il replaça en toute hâte l'élastique autour des passeports, reposa la pile exactement où il l'avait trouvée, puis se précipita vers la porte d'entrée et sortit dans le jardin avant l'arrivée de Gassman.

Les joues brûlantes, il tâcha de respirer lentement pour retrouver son calme. Il savait maintenant qui avait tué Killian. Mais il lui restait à le prouver, et à comprendre pourquoi.

***

De retour à l'annexe, Enzo s'assit au bureau du mort, alluma son ordinateur, chercha sur Google le site de l'université de Leicester, dans la région des Midlands, en Angleterre, et de là, se rendit sur la page consacrée à son vieil ami le docteur John Bond. Un lien de contact permettait de lui envoyer un message. Après avoir écrit *Douille* dans la case Objet, il rédigea ainsi son texte :

Bonjour John,

Cela fait longtemps qu'on ne s'est pas vus mais j'ai beaucoup entendu parler de toi aux infos cette année. Je voudrais savoir si, sans que cela t'ennuie trop, tu accepterais de rendre un grand service à ton vieil ami…

Chapitre 7

Le temps était, de nouveau, aussi bouché que le jour de son arrivée. Poussés par un vent doux et humide soufflant du sud-ouest, de gros nuages bas s'accrochaient aux collines. Une petite pluie fine s'engouffrait sous le parapluie prêté par Jane. Enzo baissa la tête et plissa les yeux pour chercher le nom que le gendarme lui avait communiqué par téléphone.

Le balancement de l'étroit ponton de bois, montant et descendant au rythme de la houle, lui donnait l'impression d'être ivre. Il releva la tête, et s'aperçut alors que les maisons et les hôtels du quai de Port-Tudy disparaissaient presque dans la brume ; il n'entendait plus autour de lui que le grincement des câbles et les cris des mouettes.

Soudain, il le repéra. Peint en blanc sur une plaque bleue. *La Bohème*. Agités par le vent, les aussières métalliques du petit yacht vibraient en gémissant le long du mât. Enzo monta sur le pont luisant, s'accrocha à un câble pour ne pas perdre l'équilibre, puis poussa la porte de la cabine. Quelques marches plus bas, il se retrouva à l'abri, en présence de l'adjudant Richard Guéguen assis sur l'une des deux banquettes que séparait une table. Des stores occultaient les hublots. Enzo replia son parapluie ruisselant d'eau, le posa contre une paroi et se glissa en face du gendarme.

Le carré sentait un peu le moisi, et on n'y voyait pas très clair. Les deux hommes restèrent silencieux un moment, avant que Guéguen ne demande :

– Quelqu'un vous a vu monter à bord ?

Enzo haussa les épaules.

– Il n'y a pas grand monde dehors par un temps pareil. En outre, il est encore très tôt.

Le gendarme hocha la tête.

– Le rapport d'autopsie vous a été utile ?

– Oui.

– Vous y avez trouvé des renseignements intéressants ?

– C'est plutôt ce que je n'y ai pas trouvé qui est intéressant.

Guéguen fronça les sourcils et lança un regard plein de curiosité à Enzo, qui changea de sujet :

– Vous avez réussi à vous procurer la douille ?

– Je l'ai.

Le gendarme enfonça la main dans la poche de sa veste imperméable bleu marine, en sortit un sachet zippé transparent pour pièces à conviction, et le laissa tomber sur la table. Enzo reconnut le bruit sourd du laiton sur le bois ; il le ramassa pour le lever aussitôt devant le rai de lumière grise filtrant autour des stores. La douille de 9 mm Parabellum lui parut incroyablement lourde.

– Vous savez d'où vient son nom ? Parabellum ?

Guéguen secoua la tête.

– D'une locution latine, *si vis pacem, para bellum.*

– Qui signifie ?

– Si tu veux la paix, prépare la guerre.

– La guerre éclatera si on découvre en haut lieu que je vous ai donné ça.

– Rassurez-vous, ce n'est pas moi qui le leur dirai.

– Je ne comprends toujours pas pourquoi vous la voulez. Elle ne porte aucune empreinte.

– Je sais, dit Enzo en repoussant la douille vers Guéguen. J'aimerais que vous me rendiez un autre service.

Guéguen s'appuya au dossier et avança le menton.

– Il ne faudrait quand même pas exagérer, monsieur Macleod.

Enzo fouilla dans sa sacoche d'où il sortit une boîte Tupperware en plastique vert. À l'intérieur, un verre à vin sale reposait sur un lit de billes en polystyrène

– Il doit y avoir deux ou trois jeux d'empreintes sur ce verre. À mon avis, celles de notre meurtrier en font partie. J'aurais besoin que vous l'enveloppiez avec le plus grand soin pour l'envoyer, avec la douille, à un de mes collègues anglais. S'il décèle une correspondance entre les deux, nous tenons notre homme.

Il poussa alors vers Guéguen un papier portant un nom et une adresse, ainsi qu'une enveloppe blanche scellée.

– Vous y joindrez ça, aussi.

Guéguen examina le verre, puis leva vers Enzo un regard intrigué :

– Qui soupçonnez-vous ?

– Je ne veux rien dire avant d'être sûr. Si j'en avais le temps, je l'enverrais moi-même. Mais je dois attraper le train de Paris dans moins de deux heures. Je ne peux pas me permettre de rater le ferry.

De nouveau, le gendarme fronça les sourcils et secoua la tête.

– Je ne comprends toujours pas. S'il n'y a pas d'empreintes sur la douille, comment pourrait-il y avoir une correspondance avec celles du verre ?

– Parce qu'il est fort probable qu'il y en ait quand même une. Seulement, elle est indétectable avec les techniques traditionnelles. Vous savez…

Il se pencha en avant pour illustrer ses explications avec des gestes :

–… le tueur a dû mettre les balles dans le chargeur en les poussant une par une avec le pouce pour contrer la pression du ressort. S'il l'a fait, il a laissé une empreinte invisible.

– Comment ça ?

– La sueur présente sur les doigts réagit avec le métal de la douille et laisse une empreinte invisible. La sueur est un mélange complexe d'eau, de sels minéraux tels que le chlorure de sodium, et de composés gras ayant une action corrosive sur le laiton. En fait, la chaleur générée au moment où la balle est tirée brûle la sueur et imprime l'empreinte encore plus profondément dans le métal. Mon collègue, le docteur Bond, a inventé une technique capable de rendre ces empreintes visibles.

Enzo sourit et poursuivit :

– C'est d'une simplicité déconcertante. Il suffit d'appliquer une charge électrique de 2 500 volts, puis de saupoudrer la douille d'une fine poudre de carbone qui va s'accrocher aux endroits où le métal a été corrodé par la sueur. Bingo ! On obtient une empreinte. Malheureusement, la technique n'ayant pas encore été brevetée, la seule personne au monde capable de réaliser ce test est le docteur Bond lui-même. Voilà pourquoi je lui envoie tout.

Presque bouche bée, le gendarme fixait Enzo d'un air médusé.

– Incroyable… Quand je pense au nombre d'affaires qu'on pourrait résoudre…

– C'est une technique qu'on peut également utiliser pour récupérer des empreintes sur les bombes qui ont explosé. Une façon probante d'appréhender les terroristes. De quoi révolutionner la détection des crimes.

Il se leva.

– Mais, pour le moment, espérons déjà que ça va nous permettre d'attraper le meurtrier de Killian.

Sur ce, il serra la main de Guéguen et reprit son parapluie.

Du ponton, il aperçut à travers la brume les lumières du ferry. Soulevé par une bourrasque, son parapluie faillit s'envoler. Il l'inclina devant lui et regagna le quai d'un pas mal assuré. Déjà le ferry se glissait dans l'étroite ouverture du port en se signalant par un coup de corne qui résonna dans toute la baie.

Quinze minutes plus tard, alors que, depuis le pont des passagers, il contemplait le paysage derrière la vitre striée de pluie, il vit l'adjudant Guéguen émerger de La Bohème et se diriger vers la terre ferme, la boîte Tupperware fourrée sous sa veste.

Peut-être était-ce un coup d'épée dans l'eau, pensa Enzo. Le tueur avait très bien pu mettre des gants pour charger son arme. De même qu'il avait pu utiliser une arme déjà chargée. Dans ce cas, toute empreinte relevée sur la douille n'appartiendrait pas à l'assassin d'Adam Killian.

Il se détourna de la fenêtre et alla s'asseoir. Une fois que le bateau eut enfin achevé son demi-tour dans les eaux relativement calmes du port et commencé à affronter celles, plus agitées, du détroit, Enzo cessa de se préoccuper de l'identité de l'assassin d'Adam Killian, pour se pencher sur la raison qui l'avait poussé à le tuer. Il espérait que la réponse l'attendait à Paris.

QUATRIÈME PARTIE

Chapitre 1

Paris, novembre 2009

L'immeuble en brique de trois étages abritant le Centre Simon-Wiesenthal de la rue Laugier se trouvait juste en face de la rue Galvani. On y accédait par un passage voûté. Comme convenu, Gérard Cohen attendait Enzo. C'était un petit homme chauve d'environ soixante-quinze ans, aux yeux noirs soupçonneux dans un visage ridé, presque desséché, avec une petite moustache grise soigneusement taillée au-dessus de grosses lèvres rouges et humides. Il serrait contre lui une serviette en cuir. De son costume bleu foncé, qui avait connu des jours meilleurs, dépassaient les poignets élimés d'une chemise blanche. Enzo remarqua aussi le col avachi et le nœud de cravate trop serré.

Cohen lui donna une poignée de main ferme mais brève, et quand Enzo voulut lui tenir la porte pour le laisser passer en premier, il secoua la tête.

– Je n'ai plus de bureau ici, monsieur.

Puis, désignant du menton un café à l'angle de la rue Guillaume-Tell, il ajouta :

– Mais vous pouvez m'offrir un verre.

Sur ce, il s'éloigna à petits pas si rapides qu'on aurait pu croire qu'il essayait de courir. À Paris, le temps était encore sec et doux, sous un ciel chargé annonçant l'arrivée prochaine de la pluie qu'Enzo avait semée pendant le voyage.

Après avoir traversé la rue au mépris des voitures qui ne se privèrent pas de le klaxonner, Cohen entra au café de la Liberté et alla directement s'asseoir derrière la vitre. Enzo s'installa en face de lui. Un flot incessant de clients défilait au comptoir du débit de tabac. L'endroit était bruyant, bondé. Idéal, donc, pour un échange d'informations confidentielles.

Cohen avait des doigts tachés de nicotine. Une odeur de tabac froid imprégnait d'ailleurs ses vêtements. Nerveux, l'ancien enquêteur Wiesenthal n'arrêtait pas de jeter des coups d'œil dehors, comme s'il redoutait qu'on les observe depuis le trottoir d'en face, et de croiser et décroiser les mains devant lui, sur la table.

Sa nervosité commençait à mettre Enzo mal à l'aise.

– Est-ce que le fait de nous rencontrer ici présente un danger quelconque ? voulut-il savoir.

– A priori, non, monsieur. Mais ils nous ont constamment à l'œil.

– Qui ça ?

– Les nazis.

Enzo faillit éclater de rire.

– Voilà bien longtemps que ceux que vous avez pourchassés après la guerre sont morts ou trop âgés pour constituer une menace !

– Certes. Mais il y a la nouvelle génération, monsieur. Pour qui les gens que nous avons pourchassés sont des héros. Et nous, de la vermine à exterminer.

Quand le serveur s'approcha de leur table, Cohen le fixa intensément avant de commander, comme Enzo, une bière.

– Bien, en quoi puis-je vous aider, alors ? demanda-t-il.

– Vous le savez déjà, monsieur Cohen. J'aimerais connaître le sujet de votre correspondance avec Adam Killian. Et la raison pour laquelle il est venu vous voir.

Cohen se gratta le menton, passa une langue presque reptilienne sur ses lèvres déjà humides avant de la replier très vite derrière ses dents jaunies et regarda Enzo d'un air songeur :

– J'ai vérifié vos antécédents, monsieur Macleod. Vous êtes très présent sur Internet.

– Malheureusement, oui.

– C'est mon lieu de vie maintenant.

Enzo fronça les sourcils.

– Je passe la plupart de mon temps sur Internet, expliqua-t-il. C'est incroyable, vous savez, ce qu'on peut y trouver comme propagande nazie dissimulée, et le nombre de sites où les néonazis échangent des idées et des renseignements. Ils ont le don de s'insinuer dans le tissu social sans qu'on s'en aperçoive.

Enzo lui jeta un regard interrogateur, en se demandant si son interlocuteur n'était qu'un de ces adeptes paranoïaques de la théorie du complot ou s'il y avait du vrai dans ses assertions.

– Vous voulez bien me parler d'Adam Killian, oui ou non ?

Les bières arrivèrent. D'une main légèrement tremblante, Cohen porta son verre à ses lèvres et en but une longue gorgée.

– Avez-vous déjà entendu parler d'Erik Fleischer ?

Enzo secoua la tête.

– C'était un jeune médecin bavarois, fraîchement diplômé au moment de la déclaration de la guerre. Un certain Aribert Heim, médecin SS assigné au camp de concentration de Mauthausen, en Autriche, l'a pris sous son aile. Peut-être connaissez-vous mieux ce sinistre personnage par son surnom. *Docteur La Mort.*

Surpris, Enzo haussa les sourcils. Il se rappelait vaguement avoir lu des articles sur les chasseurs de nazis cernant le dernier survivant nazi figurant sur la liste des plus recherchés. La presse l'avait baptisé *Docteur La Mort.* On disait qu'il vivait caché quelque part en Patagonie.

– Bref, Fleischer est devenu l'assistant de Heim. En 1941, ils ont mené pendant plusieurs mois les expériences les plus horribles qu'on puisse imaginer sur des prisonniers juifs de Mauthausen. Ils leur injectaient des substances directement dans le cœur afin d'étudier les réactions physiques qu'elles provoquaient. Des substances telles que du pétrole, de l'eau et différents poisons. Le témoignage d'un survivant de Mauthausen parle d'un adolescent de dix-huit ans amené à leur clinique pour une inflammation du pied. Son éblouissante forme physique les a fascinés ; ils ont appris qu'il jouait au football. Mais, au lieu de le soigner, ils l'ont anesthésié et ouvert. Ils ont disséqué un de ses reins avant de retirer l'autre, puis ils l'ont castré. Finalement, ils l'ont décapité, et Heim a fait bouillir la chair de son crâne pour pouvoir l'exposer.

Enzo en eut des frissons dans le dos. Un goût amer, résultant de la peur et de la répulsion lui emplissant la bouche, il se dépêcha de le faire passer avec une gorgée de bière.

– Par la suite, Heim est allé dans un autre camp, celui d'Ebensee, près de Linz, puis en Finlande. Fleischer, lui, est parti en Pologne, à Majdanek près de Lublin, où il a gagné à son tour un surnom : *Le Boucher*. Il a continué ses expériences sur les prisonniers à coups de poisons et d'opérations chirurgicales avant d'être nommé dans un hôpital de campagne du front Est. Après la guerre, il est retourné en Bavière, à Munich. Là, il s'est spécialisé en gynécologie et fait une belle clientèle.

Cohen jeta un regard inquiet vers la rue et but la moitié de son verre avant de reprendre son récit :

– Les chasseurs de criminels de guerre ont fini par le retrouver en 1951. Mais, à l'époque, les nazis possédaient encore un système d'alerte et une filière d'évasion très bien rodés. Fleischer a été prévenu à temps et s'est enfui, en laissant derrière lui une femme et deux enfants.

– Il a disparu dans la nature ?

– Tout d'abord, oui. Les enquêteurs ont mis pas loin de dix ans à retrouver sa trace. Nous sommes certains qu'ils l'ont repéré. Nos agents ont suivi sa piste jusqu'à Agadir, au Maroc. Il avait laissé tomber son statut de médecin et dirigeait désormais la criée du port, sous le nom d'Yves Vaurs. Ils l'ont surveillé pendant des semaines, en le photographiant de façon à pouvoir comparer leurs photos avec celles que nous possédions déjà de lui, avant de décider de passer à l'action.

Brusquement, toutes les pièces du puzzle se mettaient en place. Enzo interrompit Cohen :

– Le soir du 29 février 1960 ?

Cohen plissa les paupières et lui lança un regard méfiant.

– Comment le savez-vous ?

– Je vous le dirai dans un instant, monsieur Cohen. Que s'est-il passé cette nuit-là ?

– Eh bien, vous savez qu'un tremblement de terre a ravagé la quasi-totalité de la ville, n'est-ce pas ?

– Oui.

– Nos trois agents sont morts. Enfin, présumés morts car on ne les a jamais retrouvés.

– Et Fleischer ?

– À notre connaissance, lui aussi a été tué. Son immeuble, situé dans la casbah, a été entièrement détruit. Il n'y avait aucun survivant.

– Vous avez donc cessé de le chercher ?

– Nous l'aurions volontiers poursuivi jusqu'en enfer, monsieur Macleod. Mais la mort nous a privés de cette option. Affaire close.

– Jusqu'à ce qu'Adam Killian vous contacte.

– Il ne nous apportait aucune information nouvelle, si c'est ce que vous voulez dire. Mais il a éveillé notre intérêt.

– Que vous a-t-il dit ?

– Dans sa première lettre, il demandait simplement des renseignements sur Fleischer. Sans donner de raison précise. Je lui ai envoyé la fiche standard publiée dans la presse à l'époque où nous le pensions encore vivant. Nous avons échangé ainsi plusieurs lettres avant qu'il ne me téléphone un jour, au centre, pour savoir s'il pouvait venir me voir à Paris.

– Pourquoi voulait-il vous rencontrer ?

– Parce que, vous en avez vous-même fait l'expérience, il m'est impossible de livrer la totalité de nos informations par courrier ou par téléphone.

Il vida son verre et déclara :

– J'en boirais bien une autre.

Enzo fit signe au barman de leur servir deux autres bières.

Cohen attendit d'avoir son verre en main avant de reprendre la parole :

– Il voulait voir les photos que nous possédions de Fleischer.

– Vous avez pu lui en montrer ?

– Celles qui étaient dans le dossier. D'un Fleischer encore jeune, bien sûr. Killian les a regardées pendant très longtemps et nous a demandé s'il pouvait les garder.

– Vous lui en avez fait des copies ?

– Non. Il était très déçu. Mais nous n'étions pas prêts à les laisser circuler librement.

– Vous a-t-il dit pourquoi il s'intéressait à Fleischer ?

– Non, il n'a rien dit.

– En avez-vous tiré vous-même une conclusion ?

– Il m'a semblé assez évident qu'il pensait l'avoir trouvé et cherchait un moyen de confirmer son identité.

– Mais vous ne l'avez pas vraiment pris au sérieux ?

– Non. Nous avions l'habitude d'être inondés de ce genre de témoignages. La plupart, bien entendu, étant fantaisistes ou malveillants. En outre… Fleischer était mort, ne l'oubliez pas.

Cohen marqua une pause, fit tourner le liquide ambré dans son verre en contemplant les bulles qui moussaient à la surface.

– Adam Killian m'a demandé si nous avions d'autres moyens de confirmer l'identité de Fleischer. C'est-à-dire, autres que les photos.

– Vous en aviez ?

Cohen leva les yeux et dévisagea l'Écossais, hésitant à répondre.

– Oui, finit-il par dire. Nous en avons toujours.

– Lesquels ?

– À Mauthausen, il y avait un jeune prisonnier qui avait fait une école de coiffure. C'était lui qui coupait les cheveux des officiers SS. Comme il travaillait très bien, il a eu la vie sauve. Un prisonnier plus âgé, maître de conférences à l'université de Vienne avant la guerre, l'a persuadé de prélever en douce une mèche de cheveux de chacun de ces officiers. Elles ont été conservées, annotées, datées et cachées. Le vieux professeur pensait qu'elles pourraient fournir un moyen idéal de prouver l'identité de ces criminels, après la guerre.

Enzo hocha la tête. Pendant des dizaines d'années, l'examen des cheveux au microscope comparateur avait fourni aux médecins légistes une façon efficace, sinon infaillible, d'identifier les victimes et les criminels.

– Ce vieux professeur avait raison. Lui-même n'a pas survécu aux camps, mais le jeune coiffeur et ses mèches de cheveux, si. Elles ont d'ailleurs servi, au même titre que les photographies et les témoignages, à condamner plusieurs criminels de guerre au cours des années suivantes.

– Vous possédez toujours des cheveux de Fleischer ?

– Oui. M. Killian et moi avons échangé plusieurs lettres à ce sujet. Il avait hâte de vérifier si l'état de ces cheveux permettrait de réaliser un test scientifique en cas de besoin.

Enzo se cala contre le dossier de sa chaise et leva les yeux au plafond. Soudain, le mot gribouillé par Killian sur le Post-it de la porte du frigo prit tout son sens. *Samson trahira le monstre*. Son sang trahira le monstre ! Killian avait obtenu d'une façon ou d'une autre un échantillon d'*ADN* de l'homme qu'il suspectait d'être Erik Fleischer. Bien qu'en 1990, l'analyse de l'*ADN* n'en fût encore qu'aux balbutiements de l'enfance, les médecins légistes y avaient recours pour identifier des criminels. Étant spécialiste de la génétique tropicale médicale, Killian ne pouvait qu'être au courant de cette technologie. Une simple comparaison entre deux molécules d'*ADN* provenant l'une d'un cheveu et l'autre d'une goutte de sang du suspect fournirait une preuve irréfutable.

Sa pensée voletait comme un papillon entre les myriades d'informations emmagasinées dans son cerveau. Killian aurait eu besoin d'un échantillon assez important pour établir la comparaison. Il avait certainement réussi à l'obtenir. Mais comment ? Et où l'avait-il caché ? Lorsqu'Enzo baissa de nouveau les yeux, il vit que Cohen l'observait attentivement.

– Vous croyez que Fleischer n'est pas mort à Agadir ?

– Adam Killian en était certain, lui.

– Vous pensez qu'il soupçonnait quelqu'un d'être Erik Fleischer ?

– Oui.

– Mais comment l'aurait-il su ? Pourquoi l'aurait-il même suspecté ?

Enzo secoua la tête.

– Je n'en ai aucune idée. Mais votre échantillon de cheveu lui a fourni le moyen de le prouver. Pourriez-vous me montrer une photo de Fleischer ?

– Oui, bien sûr.

Cohen posa sa serviette sur la table et en sortit une enveloppe de papier kraft. Enzo le regarda feuilleter avec le pouce des documents jaunis tamponnés de timbres officiels, des extraits de naissance et de mariage, des rapports, des lettres, des photographies. Des dizaines de photos dont plusieurs épreuves, un peu floues, dataient de la jeunesse de Fleischer, et sur lesquelles le jeune homme ne laissant aucunement présager le monstre qu'il deviendrait. Finalement, Cohen préleva une épreuve en noir et blanc d'environ vingt centimètres sur vingt-cinq, qu'il poussa vers Enzo.

– C'est la meilleure de toutes. Probablement prise vers 1945.

– Et celles que vos agents ont faites au Maroc, à Agadir ?

– Malheureusement disparues avec eux dans le tremblement de terre.

Enzo sortit ses lunettes de lecture demi-lune et les percha au bout de son nez pour examiner le cliché. Fleischer souriait à l'objectif, l'air un peu gêné. Il portait un uniforme et tenait sa casquette à la main. C'était, de toute évidence, un agrandissement d'un tirage plus petit, avec du grain mais tout de même assez net. L'homme avait un visage mince, pâle, un regard vigilant et une épaisse chevelure noire. Enzo étudia longuement son portrait. Il lui trouvait une allure vaguement familière, sans pouvoir l'expliquer. Quelque chose, peut-être, dans la ligne de la mâchoire, ou le dessin de la bouche. Mais la photo avait plus de soixante ans. Si l'homme était encore en vie, il avait dépassé les quatre-vingt-dix ans. Comment le reconnaître ?

– Et vous, monsieur Macleod ?

Enzo releva la tête et croisa le regard interrogateur de Cohen.

– Vous pensez avoir trouvé Erik Fleischer ?

– Oui. Et je crois qu'il est vivant.

Chapitre 2

De la galerie plongée dans la pénombre, au-delà du salon et de l'espace professionnel, Enzo regardait le jardin intérieur où Charlotte recevait ses patients. La pluie avait fini par le rattraper ; il l'entendait marteler la verrière au-dessus de sa tête, couvrant presque le murmure musical du ruisseau artificiel qui coulait en contrebas.

Puis il tourna la tête vers la chambre de Charlotte qu'une lampe de chevet baignait d'une lumière chaude et vit, à travers la grande baie vitrée, le lit défait aux draps froissés. Il avait partagé ce lit de nombreuses fois avec elle, sans jamais se défaire de l'idée qu'on pouvait les observer depuis la galerie où il se tenait en ce moment. Cela l'avait toujours inhibé.

Mais pas Charlotte. Elle s'était moquée de sa crainte d'être épié, et lui avait raconté l'histoire des deux soldats italiens logés pendant la guerre chez les marchands de charbon, alors propriétaires de cette maison. Le jour de la libération de Paris, le couple avait assassiné les soldats, puis les avait enterrés sous le sol de l'entrepôt de charbon, aujourd'hui cimenté et recouvert par le jardin. Cela l'amusait beaucoup de savoir que des fantômes hantaient sa maison. Si quelqu'un les épiait de la galerie, disait-elle, ce ne pouvait être que ses Italiens – et qui aurait pu leur reprocher de vouloir se distraire un peu après avoir vu leur vie interrompue si brutalement ?

– Tu restes dîner ?

Enzo se retourna et l'aperçut en haut des marches menant à son bureau. Il ne l'avait pas entendue raccrocher le téléphone.

– Non, merci. Je vais me rendre à Roissy dès ce soir et trouver un hôtel là-bas, à côté de l'aéroport.

– Tu aurais pu dormir ici.

Comme il ne répondait pas, elle précisa :

– J'ai une chambre d'amis, tu le sais.

Il se sentit incroyablement déçu. Bien qu'il fût le père de son enfant, il ne semblait plus le bienvenu dans son lit.

– Le vol pour Agadir part très tôt. Il vaut mieux que je dorme sur place.

– Pourquoi es-tu venu, alors ?

Comme elle se tenait à contre-jour, il ne pouvait pas voir son visage. Mais sa silhouette se découpait en ombre chinoise. Grande, svelte, avec ses longs cheveux tombant sur les épaules. Cette vision rendit la douleur de leur séparation encore plus aiguë.

– Nous avons des choses à régler.

– Je ne crois pas.

– Tu as quitté l'île de Groix avant qu'on ait eu le temps de se parler.

– Il n'y avait rien à ajouter.

Enzo respira à fond pour essayer de se calmer. Depuis qu'il avait quitté Lorient, il pensait à cette rencontre. Il avait tout répété dans sa tête. Ce qu'il dirait, la façon dont il le dirait. Et maintenant que c'était à lui de jouer, le trac le paralysait. Peut-être avait-il uniquement peur du dénouement ?

– Tu avais une autre raison de venir me voir ?

Il hésita avant de parler :

– À Port-Mélite, tu as laissé entendre que Killian avait dû passer quelque temps en prison.

– Ahh, la raison cachée. Il y a toujours une raison cachée avec toi, n'est-ce pas ?

Elle descendit les marches. Enzo ferma les yeux et souffla lentement, en se maudissant de sa stupidité. Il venait de fournir à Charlotte le bâton pour le battre. Désormais, tout ce qu'il pourrait dire serait mal interprété et le ferait apparaître comme un opportuniste et un hypocrite. Il décida de laisser tomber le sujet de Killian.

– Non. Notre enfant est ma seule et unique raison. Rien d'autre ne compte.

– Oh, parfait. J'ai toute ton attention, alors.

– Oui.

Elle s'éloigna d'un pas nonchalant sur la galerie en laissant traîner ses doigts sur la rambarde avant de faire volte-face pour le regarder.

– Dans ce cas, je suppose qu'il est normal que je te fasse part de ma décision.

Enzo sentit le sang se figer dans ses veines. Si elle avait choisi d'avorter, il ne pourrait jamais la faire changer d'avis.

– Alors ?

– Alors, j'ai décidé de le garder.

Son soulagement fut immense.

– Oh, Charlotte, tu ne peux pas savoir comme je suis heureux !

– Mais, à une condition, Enzo, lança-t-elle en plongeant ses yeux noirs dans les siens. Cet enfant sera le mien, pas le tien. Tu as beau être son père biologique, je ne te crois pas capable de l'élever. Pour toutes sortes de raisons, dont nous avons déjà discuté.

Il ouvrit la bouche, prêt à protester, mais elle le coupa tout de suite :

– Je l'élèverai seule. À mes frais. Je ne te demanderai pas un centime. Tu n'auras aucun droit sur lui. J'en aurai l'entière responsabilité et il ne saura jamais que tu es son père.

Il n'en revenait pas. Le ton glacé de ses paroles dépourvues d'émotion le déstabilisait complètement.

– C'est le prix à payer pour la vie de ton fils, Enzo. À toi de choisir. Si tu n'acceptes pas, je me fais avorter.

Chapitre 3

Agadir, novembre 2009

Sur la route menant de l'aéroport à la ville, le taxi avançait en cahotant et en soulevant un nuage de poussière qui parvenait presque à obscurcir le paysage désolé de sable et de broussailles. Après les températures automnales de la France, se remettre en chemise à manches courtes et sandales semblait plutôt incongru. Enzo sentait la sueur perler sur son front. La voiture n'avait pas la clim et l'air chaud qui s'engouffrait par la fenêtre ouverte ne le rafraîchissait pas le moins du monde. Face à l'éclat impitoyable du soleil africain, il fut obligé de repêcher ses lunettes de soleil au fond de son sac.

Il venait de passer les trois heures de vol à contempler l'infinité bleue du ciel, perdu dans le chaos de ses pensées tourbillonnant autour de Charlotte et de son fils à naître. Des pensées qui l'avaient déjà tenu éveillé la nuit précédente, lorsqu'il écoutait les avions décoller et atterrir tout en essayant de se décider sur la meilleure ligne de conduite à adopter. Finalement, il se rendait compte qu'il ne pouvait strictement rien faire. Du moins jusqu'à la naissance du bébé. La peur de l'avortement n'étant plus un problème, il pourrait alors entreprendre des démarches légales pour réclamer des droits sur l'enfant. Néanmoins, pendant ces heures d'insomnie, il n'avait cessé d'être hanté par les paroles de Charlotte : *Pour l'amour du ciel, Enzo, est-ce qu'une fois dans ta vie tu peux penser à quelqu'un d'autre qu'à toi !*

Derrière la vitre, il voyait maintenant la banlieue d'Agadir surgir de chaque côté de la grande route. Près de cinquante ans après le tremblement de terre, on avait toujours l'impression d'une ville en ruine. Des immeubles inachevés se dressaient telles des mauvaises herbes sur des terrains vagues. Des routes cernaient des espaces vides, des antennes paraboliques poussaient comme des champignons sur le béton brut. Ici et là, au milieu de tout ce gris, jaillissaient des taches de couleurs vives, vert, rouge, bleu. Des magasins, des étals vendant des vêtements, de la quincaillerie ou des fruits et légumes. Cela rappelait à Enzo des images vidéo qu'il avait vues à la télé sur Beyrouth bombardé.

En se rapprochant du littoral et du centre-ville, ils passèrent devant des villas sommeillant à l'ombre de grands arbres, derrière des murs. La circulation devint beaucoup plus dense dès qu'ils atteignirent le boulevard qui longeait la mer, avec ses hôtels luxueux, ses palmiers, ses pelouses impeccablement tondues.

La plage, profond croissant doré léché par les eaux tièdes de l'Atlantique, se perdait dans la brume vers les collines qui s'élevaient, au nord, au-dessus des docks et des vestiges de l'ancienne casbah.

Enzo tapota l'épaule du chauffeur :

– Vous pouvez me conduire à la casbah ?

Le chauffeur haussa les épaules.

– Y a rien à voir là-bas, monsieur.

– Mais, quand même…

– Si vous y tenez, dit-il en haussant de nouveau les épaules.

Parvenu à un énorme rond-point au pied de la colline où s'était élevée la ville ancienne, le taxi quitta la grande route, contourna une zone de travaux et s'engagea sur une voie défoncée qui aboutissait à un grand parking.

– Vous continuez à pied. Je vous attends ici.

Enzo descendit de voiture et se pencha par-dessus le muret qui délimitait l'aire de stationnement. De là, il contempla les docks, la marina et le port de pêche où les chalutiers étaient alignés en rangs serrés. Puis il se retourna, prêt à braver les vendeurs à la sauvette et les marchands jalonnant le chemin jusqu'à l'entrée de la casbah. Il écarta les mains sales qui se tendaient pour lui proposer tapis, bijoux, poteries, promenade à dos de chameau, bouteilles de soda ou pâtisseries ; pleins d'espoir à son approche, les visages crachaient de dépit dans son dos. Enfin, gravissant des marches brisées, il franchit la porte et se retrouva à l'intérieur.

Il ne s'attendait à rien de particulier et, en fin de compte, il n'y avait rien à voir. Les anciens remparts ne renfermaient que des gravats, du sable, des broussailles poussiéreuses accrochées à la terre desséchée.

Un vieillard en djellaba, la tête enveloppée d'une étoffe grise, le suivit partout dans l'espoir de lui vendre un petit chevreau noir.

Difficile d'imaginer que l'endroit avait été une ville prospère avec des rues, des habitations, des magasins, des restaurants, des souks, un endroit habité, plein de vie. Ceux qui avaient péri pendant le séisme se trouvaient encore là, sous les maisons qui s'étaient effondrées sur eux. C'était en fait un immense cimetière où reposaient les corps de milliers d'individus ensevelis pour l'éternité – rappel, si tant est que ce fût nécessaire, de la suprématie de la nature sur l'homme.

Ici, reposaient aussi les trois agents du centre Simon-Wiesenthal morts au moment où ils allaient attraper le criminel de guerre Erik Fleischer. À l'endroit où ce dernier était censé avoir perdu la vie. Dans sa tête, Enzo ne voyait plus qu'une chose, le Post-it jaune collé entre les pages de l'encyclopédie de Killian : *IL N'EST PAS MORT*.

***

Au pied de la colline, la route contournait les docks et ses énormes hangars rouillés luisant dans la chaleur. Çà et là, des carcasses massives de navires inachevés faisaient penser à des squelettes de dinosaures tandis que de vieux chalutiers en train de pourrir en cale sèche ressemblaient à des baleines échouées. Dans la darse, des centaines de petits bateaux de pêche peints en bleu étaient amarrés à des piquets.

La criée et l'Office national des pêches se trouvaient réunis dans un grand bloc de béton crème à bandes bleu pâle reconstruit depuis l'époque de Fleischer. D'un bout à l'autre du bâtiment, une longue galerie intérieure dominait la halle à marée où les poissons étaient magnifiquement exposés dans des caisses en bois rectangulaires. Les acheteurs en blouse blanche s'agglutinaient avec frénésie autour des dorades royales, des rougets, des vivaneaux à queue jaune, des sardines qu'ils désiraient acquérir. Le vacarme des voix excitées se répercutant sur les murs montait jusqu'à la galerie où Enzo marchait en compagnie du dernier en date des nombreux successeurs d'Yves Vaurs.

Ahmed el Ghoumari était un jeune homme avenant à la peau mate impeccablement lisse et aux yeux noirs souriants. Il portait un costume luxueux sur une chemise blanche et une cravate rouge. Ses chaussures noires étincelaient de propreté. Il n'avait pas vraiment l'allure d'un directeur de marché aux poissons.

– L'oncle de votre père ? demanda-t-il.

– Non, du côté de ma mère. Elle était italienne mais sa mère était française. Mon oncle Yves est la pièce manquante de ce puzzle familial.

– Effectivement, beaucoup de gens, morts pendant ce tremblement de terre, n'ont jamais été retrouvés. Mais Yves Vaurs a travaillé ici bien avant moi. Bien avant ma naissance, d'ailleurs.

Ahmed el Ghoumari se mit à rire, d'un rire contagieux plein de bonne humeur.

– En dehors du vieux Khalid, je ne vois pas qui aurait pu le connaître.

Souriant avec affection à l'évocation de ce dernier, il ajouta :

– Khalid a passé l'âge de la retraite depuis longtemps, mais personne n'a jamais eu le cœur de lui demander de partir. Il travaille à la comptabilité, comme coursier. Enfin, quand je dis « travaille », cela doit faire au moins trente ans qu'il n'a plus effectué une seule course. Il vient s'asseoir dans le bureau, fume des cigarettes, commente l'actualité du monde et déjeune longuement au restaurant de poisson du bout de la rue. Je suis sûr qu'il sera ravi de vous parler, monsieur.

Khalid se montra encore plus ravi qu'Enzo l'invite à déjeuner. Le vieil homme avait un visage buriné de la couleur et de la texture d'une noix. Une cigarette roulée à la main semblait collée à vie au coin de sa bouche. Vêtu d'une djellaba grise et crème sur un jean délavé et des nu-pieds, il boitait légèrement et marchait avec une canne. Dès qu'ils sortirent au soleil de midi, il s'empressa de rabattre son capuchon sur sa casquette de baseball.

Plusieurs restaurants de poisson – modestes cabanes préfabriquées complètement ouvertes, avec tables et chaises en plastique et parasols blancs – bordaient la rue menant au port. Le vieux Khalid commanda des fruits de mer pour deux et une carafe de Pepsi-Cola. Enzo aurait préféré une bière ou un vin blanc frais. Mais il n'y en avait pas. Très vite, des quantités astronomiques de poissons, crevettes et calmars frits arrivèrent sur deux énormes plateaux ; aussitôt Khalid se jeta dessus comme s'il n'avait pas mangé depuis une semaine. Pour un homme deux fois plus petit qu'Enzo, il paraissait très capable de manger deux fois plus.

– Je n'étais qu'un gamin à l'époque où monsieur Vaurs dirigeait la criée. Dix-huit, dix-neuf ans. J'ai commencé la pêche à l'âge de douze ans, mais un stupide accident m'a écrasé le pied quand j'en avais dix-sept. Après ça, impossible de repartir en mer. Personne ne voulait me donner du travail, mais monsieur Vaurs m'a embauché ici. C'était un homme bien, monsieur Vaurs.

Enzo se souvint de l'histoire du jeune prisonnier de Mauthausen au pied enflammé que lui avait racontée Cohen et se demanda si Fleischer et Vaurs pouvaient réellement être une seule et même personne.

– Le pauvre, continua Khalid. Tué par le tremblement de terre. Comme des milliers d'autres pauvres gens. Je suis peut-être le seul à l'avoir pleuré. J'ai eu de la chance, personne n'est mort dans ma famille. Alors que presque tout le monde a perdu un proche, son père, sa mère, sa femme, son mari, ses enfants. Quelle tragédie épouvantable, monsieur. Vous n'avez pas idée.

Il cracha quelques arêtes sur la table et s'essuya la bouche du dos de la main avant d'avaler une goulée de Pepsi.

– Yves habitait seul ? demanda Enzo.

– À ma connaissance, oui.

Soudain, Khalid sourit, révélant une mâchoire édentée.

– Mais la rumeur disait qu'il avait une liaison avec la femme d'un homme politique.

– Qui ?

– Oh, je n'en sais rien, monsieur. Personne ne le savait. C'était peut-être juste des racontars. Mais M. Vaurs avait une espèce d'air… fanfaron, d'arrogance, typique de celui qui se tape la femme d'un personnage important.

Il se mit à rire :

– Il avait un style bien français. On aurait pu gober n'importe quoi à son sujet.

– Tout le monde le prenait pour un Français, non ?

– Pourquoi pas puisqu'il l'était ? s'étonna Khalid.

Sur ce, il sortit une boîte d'une poche cachée, l'ouvrit et y prit une cigarette toute tordue qu'il alluma.

– Ça me fait penser que j'ai peut-être une photo de lui à la maison. Pendant une fête donnée à l'occasion d'un départ en retraite. Tous les employés y assistaient. Beaucoup de photos ont été prises ce soir-là. J'en ai quelques-unes. Enfin, j'en avais.

***

Le taxi, une vieille Volkswagen dont le pot d'échappement crachait une fumée noire, les emmena au cœur du nouvel Agadir, dans des rues étroites entourées d'immeubles, de boutiques et bordées d'arbres grêles aux feuilles poussiéreuses. Assis à l'avant, à côté du chauffeur, Khalid n'arrêtait pas de parler en arabe à ce dernier. Seul à l'arrière, Enzo regardait défiler un méli-mélo de gens, de couleurs, d'ânes et de bicyclettes qui lui brouillait la vue. À vrai dire, il regardait sans voir, car il était toujours en proie au découragement dans lequel Charlotte l'avait plongé.

L'entrée de l'immeuble de Khalid donnait sur une ruelle ombragée très raide. Enzo paya le chauffeur et suivit le vieil homme sous un porche voûté puis dans un petit escalier. La chaleur devenait de plus en plus étouffante au fur et à mesure qu'ils montaient, poursuivis par le brouhaha des voix de la rue. De la musique arabe s'échappait à pleins tubes d'une radio mal réglée. Sur le palier du troisième étage, ils se glissèrent entre le mur et plusieurs vélos cadenassés ensemble, avant de pénétrer chez Khalid en enjambant des caisses et tout un bric-à-brac jeté par terre. Son minuscule appartement se composait d'une pièce faisant fonction de salon-salle-à-manger-cuisine-chambre – un rideau cachait le lit placé dans une alcôve. Le moindre espace était encombré de tous les résidus de la vie de cet homme. Journaux, livres, boîtes vides, bouteilles, assiettes sales. Malgré les fenêtres grandes ouvertes, l'air fétide vibrait du bourdonnement d'un nombre invraisemblable de mouches.

– Asseyez-vous, dit Khalid par-dessus son épaule tout en fouillant dans les tiroirs d'une antique commode.

Enzo regarda autour de lui. Les chaises disparaissaient sous une accumulation d'affaires.

– Merci, ça va.

Finalement, le vieil homme se retourna avec un grand sourire, les yeux plissés à cause de la fumée de sa cigarette coincée au coin des lèvres. Il tenait à la main une enveloppe bourrée de vieilles photos.

– J'ai trouvé !

Il se mit à passer en revue les clichés aux couleurs fanées en gloussant et en marmonnant dans sa barbe à la vue des visages oubliés qu'il reconnaissait et lui rappelaient des souvenirs enfouis. Soudain, il laissa échapper un profond soupir de satisfaction.

– Ahhhhhh !

Il tendit une photo à Enzo :

– Tenez, regardez. Yves Vaurs est au centre.

Plusieurs personnes, debout, souriaient d'un air gêné devant l'objectif. Quelques femmes avaient la tête couverte, deux hommes étaient en djellaba, les autres en costume. Des visages disparus depuis longtemps. Enzo se demanda combien parmi eux avaient péri dans le tremblement de terre.

Placé au milieu du groupe, Yves Vaurs dépassait tout le monde. Sous ses épais cheveux noirs, il souriait avec beaucoup plus de naturel que les autres. Incontestablement, Enzo avait sous les yeux, en plus âgé, l'homme dont Gérard Cohen lui avait montré le portrait. Preuve, s'il en était besoin, qu'Erik Fleischer et lui ne faisaient qu'un. Un homme qui, contrairement à ce qu'on pensait, n'était pas mort pendant le terrible séisme de 1960. Un homme qui vivait toujours sur une île minuscule au large des côtes bretonnes.

Chapitre 4

Il y avait quelque chose d'irréel à se retrouver sur l'île après la chaleur et la lumière éclatante de l'Afrique du Nord. Ici, sous le ciel bas, plombé, l'air avait une couleur soufre. Pendant le long trajet en train de Paris à Lorient puis la traversée mouvementée jusqu'à Port-Tudy, Enzo avait eu quelques heures pour s'acclimater de nouveau à l'automne français. Cependant, le choc avait été rude quand, dès sa descente du ferry, il s'était fait tremper jusqu'aux os par la pluie cinglante, et fouetter par le vent qui essayait de lui arracher son parapluie.

Le temps qu'il arrive à Port-Mélite, après avoir repris sa voiture chez Coconut's, la pluie s'était calmée ; mais, au-dessus de sa tête, se formait une sombre dépression à l'idée de devoir percer le mystère du dernier message d'Adam Killian à son fils Peter ; car il savait que cela le précipiterait dans une situation qu'il aurait préféré ne pas connaître.

Jane fut surprise de le voir.

– Je ne m'attendais pas à un retour si rapide. Vous avez de la chance de me trouver encore là. Je suis en train de faire mes bagages.

Comme elle remontait l'escalier, il la suivit. Une valise ouverte attendait sur le lit, à côté de vêtements soigneusement pliés.

– Je prends le dernier ferry. C'était comment à Paris ? demanda-t-elle en continuant à ranger ses affaires.

– Humide. Mais je ne suis pas resté. J'ai continué un peu plus loin.

– Ah bon ? Où ?

– Agadir.

D'abord surprise, elle hocha ensuite la tête.

– Ah, oui. La page marquée par Papa dans l'encyclopédie. Qu'avez-vous trouvé, là-bas ?

– Un dénommé Yves Vaurs que l'on croyait mort pendant le tremblement de terre de 1960, et qui ne l'était pas.

Jane haussa les sourcils :

– Vous l'avez rencontré ?

– Non. Mais j'ai parlé avec quelqu'un qui l'a connu. Et j'ai vu sa photo, aussi. C'est bien le même homme dont on m'a montré le portrait à Paris. Un certain Erik Fleischer.

Elle le regarda d'un air consterné.

– Désolée, ça ne me dit rien du tout.

Enzo détourna un instant les yeux vers la fenêtre, le jardin détrempé et l'annexe, puis les fixa de nouveau sur Jane.

– Pourquoi ne m'avez-vous pas dit qu'Adam Killian avait été interné dans un camp de concentration pendant la guerre ?

Elle devint brusquement livide, puis deux taches roses colorèrent ses pommettes.

– Comment le savez-vous ?

– Je l'ai deviné. Je me trompe ?

Les lèvres serrées, elle secoua la tête.

– Non. Personne n'était au courant. En dehors d'Adam et de Peter. Et de moi, bien sûr. Papa ne savait même pas que Peter me l'avait dit.

– Le camp de Majdanek, près de Lublin, en Pologne. C'est ça ?

– Comment pouvez-vous le savoir ? balbutia-t-elle, les yeux écarquillés.

Il éluda la question et continua :

– Pourquoi était-ce aussi secret ?

– Je… je ne sais pas. Une façon de nier le passé, j'imagine. D'effacer ses origines polonaises. Peter m'a dit que son père n'en parlait jamais. Jamais. Et qu'il lui avait fait promettre de ne le raconter à personne.

– Il vous l'a dit, cependant.

– Nous étions mari et femme, protesta-t-elle, sur la défensive. Nous n'avions pas de secrets entre nous. Je lui avais promis de ne jamais le répéter à quiconque. C'est pour ça que vous n'en trouverez aucune trace nulle part.

L'air troublé, elle ajouta :

– Mais, je ne comprends pas… Si vous l'avez découvert, c'est donc lié d'une façon ou d'une autre à son assassinat ?

Enzo hocha la tête.

– C'est étroitement lié à son assassinat, Jane.

***

Le même froid glacial régnait dans l'annexe. Enzo se sentit encore plus déprimé quand il alluma l'ampoule nue de l'entrée. Il laissa tomber son sac par terre, hésitant à le monter dans la mansarde comme si cela le condamnait d'office à une nouvelle nuit solitaire sous les toits.

Du bout des doigts, il poussa la porte du bureau, qui s'ouvrit lentement. Par la fenêtre, dont les volets n'avaient pas été refermés, pénétrait à grand-peine un jour lugubre filtré par les arbres du jardin. Jusqu'à ce qu'il appuie sur l'interrupteur et qu'une lumière froide et crue éclaire tout l'espace.

Ici se trouvait la dernière pièce du puzzle Killian. Il ne partirait pas sans l'avoir découverte. Debout devant la fenêtre, il contempla les arbres noircis par la pluie, la pelouse détrempée. Du coin de l'œil, il perçut un mouvement et vit le chat qui le hantait depuis son arrivée. L'animal rôdait dans l'herbe, la queue au bout recourbé dressée, frémissante, le poil noir luisant d'humidité ; soudain, il se figea, releva la tête et fixa Enzo. Quelle triste existence, pensa ce dernier ; toujours dehors exposé au froid et à la pluie. Il se demanda à qui il appartenait et pourquoi il avait élu domicile dans le jardin de Killian.

Pris d'une impulsion soudaine, il retourna dans l'entrée, ouvrit en grand la porte extérieure, puis recula pour faire comprendre au chat, qui ne se trouvait pas à plus de trois mètres de lui, qu'il s'agissait d'une invitation muette à entrer. L'animal ne bougea pas ; il se contenta de le regarder. Enzo attendit encore quelques minutes. Le chat finit par s'asseoir, sans le quitter des yeux, manifestement désarçonné par cette proposition de paix.

– Bon, d'accord ! Reste donc sous la pluie, si ça te plaît !

À peine avait-il dit ces mots à voix haute qu'il se sentit totalement idiot d'avoir adressé la parole à un chat.

Il rebroussa chemin, sans refermer la porte. Planté devant la bibliothèque, il observa les livres un moment, sans bouger, puis il contourna le bureau et examina une fois de plus les Post-it, l'agenda, le poème qu'il y avait posés.

Que manquait-il ?

La réponse lui vint immédiatement.

Les lettres de Gérard Cohen à Killian ! Le meurtrier les avait certainement trouvées et emportées. Or Killian aurait sûrement voulu que Peter les lise ? Car, sans elles, les indices étaient presque impossibles à déchiffrer.

Pourtant, Enzo avait réussi à progresser sans elles. Bien qu'il manquât encore quelque chose. L'échantillon de l'ADN de Fleischer que Killian s'était de toute évidence procuré d'une manière ou d'une autre. *Son sang trahira le monstre*. Quelle pouvait être la signification de ce message, sinon ? Une goutte de sang, une empreinte génétique. Mais où l'avait-il donc cachée ?

Il s'enfonça dans le fauteuil pivotant et balaya du regard le dessus du bureau. Ses yeux se posèrent sur le poème de Ronald Ross. Quel pouvait bien être le lien entre ces vers et le reste ? Alors qu'il se posait la question, la réponse s'imposa brusquement à lui, nette et limpide. Les moustiques ! Il ouvrit le premier tiroir de droite et vit ce que Jane avait appelé un aspirateur à bouche, un appareil de fabrication maison composé d'une boîte à pellicule photo transparente et de deux tubes souples. Conçu pour attraper et transférer les insectes. Il y avait aussi le répulsif pour insectes et le flacon d'acide lactique qui, combiné au dioxyde de carbone, il le savait, attirait les moustiques. Bon Dieu ! Soudain, en un déclic, tout se mettait en place.

Il se leva pour examiner de nouveau les livres de la bibliothèque. L'entomologie y occupait une section importante, classée selon les principales espèces d'insectes. On y trouvait des collections de revues publiées par diverses sociétés britanniques d'entomologie telles que *The Entomologist's Record* et *The Entomologist*. Une petite sous-section était consacrée au moustique. Enzo tira le premier ouvrage de la rangée, un mince fascicule de huit pages, seulement. *Collectionner les moustiques*, par Eric Classey, sous-titré *AES tome 11*, publié en 1945 par *The British Amateur Entomologists' Society*. À côté se trouvait une série de livres de poche verts sur la vie du moustique. Cinq volumes. Les doigts tremblants, Enzo les sortit un à un de la bibliothèque pour les feuilleter, persuadé de trouver un Post-it jaune dans l'un d'eux. Mais, à sa grande déception, il ne trouva rien.

Ce n'est qu'en posant le dernier sur le bureau qu'il remarqua son titre complet : *La Vie du moustique*, tome

6. Or il n'y avait que cinq livres. Il vérifia chaque volume. Le quatrième manquait. Levant les yeux, il fit rapidement le tour de la pièce comme s'il s'attendait à le trouver dans un coin où il ne l'aurait pas encore remarqué. Idiot ! Il se retourna vers les étagères. Avait-il été rangé ailleurs ? Déplacé ? Ce ne serait pas une mince affaire de le repérer.

Un bruit lui fit tourner la tête. Assis sur le seuil de la porte, le chat noir le surveillait. Il soutint le regard d'Enzo pendant une bonne minute avant de lever la patte droite, la passer derrière son oreille, puis la lécher et recommencer son manège, effectuant une toilette complète pour essuyer sa fourrure mouillée par la pluie. Les yeux d'Enzo glissèrent alors un instant du chat vers le Post-it qui avait été collé sur l'abat-jour de la lampe. *P, un jour il faudra que tu fasses friser le chauffeur. N'oublie pas !*

– Friser le chauffeur…

Sa voix, guère plus forte qu'un murmure sembla se répercuter tout autour de la pièce. Le chat s'interrompit pour le regarder. Et, brusquement, un grand sourire éclaira le visage d'Enzo :

– Espèce de vieille canaille ! s'écria-t-il.

Le chat s'enfuit aussitôt.

***

En entendant Enzo l'appeler de la cuisine, Jane sortit de la chambre et s'avança sur le palier :

– Je suis toujours là-haut.

Elle le vit apparaître dans le vestibule, les yeux brillants d'excitation :

– J'ai besoin d'un sèche-cheveux, Jane. Vous en avez un ?

Intriguée, elle fronça les sourcils :

– Vous voulez vous laver les cheveux maintenant ?

– Non ! Ce n'est pas pour moi. Vous en avez un ?

– Oui, bien sûr. Pour quoi faire ?

– Apportez-le à l'annexe. Vous verrez.

En arrivant à l'annexe avec son sèche-cheveux, elle trouva Enzo dans la petite cuisine. Il lui prit le séchoir des mains et le brancha à la prise encastrée au-dessus du plan de travail. Il avait déjà débranché le réfrigérateur dont la porte était ouverte.

– Vous m'avez bien dit que vous ne l'aviez jamais dégivré depuis la mort de votre beau-père ?

– Ça n'a jamais fait partie de mes priorités. D'ailleurs, je n'y pensais même pas puisque je ne l'utilisais pas.

Enzo tira à lui la petite porte du compartiment à glace que les couches de condensation gelée formées au fil des ans obstruaient complètement. Enzo alluma le sèche-cheveux et braqua le souffle d'air chaud dessus.

– Mais qu'est-ce que vous fabriquez ? lança Jane en le regardant comme s'il avait perdu la tête.

– Exactement ce qu'Adam a demandé à Peter de faire. *Chauffer le freezer*.

Devant son air consterné, il sourit :

– *P, un jour il faudra que tu fasses friser le chauffeur N'oublie pas !* À mon avis, ce freezer devait déjà avoir une bonne couche de givre à l'époque. Mais pas à ce point. Je pense qu'il devait rester juste assez de place pour glisser, derrière la glace, un objet qui ne se verrait pas quand on ouvrirait la porte. Et qui penserait à le dégivrer afin de voir si on avait caché quelque chose à l'intérieur ?

La glace commençait à fondre lentement et à s'égoutter dans le frigo.

– Vous feriez bien d'aller chercher une bassine pour recueillir l'eau, ainsi qu'un burin ou un gros tournevis.

Lorsque Jane revint avec un seau et un gros tournevis à tête plate, l'eau coulait abondamment du freezer. Après avoir placé le seau dessous, elle prit le séchoir et laissa Enzo s'attaquer à la glace collée à la paroi supérieure. Au bout d'une quinzaine de minutes, une grosse plaque se détacha enfin.

Il la lança dans l'évier, éteignit le séchoir et se pencha en avant pour scruter l'intérieur du compartiment, toujours partiellement obscurci par la glace. Il lui sembla distinguer quelque chose, sans pouvoir dire ce que c'était. Avec d'infinies précautions, il introduisit sa main droite au fond, jusqu'à ce que ses doigts entrent en contact avec un objet en plastique souple. Après plusieurs tentatives, il réussit à en saisir un coin entre l'index et le majeur, et à l'extraire lentement de sa cachette.

Penchée sur son épaule, Jane vit apparaître un sac en plastique opaque.

– Qu'est-ce que c'est que ça ?

– On dirait un sac de congélation.

Enzo attrapa un torchon, essuya le sachet, fit glisser le curseur de la fermeture, et en sortit le tome 4 de *La Vie du moustique*. Glacé, mais parfaitement sec. En prenant bien soin de ne pas l'abîmer, il le posa sur le plan de travail et le laissa s'ouvrir tout seul. Entre les pages 57 et 58 reposait le corps parfaitement conservé d'un moustique écrasé, son dernier festin de sang, maintenant d'une couleur brune, dessinant sur le papier une tache irrégulière de la taille de l'ongle du petit doigt.

– Je ne comprends pas, souffla Jane, perplexe.

Enzo, lui, souriait.

– Votre beau-père était vraiment malin. Très ingénieux. Il a dû se creuser la tête pour trouver le moyen de prélever un échantillon de son *ADN*.

– L'*ADN* de qui ?

– Erik Fleischer. Un criminel de guerre nazi qui vit sur l'île de Groix. Killian, qui le connaissait du camp de concentration de Majdanek, l'a reconnu. Ou pensé le reconnaître. Au bout de quarante-sept, quarante-huit ans, il avait besoin d'en être sûr. Pour ça, la meilleure solution était d'obtenir un échantillon de son *ADN* et le comparer avec la mèche de cheveux que les autorités allemandes ont toujours en leur possession.

– Et un moustique pouvait l'aider ?

– Oui, à condition de mourir juste après s'être nourri du sang d'Erik Fleischer. En 1990, cet échantillon était trop insignifiant pour qu'on puisse en extraire assez d'*ADN*. Mais Killian savait que la méthode de réaction en chaîne par polymérase allait rapidement évoluer. Et que, s'il pouvait être conservé suffisamment longtemps au frais, il prouverait l'identité de Fleischer. Même si Killian mourait entre-temps, la preuve lui survivrait. Et, nom de Dieu, elle est encore là vingt ans après !

Enzo referma le livre et le remit dans son sachet en plastique.

- Nous devons le laisser au froid, ajouta-t-il. Désormais, c'est la pièce à conviction d'une affaire de meurtre.

Il rebrancha le réfrigérateur, referma le freezer et retira le seau de glace fondue. Puis il replaça le livre protégé sur la grille intermédiaire et ferma la porte.

Quand il se retourna, il se sentit pris au piège du regard perçant de Jane.

– Vous savez qui c'est ? Cet Erik Fleischer. Ou, du moins, pour qui il se fait passer depuis tout ce temps ?

Le visage d'Enzo s'assombrit et l'éclat de ses yeux se ternit.

– Oui, Jane. J'en suis pratiquement certain.

Chapitre 5

Le fourgon Citroën bleu de Guéguen, avec ses bandes rouges et blanches sur le capot et son gyrophare bleu sur le toit, se balançait dans le vent déchaîné qui fouettait la côte sud. Il n'y avait pas d'autre véhicule sur le parking lorsqu'Enzo arriva au pied de la colline. À travers son pare-brise brouillé par la pluie battante, il voyait les déferlantes se briser sur les affleurements rocheux de la pointe.

C'était le gendarme qui avait eu l'idée de ce rendez-vous à la pointe des Chats. Depuis qu'il avait obtenu le rapport d'autopsie et la douille, il redoutait d'être vu en compagnie de l'Écossais. D'où le choix de cet endroit isolé pour le rencontrer. Personne ne risquait de leur tomber dessus à l'improviste à l'extrémité sud-ouest de l'île pendant cette tempête automnale.

L'écume blanche s'élevait dans les airs, aussitôt balayée par un vent d'une force inouïe, masquant un instant la lanterne rouge du phare automatisé qui dépassait au-dessus des arbres courbés. Enzo gara sa jeep à côté du fourgon aux vitres complètement embuées. Les quelques secondes qu'il lui fallut pour passer d'un véhicule à l'autre suffirent à le tremper de la tête aux pieds. Le gendarme l'observait attentivement. Il portait son képi réglementaire et une veste imperméable bleu marine barrée d'une raie blanche horizontale par-dessus un pantalon et un pull-over eux aussi bleu marine. Une grande enveloppe blanche était posée sur ses genoux.

– Votre ami anglais a réagi extrêmement vite.

– Qu'est-ce qu'il a trouvé ?

Guéguen secoua la tête d'un air admiratif.

– Vous êtes un homme surprenant, monsieur Macleod, dit-il en lui tendant l'enveloppe. Tenez, il m'a envoyé les résultats de ses découvertes par mail.

Enzo sortit plusieurs pages imprimées qu'il étudia attentivement. Des photos d'empreintes digitales, un bref compte rendu de comparaison, et un message pour Enzo.

– Comme vous le voyez, il a effectivement trouvé une empreinte sur la douille. Et comme vous le soupçonniez, il y avait plusieurs jeux d'empreintes sur le verre de vin que vous m'avez demandé de lui envoyer. L'un d'entre eux correspond exactement.

Enzo hocha la tête. L'ultime pièce du puzzle finissait par se mettre en place. Sans le combler de joie, pourtant. Au contraire, il avait le cœur lourd.

Guéguen ne put contenir plus longtemps sa curiosité.

– À qui appartiennent-elles ?

Avant qu'Enzo ait pu répondre, de la radio jaillit une explosion de bruits diffus, puis la voix du gendarme de garde à Port-Tudy grésilla :

– Nous avons un cas de mort suspecte, adjudant. À Quéhello. Dubois et Bonnet sont déjà en route. Le docteur Servat a été prévenu.

– Qui est mort ?

– Le vieux docteur Gassman. C'est le facteur qui l'a découvert en début d'après-midi. Ça ressemble à un suicide.

– Bon sang ! J'arrive tout de suite !

Guéguen tourna vers Enzo un regard plein de tristesse :

– Je dois partir. Nous continuerons une autre fois.

– Cela vous ennuierait beaucoup que je vienne avec vous, adjudant Guéguen ? demanda Enzo d'une voix étouffée, à peine audible au-dessus du vacarme des éléments déchaînés.

Il avait le ventre noué.

– Et pourquoi viendriez-vous ?

– Parce que je pense qu'il est fort possible que la mort de Jacques Gassman soit liée au meurtre d'Adam Killian.

***

Lorsqu'ils arrivèrent sur la lande, devant chez Gassman, plusieurs véhicules étaient déjà stationnés du côté du pignon ouest : un fourgon de la gendarmerie, le 4x4 vert foncé d'Alain Servat, une ambulance du Bourg, et une voiture jaune de la Poste. Le facteur était prostré derrière son volant.

Enzo rentra la tête dans les épaules et suivit Guéguen à l'intérieur de la maison. Immédiatement, il reconnut l'odeur du lieu. Relent de vieux, de chien mouillé, de soupe. Mais dans l'air planait autre chose, en plus : une odeur de poudre mélangée à celle, métallique, du sang séché. La pièce paraissait petite avec tous ces gens qui l'encombraient : deux gendarmes, le médecin, deux ambulanciers, Enzo, Guéguen. Il y faisait froid car le feu avait dû s'éteindre depuis longtemps. De l'étage parvenait le hurlement enroué, désolant, du vieux chien de Gassman.

– Qu'est-ce que c'est que ce bruit ? demanda Guéguen en levant les yeux au plafond.

– Son chien, répondit un de ses collègues.

– Oscar, précisa Enzo.

Tout le monde se tourna vers lui. S'interrogeant visiblement sur la raison de sa présence.

– Oui, Oscar, reprit le gendarme. Ce sont ses aboiements qui ont alerté le facteur. Il est entré dans la maison et…

Il s'écarta, révélant le corps du vieil homme effondré sur la table, au bout de la pièce, la table où il prenait ses repas solitaires, et où il avait fini, semblait-il, par s'ôter la vie. Pas besoin d'un médecin pour se rendre compte qu'il était mort.

Sa tête reposait dans une large mare de sang qui avait déjà perdu son éclat et brunissait rapidement en s'oxydant ; il laisserait une trace indélébile dans le bois. Un pistolet semi-automatique Walther P38 était coincé dans sa main droite. Enzo baissa les yeux vers le sol et vit une unique douille en laiton.

– Mon Dieu, murmura Guéguen, le visage livide.

Enzo se doutait qu'il avait dû voir pas mal de morts au cours de sa carrière, mais il savait aussi qu'on ne s'y habitue jamais. Si on s'y habituait, cela voulait dire que quelque chose était mort à l'intérieur de soi.

– Ça ressemble à un suicide classique, dit l'autre gendarme. Cependant…

– Cependant, quoi ? demanda Guéguen.

– Eh bien, en général, les gens laissent un mot. Un message, une dernière pensée. Dès qu'on est arrivés, j'ai regardé si je trouvais quelque chose qui ressemblait à une lettre, mais rien. J'ai juste découvert ça dans son bureau.

Il montra un vieux portefeuille en cuir usé. Enzo remarqua qu'il avait pris la précaution d'enfiler des gants en latex avant de toucher quoi que ce soit, une des mesures introduites par Guéguen.

– Qu'est-ce qu'il contient ?

– Des papiers d'identité, adjudant.

Guéguen fronça les sourcils.

– Son identité ne fait aucun doute, à ce que je sache ?

– Ça pourrait changer.

Le gendarme ouvrit le portefeuille :

– Ce sont des papiers d'identité qui datent de la guerre, délivrés par le Reich allemand à un officier SS du nom d'Erik Fleischer.

Un long silence s'installa, troublé seulement par le hurlement du vent et le martèlement de la pluie sur les vitres exposées au sud, à l'extérieur, et les hurlements du chien, à l'intérieur, jusqu'à ce que la voix d'Enzo s'élève doucement dans la pièce :

– Pourriez-vous me montrer exactement où vous l'avez trouvé ?

Toutes les têtes se tournèrent de nouveau dans sa direction ; le gendarme jeta un coup d'œil interrogateur à son adjudant, qui hocha légèrement la tête.

– Là-bas, monsieur, répondit-il en se dirigeant vers la porte du petit bureau de Gassman.

Enzo, suivi de Guéguen et de l'autre gendarme lui emboîtèrent le pas et entrèrent dans le bureau de Gassman.

– Précisément ici, dans le petit compartiment ouvert en haut à droite de ce secrétaire.

Il posa le portefeuille à sa place d'origine, puis le ressortit. C'était exactement à cet endroit qu'Enzo avait trouvé la pile des vieux passeports de Gassman réunis par un élastique. Ses yeux balayèrent le meuble, sans les voir.

Une toux polie, derrière eux, les fit se retourner. Le docteur Servat se tenait sur le seuil. Enzo ne lui avait pas accordé beaucoup d'attention jusque-là. Il lui trouva la mine blafarde, fatiguée. Son manteau mouillé pendait sur ses épaules.

– Est-ce que les ambulanciers peuvent emmener le corps, maintenant ?

– Non, s'empressa de dire Enzo, conscient une fois de plus du regard intrigué des autres. Rien ne doit être enlevé ni touché. C'est une scène de crime.

– Comment le savez-vous ? s'étonna Guéguen.

Enzo retourna dans le séjour et s'approcha du cadavre. Guéguen le suivit et ordonna aux deux ambulanciers :

– Patientez dehors, s'il vous plaît.

Les deux hommes lui jetèrent un regard noir, furieux d'être exclus de ce drame.

Une fois la porte refermée sur eux, Enzo prit la parole :

– D'abord, Gassman était gaucher. Quand on veut se tuer, surtout en se tirant une balle dans la tête, on fait le maximum pour ne pas se rater. Si on est gaucher, il me paraît logique de tenir l'arme de la main gauche. Lorsqu'ils examineront ce pistolet, vos experts en balistique de Vannes découvriront certainement que c'est la même arme qui a tué Adam Killian.

Cette fois, ce fut Alain Servat qui rompit le silence :

– Vous voulez dire que Jacques Gassman a tué Adam Killian ?

– Non. Je veux dire qu'on aimerait nous le faire croire.

– Je ne vous suis plus, monsieur Macleod, dit Guéguen. Auriez-vous la bonté de vous expliquer ?

– Bon. Au risque de me compromettre, je dois avouer que j'ai fouillé dans les papiers personnels du docteur Gassman il y a quelques jours.

– Vous êtes entré par effraction ? demanda un gendarme.

– Non. J'étais venu le voir pour autre chose. Il était sorti, je suis entré. La porte n'était pas verrouillée. Je me suis laissé emporter par ma curiosité. Je sortais juste de la mairie, où l'on m'avait renseigné sur la date de l'arrivée du docteur sur l'île.

– Quand était-ce ? voulut savoir Alain Servat.

– En mai 1960. Environ deux mois après le tremblement de terre qui a tué plus de quinze mille personnes à Agadir. Je ne pensais pas réellement à l'existence d'un lien entre Gassman et cet événement, mais j'ai eu soudain l'opportunité de vérifier si j'avais raison ou non.

Tous les autres le regardaient fixement, fascinés, mais sans comprendre.

– Dans ce même compartiment où vous avez découvert les papiers de Fleischer, poursuivit-il, se trouvait une pile de vieux passeports appartenant à Gassman et datant, pour les plus anciens, des années 1950. Si le docteur Gassman avait séjourné au Maroc en 1960, son passeport aurait obligatoirement porté des tampons d'entrée et de sortie du territoire.

Il marqua une pause avant de reprendre :

– Or il n'y en avait pas. Il n'y avait pas non plus de portefeuille dans ce compartiment. Juste les passeports. Et je mettrais ma main à couper que si vous les cherchez maintenant, vous ne les trouverez pas.

– Ce qui signifie ? lança Guéguen.

– Ce qui signifie qu'une personne les a pris et les a remplacés par les papiers d'identité de Fleischer pour faire croire que Gassman était Fleischer. Cette personne l'a tué. Cette même personne a tué Killian. C'est cette personne dont les empreintes ont été prélevées sur la douille trouvée dans le bureau d'Adam Killian.

Il se pencha vers le sol et sortit de la poche intérieure de sa veste un crayon. Puis, très soigneusement, il glissa la pointe de la mine à l'intérieur de la douille et se releva, en la tendant de sorte que tout le monde la voie bien.

– Et dont les empreintes, j'en suis sûr, seront prélevées sur celle-ci.

Dehors, le vent avait encore forci. Il soufflait avec une violence incroyable, hurlait dans les chevrons du toit et secouait les châssis des fenêtres. Tous les hommes présents sentaient l'air froid s'enrouler autour de leurs pieds tandis qu'à l'étage, le pauvre Oscar continuait à aboyer et à hurler à la mort avec le peu de voix qui lui restait.

– Vous devriez nous en dire un peu plus sur Fleischer, je crois, dit Guéguen.

Enzo prit une profonde inspiration.

– Erik Fleischer est un criminel de guerre nazi. Les enquêteurs lancés sur ses traces ont pensé qu'il avait été tué dans le tremblement de terre d'Agadir, en 1960. Mais Fleischer n'est pas mort. Il s'est échappé et réfugié ici, sur l'île de Groix, où il pensait être en sécurité, où personne ne le reconnaîtrait jamais. Sauf que quelqu'un l'a reconnu. Un ancien détenu du camp de concentration de Majdanek, en Pologne, où Fleischer expérimentait des poisons et des interventions chirurgicales sur des prisonniers.

Guéguen n'en revenait pas.

– Cet ancien détenu était Adam Killian ?

– Killian était polonais. Il a passé près de deux ans et demi à Majdanek. Par miracle, il a survécu à la fois au camp et à la guerre. Il s'est exilé en Angleterre, où il a pris la nationalité britannique, puis il s'est retiré dans cette paisible île bretonne pour s'y consacrer à sa passion, l'étude des insectes. Il était loin de se douter qu'il y retrouverait celui qu'on surnommait *Le Boucher*. Mais comme il n'en était pas absolument certain, il s'est débrouillé pour obtenir un échantillon de l'*ADN* de Fleischer afin de la comparer avec une mèche de cheveux conservée par les enquêteurs allemands.

– Fleischer a donc compris que Killian l'avait reconnu, et il l'a tué.

La fièvre gagnait le gendarme qui avait trouvé le portefeuille.

– Et si le docteur Gassman a été tué pour nous faire croire qu'il s'agissait de Fleischer, ça veut dire que le vrai Fleischer est toujours en vie.

– Oh oui, fit Enzo. Erik Fleischer est toujours en vie.

– Qui est-ce ? demanda Guéguen.

Enzo lui lança un long regard appuyé avant de dire :

– Nous ne le saurons pas avec certitude tant que nous n'aurons pas établi la comparaison avec l'échantillon d'*ADN* obtenu par Killian.

– Vous voulez dire qu'il est en votre possession ?

– Killian l'a caché quelque part dans son bureau, et conservé d'une manière ou d'une autre afin de pouvoir attendre qu'une telle comparaison soit possible à faire. La preuve définitive de l'identité de Fleischer.

– Où dans son bureau ?

– Eh bien, ce sera le boulot des spécialistes de la police scientifique quand ils arriveront demain du continent pour enquêter sur le meurtre du pauvre docteur Gassman. Ils vont devoir démonter le bureau de Killian brique par brique jusqu'à ce qu'ils le trouvent. Et ils le trouveront, j'en suis absolument certain. En attendant, vous feriez mieux de sécuriser cette scène de crime. De mon côté, je vais m'assurer que personne ne touche à rien chez Killian.

Guéguen le dévisagea pendant un long moment ; Enzo devinait à son regard les pensées qui l'agitaient. Finalement, l'adjudant dit :

– Vous nous avez dit que vous étiez venu voir Gassman pour autre chose, le jour où vous avez trouvé ses passeports.

– C'est exact.

– En rapport avec l'affaire Killian ?

– Oui.

– Cela vous ennuierait de nous dire quoi ?

Enzo haussa les épaules et répondit avec un petit sourire :

– C'est presque sans importance désormais. Je voulais l'interroger sur le rapport d'autopsie de Killian. Sur un détail qui aurait dû s'y trouver et n'y figurait pas.

Et il était évident, à son ton, qu'il n'allait pas révéler de quoi il s'agissait. Pas tout de suite, en tout cas.

Chapitre 6

Un volet claquait quelque part dans le vent. Enzo faillit se lever plusieurs fois pour aller l'attacher. Mais il savait que ce serait une erreur.

Le crépitement de la pluie sur les vitres devenait presque assourdissant ; le vent sifflait et gémissait en s'engouffrant par tous les orifices de la vieille bâtisse. Même couché dans son lit, les draps et couvertures remontés jusqu'au menton, il sentait l'air froid l'envelopper.

Ne comptant pas dormir, il ne s'était pas déshabillé. Mais au fur et à mesure que les heures passaient, il sentait ses paupières s'alourdir, et devait s'acharner à cligner des yeux pour s'empêcher de glisser dans le sommeil. Brusquement, ce ne fut plus nécessaire. Tous ses sens en alerte, il se redressa sur son lit. À côté de lui, le réveil affichait deux heures passées de quelques minutes. Il tendit l'oreille. Aucun doute possible. Malgré le vacarme des éléments et les claquements du volet, il avait entendu du verre se briser – le son avait traversé la nuit et pénétré sa conscience.

La bouche sèche, il sentit les battements de son cœur s'accélérer dangereusement.

Il se débarrassa rapidement des couvertures, balança les pieds par terre, enfila ses tennis et se pencha pour nouer ses lacets avant de saisir la lourde canne à tête de hibou. Celle-là même que Killian avait emportée lorsqu'il était sorti de sa chambre, à la rencontre de sa mort.

Il l'agrippa solidement, prêt à l'utiliser de nouveau comme une arme, tout en espérant qu'il n'aurait pas à s'en servir. Il se leva, avança jusqu'à la porte, l'ouvrit lentement ; le grincement des gonds lui arracha une grimace. L'escalier était plongé dans le noir, la porte du bureau fermée. Une main contre le mur, il descendit avec précaution les marches une par une, à l'aveugle ; chaque fois que le bois craquait sous son pied, il se contractait et priait pour que le bruit de la pluie et du vent couvre tous les autres.

Sans être réellement certain que l'élément de surprise jouerait en sa faveur, il comptait néanmoins dessus. Lorsqu'il s'arrêta au pied de l'escalier pour écouter, il sentit un courant d'air froid s'enrouler autour de ses jambes – depuis la porte d'entrée ou depuis le bureau de Killian ? Bizarrement, le tumulte de la tempête semblait plus fort de ce côté-là.

Les doigts tremblants, il appuya sur la poignée et poussa la porte. Aussitôt une bouffée d'air glacé le frappa au visage. Une flaque de lumière éclairait la surface du bureau ; les Post-it du vieil homme, ses messages codés à son fils, s'étaient envolés. Il tourna la tête vers la fenêtre : des morceaux de verre jonchaient le parquet à l'endroit où le sang de Killian avait laissé le souvenir indélébile de son assassinat. Le vent et la pluie s'engouffraient par la vitre cassée, l'un des volets battait frénétiquement.

Enzo avança un peu plus dans la pièce et sentit des gouttes de pluie sur sa joue droite. Puis, très vite, sa vision périphérique capta un mouvement qui lui fit pivoter la tête à gauche : Alain Servat surgissait de l'ombre. Ses yeux marron brûlaient d'une intensité farouche qui ne laissait plus aucune place à son ironie habituelle. En une nuit, ses cheveux blonds semblaient même avoir viré au gris.

Il tenait à la main un pistolet pointé vers la poitrine d'Enzo, que la peur paralysa un instant. Quoi de plus facile, en effet, que de presser une détente et tuer un homme ? Retenant sa respiration, il s'efforça néanmoins de garder son calme.

– Je vous attendais, dit-il.

Alain cligna plusieurs fois des yeux, luttant manifestement contre une profonde agitation intérieure.

– Adam Killian non plus n'a pas été surpris de me voir. Posez cette canne sur le bureau.

Lentement, pour ne pas l'effrayer et provoquer chez lui une réaction fatale, Enzo obéit, puis demanda :

– Pourquoi l'avez-vous tué ?

– Parce qu'il était sur le point d'exposer mon père à la face du monde sous les traits d'un monstre. *Le Boucher de Majdanek*. L'un des nazis les plus tristement célèbres à ne jamais avoir été traduit en justice.

Comme Enzo ne disait rien, il poursuivit :

– Personne, vous m'entendez, personne n'a été plus choqué que moi en découvrant l'identité réelle de mon père. Quand Killian est venu m'en parler, ça m'a semblé si monstrueux que je n'ai pas voulu le croire. Je ne le pouvais pas.

– Pourquoi Killian est-il allé vous trouver ?

Une ombre traversa le visage d'Alain. Douleur, détresse, haine ? Une ombre de mort.

– Parce que mon père l'empoisonnait, cracha-t-il. Au cours d'un examen médical, il avait aperçu le tatouage de Killian sous l'aisselle gauche. Le numéro d'identification attribué au camp de concentration de Majdanek. Il a compris que s'il y avait été interné, et venait si souvent en consultation alors qu'il ne souffrait d'aucune maladie, c'était évidemment parce qu'il l'avait reconnu.

– Alors, votre père lui a en inventé une ?

– Oui.

Alain passa la langue sur ses lèvres sèches et avança vers le milieu de la pièce, son pistolet toujours dirigé vers Enzo. Sa main tremblait légèrement.

– Il l'a envoyé passer une radio à Lorient et lui a inventé un cancer du poumon.

Enzo s'éloigna lentement de la fenêtre, d'où la pluie et le vent lui fouettaient le dos, et dit :

– Je me suis aperçu que le médecin légiste n'avait mentionné aucune tumeur au poumon dans son rapport d'autopsie. Voilà pourquoi je suis allé voir le docteur Gassman, ce jour-là. Juste pour obtenir la confirmation que si Killian avait eu une tumeur, elle aurait été obligatoirement signalée.

Alain hocha la tête.

– C'est ce que j'ai le plus redouté, à l'époque. Si les enquêteurs avaient été plus consciencieux dans leur travail, ils l'auraient remarqué, bien sûr. Mon père a commencé à l'empoisonner au thallium. Il lui a fait croire que c'était pour le soigner ; en réalité, c'était pour provoquer chez lui tous les symptômes d'un malade atteint d'un cancer en phase terminale. Le médecin légiste n'avait aucune raison de rechercher du thallium dans le sang et les tissus. La cause de la mort était tellement évidente. Trois balles dans la poitrine.

Il respira profondément, ferma les yeux très brièvement, et les braqua de nouveau sur Enzo avec la même intensité fiévreuse.

– D'une manière ou d'une autre, Killian a fini par comprendre que mon père le tuait à petit feu au lieu de le soigner. C'est à ce moment-là qu'il est venu me voir et m'a raconté toute l'histoire.

Il secoua la tête.

– Vous ne pouvez pas imaginer ce que j'ai éprouvé. Dans quel abîme d'horreur et de désespoir cette révélation m'a plongé. Naturellement, je suis allé aussitôt en parler à mon père. La sénilité commençait déjà à lui ramollir le cerveau. Il m'a tout avoué. Comme ça. Sans honte. Comme un père raconte les souvenirs ordinaires de sa vie à son fils. Je me souviens qu'ensuite je me suis précipité aux toilettes pour vomir. Ça m'avait rendu littéralement malade.

Enzo discernait maintenant autre chose dans le regard d'Alain Servat. Quelque chose qui ressemblait à de l'apitoiement sur soi, à un appel impossible à la compréhension.

– Je ne pouvais quand même pas laisser Killian révéler au grand jour que j'étais le fils d'un monstre. Cela aurait détruit ma vie. Celle d'Élisabeth. Celle de mon fils. D'une famille entière en laquelle le monde entier ne verrait plus que la progéniture d'Erik Fleischer, *Le Boucher de Majdanek*.

Enzo sentit un goût de bile lui envahir la bouche.

– Et vous n'avez rien trouvé de mieux que d'emprunter le vieux pistolet de votre père pour vous transformer à votre tour en monstre.

– Je devais protéger ma famille ! protesta Alain d'une voix grimpant soudain dans les aigus. La vie de mon père était quasiment terminée. À quoi bon l'exposer au bout de tant d'années ? Cela n'aurait pas fait ressusciter les morts.

– Non, ça en faisait juste un de plus.

Incapable d'affronter le reflet de sa culpabilité, Alain évita le regard d'Enzo.

– Killian le savait. Il l'avait lu dans mes yeux, je suppose. Il savait que jamais je ne lui permettrais de faire une chose pareille. Il savait qu'il avait commis une erreur en me le révélant.

Brusquement, la fureur l'emporta sur la peur, et il s'écria d'une voix rageuse :

– C'était une histoire ancienne, oubliée, enterrée en même temps que Killian. Et voilà que vous débarquez vingt ans après ! Pour remuer des cendres refroidies depuis longtemps, et rallumer le feu. Et vous approcher beaucoup trop près de la vérité.

– Donc, vous assassinez le vieux Gassman en maquillant sa mort en suicide et vous tentez de le faire passer pour Fleischer ! s'indigna Enzo, submergé à la fois par un sentiment de colère et de culpabilité. Le pire, c'est que je vous en ai probablement soufflé l'idée le jour où je vous ai demandé à quelle date Gassman était arrivé sur l'île. Moi qui voulais simplement détourner votre attention du fait que je commençais à vous soupçonner.

Alain soutint son regard sans broncher. L'espace d'une seconde, Enzo fut presque tenté de lui sauter dessus, de le renverser, de l'étrangler de ses propres mains. Mais il savait qu'il serait mort avant d'avoir fait deux pas et que rien, en fin de compte, ne pourrait jamais effacer son propre remords.

Reprenant tant bien que mal le contrôle de ses émotions, il réussit à dire d'une voix faussement calme :

– Évidemment, vous ne saviez pas que Killian avait prélevé un échantillon d'*ADN* de votre père. Ni que le centre Simon-Wiesenthal gardait une mèche de ses cheveux. Le pauvre Jacques Gassman n'aurait pas pu être confondu avec Erik Fleischer. Vous l'avez tué pour rien.

– C'était un vieillard, répliqua Servat avec une dureté et une insensibilité qui attisèrent la colère d'Enzo.

– À quatre-vingt-quatorze ans, il ne méritait pas de mourir de cette manière !

Alain garda le silence. Son doigt caressait dangereusement la détente du pistolet. Finalement, il lâcha :

– Comment saviez-vous que c'était moi qui avais tué Killian ?

– Vous avez laissé des empreintes sur la douille. Des empreintes invisibles il y a vingt ans. Mais le temps et la technologie vous ont rattrapé, docteur Servat. J'ai subtilisé le verre dans lequel vous avez bu, l'autre jour, au déjeuner, pour faire procéder à une comparaison des empreintes.

Alain fronça les sourcils.

– Vous me suspectiez donc déjà ?

– Dans son dernier appel à sa belle-fille, Killian a dit quelque chose. Quelque chose que la date d'arrivée de votre père sur l'île a confirmé. Je suis tombé dessus à la mairie, en allant vérifier pour Gassman. Gassman a débarqué en mai, plus de deux mois après le tremblement de terre d'Agadir. Votre père était déjà installé depuis trois semaines.

Enzo vit la mâchoire du médecin se crisper.

– Et que disait Killian à sa belle-fille ?

– *Quelle ironie que ce soit au fils d'achever le travail*. J'ai d'abord compris qu'il disait cela parce qu'il ne pensait pas vivre encore très longtemps et que son fils, Peter, devrait finir pour lui un travail quelconque. Cependant, le mot *ironie* me troublait. Pourquoi était-ce ironique ? Eh bien parce qu'il se doutait que le fils de Fleischer terminerait ce que son père avait commencé. Vous avez raison, il a dû le lire dans vos yeux. Il savait que vous ne le laisseriez jamais révéler la véritable identité de votre père. Il savait que vous préféreriez le tuer pour l'empêcher de parler.

Enzo secoua la tête avant de poursuivre :

– Je n'arrivais pas à le croire. Vraiment pas. Or Killian en était si sûr, lui, qu'il a laissé à son fils une série d'indices incompréhensibles pour vous si jamais vous tombiez dessus. Et c'est la raison pour laquelle il a caché l'échantillon d'ADN dans un endroit où vous n'auriez jamais pensé regarder.

– J'ai cherché partout, souffla Alain entre ses dents. Tout ce qui pouvait impliquer mon père. Je n'ai trouvé que des lettres envoyées par un type du centre Simon-Wiesenthal de Paris.

Ses yeux reflétaient la confusion dans laquelle s'agitaient ses pensées.

– Mais comment a-t-il fait pour se procurer un échantillon d'ADN de mon père, bon Dieu ?

– Je vais vous montrer, si vous voulez. C'est dans la cuisine. Je peux ?

Alain hocha la tête et s'écarta pour le laisser entrer dans la petite pièce. Enzo alluma la lumière, ouvrit le réfrigérateur et sortit le sachet en plastique contenant le livre. Sans lâcher le pistolet avec lequel il continuait de le menacer, Alain se rapprocha et, avec un mélange de perplexité et de curiosité, le regarda ouvrir *La Vie du moustique*, tome 4, afin de lui montrer, entre les pages cinquante-sept et cinquante-huit, l'insecte écrasé, mais préservé.

– Votre père a offert à cette petite créature son dernier festin. Il y a assez de sang ici pour fournir, grâce à la réaction en chaîne par polymérase, un échantillon de comparaison parfaitement acceptable. Killian savait qu'il fallait le conserver au froid, bien sûr. Quelle meilleure cachette que le freezer envahi de givre d'un réfrigérateur ?

Il glissa alors le livre dans le sachet, le remit à sa place et se tourna vers le médecin, conscient que la conversation était parvenue à son terme. Ils n'avaient plus grand-chose à se dire.

En voyant la main qui tenait le pistolet trembler de façon presque incontrôlable, il sentit sa langue devenir si pâteuse qu'il réussit à peine à la décoller du palais pour demander :

– Bon, alors ? Et maintenant ? Plutôt que d'affronter la honte, vous allez me tuer ?

Le visage impassible, dissimulant le kaléidoscope d'émotions qui devait tournoyer dans sa tête, Alain soutint son regard :

– Oui.

Bien qu'il ait parlé doucement, sa voix résonna dans la petite cuisine. Quand il leva son arme, Enzo vit le trou du canon par lequel sortirait la balle. La balle qui le tuerait. C'était un peu comme s'il regardait à l'intérieur du tunnel de sa vie, un tunnel où toutes ses années étaient derrière lui et où ne l'attendaient plus que les ténèbres.

Soudain, Alain replia le bras et pressa le canon contre son front.

– Non ! cria Enzo d'une voix qui lui sembla sortir de la bouche de quelqu'un d'autre.

Alors, des ténèbres, jaillirent des mains. Il entendit un bruit de lutte et des éclats de voix tandis qu'Alain était tiré en arrière dans le bureau et que le claquement d'un coup de feu lui transperçait les tympans.

Une pluie de poussière de plâtre s'abattit sur Guéguen et les deux gendarmes avant qu'Alain Servat ne soit plaqué au mur et menotté.

Soudain, Enzo prit conscience du rythme effréné de sa respiration ; il dut attendre un moment avant de retrouver sa voix :

– Bon Dieu ! Vous avez mis le temps. Et s'il avait pressé la détente pendant qu'il pointait le pistolet sur moi ?

Un pâle sourire se dessina sur les lèvres de Guéguen, apparemment aussi ébranlé qu'Enzo.

– Eh bien… le docteur Servat aurait été condamné pour trois meurtres au lieu de deux.

Enzo aperçut derrière Guéguen, le visage livide d'Alain, emmené par les deux gendarmes. Il se demanda alors si, dans le code génétique, un élément prédisposait un homme à tuer si facilement. Ou si, comme le disait la Bible, les péchés du père se reportaient toujours sur le fils.

Un mouvement à la fenêtre attira soudain son attention, et il vit briller dans le noir les yeux verts du chat qui, assis sur le rebord de la fenêtre, regardait s'en aller l'assassin de Killian.

Chapitre 7

Le ferry avait à peine quitté l'abri du port pour s'élancer sur la houle grise du détroit que l'île disparut derrière un rideau de pluie. Avalée, évanouie comme un lieu imaginaire de la mythologie celte, perdue dans les brumes du temps.

Enzo s'éloigna de la vitre et retourna s'asseoir au salon, parmi les visages pâles enfouis entre écharpes et bonnets. Des visages celtes burinés par le vent, la pluie, la mer. Par terre, les petites rigoles dégoulinant des parapluies rangés sous les sièges dansaient d'avant en arrière au rythme du bateau.

Il pensa au vieux Fleischer avachi sur son fauteuil roulant, la bave aux lèvres, égaré dans un monde hors d'atteinte. Cet homme qui avait supprimé des vies sans aucun état d'âme, distribué à parts égales la douleur, le malheur et la mort. Cet homme qui ne serait jamais jugé comme il le méritait.

Il pensa aussi à son fils. Cet homme prêt à tuer plutôt que d'affronter la honte du passé de son père.

Cet homme, en revanche, serait jugé par ses pairs, mais il laissait derrière lui une femme et des enfants qui auraient mérité un sort meilleur.

Et enfin à Adam Killian, cet homme qui avait survécu aux nazis, pour recevoir la mort des mains de la génération suivante. À son fils Peter, qui n'avait pas eu l'opportunité de déchiffrer le dernier message de son père.

Pères et fils. Tristes fins. Il se demanda alors comment les choses évolueraient entre lui et *son* fils dans les années futures.

Remerciements

Je souhaite exprimer ma reconnaissance à tous ceux qui m'ont si généreusement offert leur temps et leur talent pendant mes recherches, en particulier :

Steven C. Campman, médecin légiste, San Diego, Californie ; Grant Fry, chef du service de médecine légale, Orange County Sheriff-Coroner Department, Californie ; Dr John Bond, médecin légiste en chef de la police du Northamptonshire, Angleterre ; Joe Cummins, professeur émérite de génétique à l'université Western Ontario, Canada ; Hubert Piguet et Yves Gomy de la Société entomologique de France ; mon homonyme Peter May (sans aucun lien de parenté), de la British Amateur Entomologists' Society ; l'adjudant-chef Didier Le Gac, de la gendarmerie de l'île de Groix ; Claude Guiader, maire-adjoint de l'île de Groix ; Brigitte Adam, journaliste à *Ouest-France*.

Ouvrage réalisé par Cédric Cailhol Infographiste.

Reproduit et achevé d'imprimer en mars 2019
par l'imprimerie Novoprint à Barcelone (Espagne)

Dépôt légal : octobre 2018

ISBN : 978-2-8126-1657-0